书袋狼品西游

王荣栋　著

北方联合出版传媒(集团)股份有限公司

万卷出版公司

图书在版编目（CIP）数据

我即菩提：书袋狼品西游 / 王荣栋著.—沈阳：万卷出版公司, 2019.9（2021.8重印）

ISBN 978-7-5470-5165-8

Ⅰ.①我… Ⅱ.①王… Ⅲ.①《西游记》—文学欣赏 Ⅳ.①I207.404

中国版本图书馆 CIP 数据核字（2019）第 131199 号

我即菩提

——书袋狼品西游

出版发行：北方联合出版传媒（集团）股份有限公司

　　　　　万卷出版公司

　　　　　（地址：沈阳市和平区十一纬路 25 号　邮编：110003）

联系电话：024-23284324/010-88019650

传　　真：010-88019377

E - mail：fushichuanmei@mail.lnpgc.com.cn

印 刷 者：三河市兴国印务有限公司

经 销 者：各地新华书店

幅面尺寸：**160 mm × 230 mm**

字　　数：189 千字　　　印　张：17

出版时间：2019 年 9 月第 1 版　　印刷时间：2021 年 8 月第 2 次印刷

责任编辑：李　明　　　　　责任校对：王洪强

封面设计：雕　禅　　　　　版式设计：大名文化

责任印制：高春雨

如有质量问题，请速与印务部联系　联系电话：010-88019750

ISBN 978-7-5470-5165-8

定价：68.00元

目　录

自　序

　　我的朋友在微信朋友圈分享了一篇博文，其中有句话这样写道："利玛窦四百年前曾感叹中国文章的精致，说它只用三言两语，或更确切地说只用个把音节，就能表达出西方人用长篇累牍也阐释不清的东西。"我看过后写了一句评论："如果利玛窦研究过中国的古典小说，他一定也会为之折服。"因为他想象不出来，中国人写的小说为什么能够如此玄妙。《西游记》就是其中经典的一部。不要说是外国人，就是浸淫中国文化多年的土著中国人，要想将此书读得通透又谈何容易。

　　我本没有资格去发出这样一番感慨或评论，因为我此前从来就没有意识到这些。直到有一天早上，我和往常一样挤进北京的轻轨列车，开始了有些漫长的上班之旅。车内嘈杂、拥挤，充满异味的乘车环境和车外被雾霾笼罩的城市风景索然无趣，我只好百无聊赖地打开手机，开始翻看《西游记》电子书。就在那天早上，我仿佛醍醐灌顶，脑洞大开，突然发现我从小就熟悉的《西游记》完全是另外一本书，那些我曾经熟悉的人物让我一时无法相认。这让我第一次体会到了什么是"书读百遍，其义自见"。也就是从那一天起，开启了我对《西游记》的发现之旅。最终，我对吴承恩的崇拜达到了无以复加的地步。在听了我饶舌对《西

1

游记》的拙见之后，我的好友吕楠先生鼓励我将想法成文。于是，离职一年后，我开始动笔整理阅读心得。

这不仅是一个我们传统认知上的或者多年来被描绘成的神话故事，这还是一部内容极其复杂、内涵极其深刻的旷世奇书。作者以其广博的学识将多重含义融汇到一个神话故事里。至今，对于《西游记》所表达的主旨与内涵，仁者见仁，众说纷纭，莫衷一是。而在我看来，它至少有三层表达：第一层是最基本的，它是一个以玄奘西天取经为背景的神话故事。第二层作者通过神话故事来揭露现实的黑暗，表达对现实的不满，更为重要的是我们从中看到了一个千百年来未曾变化的社会状态。第三层则说的是一个人的修炼。表面看，它写的是唐僧师徒与妖魔鬼怪的打斗，实质都是在清理自身的魔性，这是纯粹内修的解读。这样的剖析已经足以给人打开一个洞穿《西游记》修炼内涵的窗口。

可能还有其他层次的含义，恕我浅薄还不能尽数发掘。只是《西游记》涵盖的学问太深，即便看到的这三层，本人也只觉得才窥其一二，还有万千世界等待发现。书袋狼的小作主要从第二层入手进行解析，为了讲述得更加清晰，偶尔佐以和"修炼"相关的一点点内容。至于"个人修炼"这一层，实在知之甚少，不敢轻易触碰。

研读《西游记》不得不提到另一部神魔小说《封神演义》。它为理解《西游记》提供了一定的帮助。《西游记》天庭众神与《封神演义》中姜子牙封的众神存在一定的对应关系，这样的对应关系让作者不再去赘述他们的来历。而只有个别人的来历和《封神演义》中严重不符时，作者才会特别加以说明。比如托塔天王李靖、哪吒父子，在《封神演义》中是道教中人，而在《西游记》中，为了情节的需要，作者把他们安排进了佛教。为了不至混淆，作者在第八十三回捉拿金鼻白毛老鼠精时给予了交待。原文道：

> 天王生此子时，他左手掌上有个"哪"字，右手掌上有个"吒"字，故名哪吒。这太子三朝儿就下海净身闯祸，踏倒水晶宫，捉住蛟龙要抽筋为绦子。天王知道，恐生后患，欲杀之。哪吒奋怒，将刀在手，割肉还母，剔骨还父，还了父精母血，一点灵魂，径到西方极乐世界告佛。佛正与众菩萨讲经，只闻得幢幡宝盖有人叫道："救命！"佛慧眼一看，知是哪吒之魂，即将碧藕为骨，荷叶为衣，念动起死回生真言。哪吒遂得了性命，运用神力，法降九十六洞妖魔，神通广大。后来要杀天王报那剔骨之仇。天王无奈，告求我佛如来，如来以和为尚，赐他一座玲珑剔透舍利子如意黄金宝塔。那塔上层层有佛，艳艳光明，唤哪吒以佛为父，解释了冤仇。所以称为托塔李天王者，此也。

而另一个人物二郎神，在《封神演义》中是道教人士，在《西游记》中也沿袭了他的身份，因此原著中就不再加以注明。再有一些人物的描写，两本书也有相似的地方。比如《西游记》中菩提祖师出场时是这样描述的：

> 大觉金仙没垢姿，西方妙相祖菩提。不生不灭三三行，全气全神万万慈。
>
> 空寂自然随变化，真如本性任为之。与天同寿庄严体，历劫明心大法师。

这八句诗和《封神演义》中准提道人出场诗的前八句几尽相同。同样,《西游记》中对如来的描写和《封神演义》中对于接引道人的描写也有所趋同。这也算是不能断然猜测菩提和如来是同一个人的小证据吧。无论如何,这两本书就好像姊妹篇,《封神演义》更有些《西游记》前传的影子。虽然从成书时间看《西游记》要早于《封神演义》,照理《西游记》应该不能借鉴《封神演义》。但如果查询这两本书的历史我们不难发现,其实这两本书在成书之前,它们所描述的故事早已经家喻户晓。也就是说,《西游记》和《封神演义》都是在前人"创作"基础上的精编,那么《西游记》完全有可能借鉴"封神"的故事,两本书在有些地方也极有可能共同采用了前人的文字。

解析第二层针对现实的讽刺,还需要找到一个隐藏的切入点,找到它就能够使我们对这层意思的理解变得相对透彻和系统。这个切入点就是《西游记》开篇不久便提到的"化胡为佛"。第六回中,孙悟空大闹天宫与二郎神打斗,观音要用净瓶助二郎神一臂之力,被太上老君慌忙制止。随即,他拿出了自己的法宝金钢琢来帮助二郎神,并在使用之前对法宝有过一番描述:"这件兵器,乃锟钢抟炼的,被我将还丹点成,养就一身灵气,善能变化,水火不侵,又能套诸物;一名金钢琢,又名金钢套。当年过函关,化胡为佛,甚是亏他,早晚最可防身。"这段描述虽是在说法宝,却也悄无声息地放出了另外一条信息,引出了一段真实的历史公案——化胡为佛。

老子在道教中是一位非常尊贵的神,被称为"太上老君"或"道德天尊",被认为是创立道家思想和哲学的人。所谓"化胡为佛"，亦称"老子化胡"，是指他西出函谷关，到西域包括天竺建立了佛教，并对西域人、天竺人实行教化的传说。"化胡为佛"即为教化胡人（在古代很长时期，中国人除了中原的汉族以外，所有的外族或外国，一律广义地称之为"胡"）信奉佛教。后来道教徒还为此撰写了《老子化胡经》。从历史的角度看，这只是当年佛教从印度西来，在文化上极度自信的中国人却很少有人相信。印度西来的佛教徒为了更好地让中国人接受佛教，在中国传教时自己宣扬"老子入天竺变化为佛陀，教化胡人"之事，道教徒自然也欣然接受。但随着佛教在中土的日益兴盛，道、佛对于老子化胡说法的争议越来越大。道教徒常借《老子化胡经》攻击佛教，宣扬道教先于佛教、道教高于佛教。佛教徒也强烈地予以还击。道与佛之争延续了千百年。

就是这段史实，作者佯装轻描淡写地一带而过，使我们也常常将它忽略。书中为什么要从老君之口提到化胡为佛呢？因为提到化胡为佛就会涉及佛道之争的这段史实。我们再来看看《西游记》的成书时代，作者在动笔写《西游记》时正值明朝嘉靖年间。为了查询当时的历史背景并且力求其观点能够相对客观，书袋狼特意翻阅了《剑桥中国史》中有关明史的章节。书中讲到明朝嘉靖皇帝因为子嗣问题和追求长生不老，逐步接触、亲近道教，并长期在宫中豢养道教大师（先是邵元节，后来是陶仲文）为其配制春药，寻找并帮助皇帝实践长生不老的方法。到后来，就连军国大事也要依靠扶乩来决定。皇帝对道教的热衷，必然导致整个国家的扬道抑佛。

事实上这是荒唐可笑的。一国君王的昏聩举动反而成为百姓们茶余饭后津津乐道的谈资，甚至，不明就里的他们都会争相效仿，这也让一些自命清高的文人雅士捶胸顿足。但自古以来，大凡自命清高者，在官场（现如今还得增加一个职场）上都不会得意，这些文人施展才情和抒发胸臆的最好办法就是诉诸笔端。作者也不例外。他是一个极其有才华而又官场失意的人，我们来看看关于他的简介：吴承恩，自幼聪明过人，《淮安府志》载他"性敏而多慧，博极群书，为诗文下笔立成"。但他科考不利，至中年才补上"岁贡生"，后流寓南京，长期靠卖文补贴家用。晚年因家贫出任长兴县丞，由于看不惯官场的黑暗，不久愤而辞官，贫老以终。一部经久流传的作品，凭空想象是不会有根基的，它都要以当时的社会背景为依托。但大胆敢言针砭时弊，显然是行不通的。作品就要以古讽今，借助前朝事，来讽刺当下抑或其他。吴承恩的这部《西游记》是以唐代玄奘和尚赴西天取经的经历为蓝本，涉及佛教。于是，《西游记》全书以佛道之争切入就显得非常地顺理成章。书中首先把佛道之争从明朝搬到唐朝，而把明朝的"扬道抑佛"变成了在唐朝"扬佛抑道"。在书袋狼的这部小作里陆续就会看到《西游记》如何写唐朝乃至天庭的"扬佛抑道"，也会交待为什么要这样。有一点需要在此说明，本书仅限于对第二层次的解析，在我看来，《西游记》中的佛与道只是书中引来用于描写对立的两个派系，并不涉及宗教信仰。我本人亦是对宗教饱含崇敬之心，毫无冒犯之意。

吴承恩自己也承认，《西游记》不是一部简单的神话小说。他自幼喜欢读野言稗史，熟悉古代神话和民间传说。科场以及官场的失意，加之生活的困顿，使他加深了对现实社会的认识，促使他运用志怪小说的形式来表达内心的不满和愤懑。老爷子也自言："虽然吾书名为志怪，盖不专明鬼，实记人间变异，亦微有鉴戒寓焉。"

顺藤摸瓜，从化胡为佛摸到了佛道之争，由佛道之争摸到了《西游记》全书的切入点。以佛道之争切入，以玄奘西游为蓝本，全书得以顺利展开，更深入的内容则需要层层剖析。作者并非仅仅借一部小说来讽刺国家的荒唐和当朝皇帝的昏聩，他是利用佛道之争，暗喻当时官场中势力集团争斗的现象。而他对官场的明争暗斗这样入木三分的刻画，并没有安排给哪朝哪代哪些人，而是安排给了人们顶礼膜拜的神仙。不管这些神仙是佛还是道，都没有走出凡人的思维模式。其实小到官场，大到整个社会，前朝后世无不可以"对号入座"，达到了讥讽世事的至高境界。

作为《西游记》重要的线索，佛道之争将贯穿全书始终，一切都将围绕它展开。只有明晰了这一点，才能够很好地理解全书的内容。所谓的针砭时弊，不过是老爷子搂草打兔子——捎带手的一件事。

然而理解到这些似乎还远远不够。为什么人想变成神仙，又为什么很多神仙向往人间？为什么妖怪都希望修成人形，而他们现了原形后却比做人时要强大得多？人性是一种美好还是一种牵绊？我们要丧失它还是要捍卫它？随着研读的展开，一个个故事背后的故事、人物背后的故事、人物背后的人物渐渐清晰，进而呈现出了一部更加丰满的《西游记》。一个新的问题开始在我心中萦绕：一个五十岁的老人在贫困交加的窘境之下依然拿起笔投人创作，这是什么样的动力驱使？久而久之，我渐渐奢望能够透过《西游记》的故事本身，尝试去理解老人的心。在本小作的最后，我写下了一些粗浅的认识，这绝不是刻苦钻研、冥思苦想的结果，而是对老人逐渐认识和理解后的真实记录。正确与否，任君评说。

阴谋

玉帝的烦恼

老君出场

故事才刚刚开始

玉帝的烦恼

东胜神洲傲来国花果山前，一场声势浩大的战役正在轰轰烈烈地进行着。对阵双方一方是天庭玉皇大帝派遣的天兵天将，另一方则是不知天高地厚的孙悟空带领的四万八千只猴精。这回玉帝动了真格，不仅天庭上成了名的天将几乎倾巢出动，还发了十万天兵，布下一十八架天罗地网捉拿反猴，大有不抓住猴子誓不罢休之势。自从玉帝坐阵天庭，还从来没有这么兴师动众过。

然而，饶是下界打得浑天黑地，玉帝似乎都是谈笑风生，一副淡定哥形象，即便是在托塔李天王战败之后请求增兵，玉帝都是笑嘻嘻地问："李天王又来求助，却将哪路神兵助之？"后来二郎神出战，与孙悟空打得难解难分，玉帝与众仙在灵霄殿却聊得热火朝天，这一聊就是一天，而且一天没有前敌的消息都浑然不觉，要知道天上一天可是人间一年啊。直到玉帝突然想起来才问："既是二郎已去赴战，这一日还不见回报。"这玉帝老儿也太沉得住气了，下界都有人造反了，还惊动了道、佛两教高层，他竟然不管风吹浪打，胜似闲庭信步，真不愧是苦历过一千七百五十劫（每劫该十二万九千六百年，即玉帝当时就有两亿多岁了）的大能。

玉帝的烦恼

那么，什么事让玉帝如此大动干戈？只因花果山上一个天产的石猴修炼成仙，降龙伏虎，强销死籍，扰乱天庭社会秩序，后来不服天宫招安，偷吃蟠桃和金丹，大闹蟠桃盛会，又扯起造反的大旗，自立为"齐天大圣"，要与玉帝平起平坐。犯上作乱，属大逆不道，人人得而诛之。于是，太上老君来了，再后来，如来佛祖也来了。

一切似乎都那么地顺理成章。事实真的是这样吗？是的，但这只是人人都看得到的、能摆在桌面上谈的。孙悟空这样的造反派当然要镇压，然而以玉帝这么多年的修为，经历这样的事件应该为数不少，他有相当成熟的处理类似事件的成功经验，区区一个孙悟空根本不足以让玉帝惊慌。真正能够让玉帝烦恼的恰恰是来自自己统辖的仙界。当时供职于天庭的大小神职官员，绝大多数都是道教的门人。咱们就以玉帝派遣的捉拿妖猴的天将为例，他们是"四大天王，协同李天王并哪吒太子，点二十八宿、九曜星官、十二元辰、五方揭谛、四值功曹、东西星斗、南北二神、五岳四渎、普天星相"。这一众人等，都是当年姜子牙封过的正神，有名有号。《封神演义》大家都看过，简单讲就是天庭有365位正神空缺，元始天尊、通天教主、太上老君就一块儿拟了个名单，共365位，派姜子牙下山封神。这些人或神被封后就到天庭供职去了。

经过多年的经营，道教派系在天庭中发挥着越来越重要的作用，其他派系的权重就显得有些捉襟见肘，有的甚至日趋边缘化。然而从帝王的角度，虽然天庭中的大小事务还要倚重道教一派，但一家独大的趋势让玉帝隐隐感到了一丝不安，他深知"水能载舟，亦能覆舟"的道理。穷则变，变则通，于是治理这种失衡逐渐被提到日程上来。还有一件事情后来让玉帝寝食难安，更加坚定了他制衡的决心（后文将有介绍）。之所以这种平衡还没有被轻易打破，是因为玉帝依然掌握着神仙们的命门，这就给玉帝赢得了一些时间。

生死符

命门？什么意思？就是玉帝可以决定神仙的生死。死是件多么可怕的事情，一旦生命结束，就将万事皆休，凡人谁也躲不过生死轮回，因此大都能淡然面对这一自然规律。神仙却是有机会长生不死的。有机会就有希望，所以和人相比，神仙更惧怕死。不对不对，难道成了神仙也会死？答案是肯定的。《西游记》第二回，菩提祖师告诫自己的爱徒孙悟空，虽然学了长生之法，但要提防三灾利害。这三灾就是"到了五百年后，天降雷灾打你，须要见性明心，预先躲避。躲得过寿与天齐，躲不过就此绝命。再五百年后，天降火灾烧你。这火不是天火，亦不是凡火，唤做阴火。自本身涌泉穴下烧起，直透泥垣宫，五脏成灰，四肢皆朽，把千年苦行，俱为虚幻。再五百年，又降风灾吹你。这风不是东南西北风，不是和熏金朔风，亦不是花柳松竹风，唤做赑风。自囟门中吹入六腑，过丹田，穿九窍，骨肉消疏，其身自解"。这段话说得十分明白，不管神仙鬼怪，修行虽能长生，但并不是万无一失的，只有躲过三灾才能真正的长生不死。下界还没有修成正果的，恐怕很多还没过第一个五百年就得转世重来了。即便是修成正果的，也需要通过修行躲过三灾，不仅费时费力，还不一定成功。因此，轻松快速地躲避三灾便成了神仙们最最迫切的需求。这不禁让书袋狼想起了金庸小说《天龙八部》中的暗器生死符，这种暗器一旦被植入体内就会"求生不得，求死不能"，从而受制于他人。生死符威力极强，如果被植入而未取出来，则必须定期服用"镇痒丸"，否则麻痒难当，《天龙八部》小说里中了生死符的人有三十六洞主、七十二岛主、虚竹（在冰窖内被植入）、丁春秋（在少室山被虚竹植入）等。发作之时，一日比一日厉害，其痒约81日后会逐步散退，但在81日后又会再增加。因此再厉害的高手也要听从天山童姥的摆布。哈哈，金大侠的这一灵感想必也有致敬先辈的意思。

扯远了扯远了，咱继续聊神仙的事哈。有什么东西能像"镇痒丸"解决高手痒的问题一样来解决神仙们命的问题呢？是蟠桃！还是在第二回，玉帝让孙悟空掌管蟠桃园，悟空进园查勘时，园中土地告诉他："园中共有桃树三千六百株。前面一千二百株，花微果小，三千年一熟，人吃了成仙了道，体健身轻。中间一千二百株，层花甘实，六千年一熟，人吃了霞举飞升，长生不老。后面一千二百株，紫纹缃核，九千年一熟，人吃了与天地齐寿，日月同庚。"原来这蟠桃不仅能帮助人修行走捷径，还能让神仙快速成功地避开三灾。这正是玉帝掌握的神仙们的命门。要不然，哼哼，神仙拿什么爱你？我的玉帝。不对不对，应该是以玉帝的口吻："要不然，哼哼，那帮孙子凭什么拥护我？"谁不听话就别想来参加蟠桃盛会，吃不着蟠桃你的小命自己想辙。因此每年的蟠桃盛会，那些有头有脸的仙界大拿们，什么西天佛老、菩萨、圣僧、罗汉，南方南极观音，东方崇恩圣帝、十洲三岛仙翁，北方北极玄灵，中央黄极黄角大仙，五方五老，五斗星君，上八洞三清、四帝，太乙天仙等众，中八洞玉皇、九垒，海岳神仙，下八洞幽冥教主、注世地仙。各宫各殿大小尊神都屁颠屁颠地赶来参加，为的是啥？增寿啊！孙悟空定住前来摘仙桃的七仙女后，只身赶奔瑶池的路上撞上了赤脚大仙。赤脚大仙出场时有一首诗，说得明白：

一天瑞霭光摇曳，五色祥云飞不绝。
白鹤声鸣振九皋，紫芝色秀分千叶。
中间现出一尊仙，相貌昂然丰采别。
神舞虹霓幌汉霄，腰悬宝篆无生灭。
名称赤脚大罗仙，特赴蟠桃添寿节。

看清了吧，赴蟠桃会，就是为添寿来的。来的还都是些仙界大拿，而那些修为低的和还没有修成正果的，眼巴巴地看着蟠桃吃不上，心里那个恨哪。如果吃不上蟠桃，就有死的危险，那么一旦发现新的长生之法，哪个不急红了眼去夺？一旦以延寿做诱饵，又有哪一个能经得住诱惑？保命啊！这就是为什么取经路上妖怪都争着要吃唐僧肉、为什么有些下界小神明知山有虎也甘愿铤而走险的真正原因。这些都是后话。

物色合作伙伴

好了，现在来谈谈如何解决失衡的问题。如果失衡，就要制衡。啥叫制衡？牵制使之平衡，这是作为高明的帝王必须掌握的方法。电视剧《康熙王朝》中，孝庄曾对康熙说了一段话："党争自古就有，可怕也可用，庸君最怕党争，可圣君不怕，不但不怕，反能利用，你就让明珠索额图互相争宠，只要你心里明白，左右逢源，你就能立于不败之地。关键要把党争控制在不祸乱的程度上，这就行了，万万不要想把党争消除掉！"康熙利用索额图集团制衡明珠集团，不仅国运昌盛，自己也成了一代明君。那么玉帝需要做的，就是找到另一股能够帮助他牵制道教的力量。

很快，他把目标锁定在如来身上。如来率领的佛教有着非常严格的编制，三千诸佛、五百罗汉、八金刚、四菩萨、圣僧、揭谛、比丘、优婆夷塞，各山各洞的神仙、大神、丁甲、功曹、伽蓝、土地，充分体现了如来的管理有序。并且在道教长期压制的情况下，依然能固守西牛贺洲，可见其实力不可小觑。另外，玉帝发现如来这个人做事极其隐忍而高明。在第七十七回中，孙悟空被大鹏精打败，到西天搬救兵，如来向他诉说了一段自己的陈年往事："自那混沌分时，天开于子，地辟于丑，人生于寅，天地再交合，万物尽皆生。万物有走兽飞禽，走兽以麒麟为之长，飞禽以凤凰为之长。那凤凰又得交合之气，育生孔雀、大鹏。孔雀出世之时最恶，能吃人，四十五里路把人一口吸之。我在雪山顶上，修成丈六金身，早被他也把我吸下肚去。我欲从他便门而出，恐污真身；是我剖开他脊背，跨上灵山。欲伤他命，当被诸佛劝解：伤孔雀如伤我母，故此留他在灵山会上，封他做佛母孔雀大明王菩萨。大鹏与他是一母所生，故此有些亲处。"这段往事简单说就是有只孔雀要伤如来，如来不仅没有杀他，反而把他带上灵山，尊为佛母。可这又怎么让玉帝认为高明呢？

　　我们回头看看如来的这段话，其实存在几个问题。

　　（1）都说龙生龙，凤生凤，老鼠的儿子会打洞。可为什么凤凰却生出了孔雀和大鹏呢？而且如来说这孔雀出世时最恶，能吃人，四十五里路能一口气把人吸之。更何况他能把丈六金身的如来吞下肚，那孔雀得有多大。主要问题还在于如来口中刚出世的孔雀与朱紫国王遇到的孔雀雏不一样。在第七十一回观音曾告诉悟空："当时朱紫国先王在位之时，这个王还做东宫太子，未曾登基，他年幼间，极好射猎。他率领人马，纵放鹰犬，正来到落凤坡前，有西方佛母孔雀大明王菩萨所生二子，乃雌雄两个雀雏，停翅在山坡之下，被此王弓开处，射伤了雄孔雀，那雌孔雀也带箭归西……"这段说得很清楚，孔雀刚出生时似乎没什么能力，连一支凡间的箭都能把他射伤。由此可见，如来遇到的孔雀不是刚出生的，或者说他根本就不是生出来的。如来的原话里说了"那凤凰又得交合之气，育生孔雀、大鹏"。得交合之气与凤和凰阴阳交合可不是一回事啊，而且是"育生"不是"生育"；再有一点，佛母孔雀生了小孔雀，这个没问题；凤凰却生了孔雀和大鹏，显然这是不对的。唯一的可能就是凤凰一分为二化育而成孔雀与大鹏，这样才能解释为什么凤凰能生出孔雀和大鹏，也能解释为什么孔雀刚一出世就个头极大、威力极大。

　　（2）如来在雪山修行。雪山，应该是个冰天雪地、禽兽匿迹、草木皆枯的地方，哪里来的孔雀？寻食路过，正好发现如来这么一大块肉？呵呵，你找个风吹草低见牛羊的地方寻食是不是更容易呢？那他是住这儿？书袋狼又得呵呵了，听说过孔雀住雪山的吗？小样儿冻不死你。如果这两者都不是，那只有第三种可能：孔雀是专门过来对付如来的。

好了，既然凤凰化育的孔雀是来对付如来的，那么孔雀的幕后老板又是谁呢？玉帝？当然不是。玉帝为什么要来对付一个修行的人？要知道帝王之道是不怕你成佛成仙还是成妖，就怕你不听话。你本领再高，只要能为我所用，我何乐而不为呢？猴子被镇压是因为他不听话还要造反。取经路上为什么允许有那么多妖魔鬼怪存在，因为他们没有触及玉帝的利益，占了山头但没造反，总得让人家有碗饭吃吧。如果不是玉帝，那在《西游记》这部书里要打击如来的只有道教的太上老君了。当年太上老君化胡为佛，不仅为了教化众生，自己门下也更多了一方信徒。谁想到自如来领导佛教，队伍不断壮大，特别是如来修成了丈六金身，谁也说不清如来增了多少法力，这更让道教感觉到了巨大的挑战与威胁。站在老君的角度，这是难以接受的。一山容不得二虎，必须除掉这股势力。但是道教虽强，公然开战却也没有十足的胜算，都怪自己疏于管理，养虎为患。于是道教想出了一个办法，把凤凰一分为二，变成了孔雀和大鹏，让孔雀去吃如来，能干掉他自然好，干不掉也正好试探一下如来的修为。

在千里冰封万里雪飘的大雪山上受到一只不明飞行物的攻击，如来当然能想明白是怎么回事，而对这件事的处理显示出如来的智慧。他既没有杀了孔雀，因为杀了就等于向道教宣战，以后的麻烦就更大了，如来自知佛教还没有强到能与道教分庭抗礼的地步；也没放跑孔雀，如果那样就等于释放出一个信号，佛教认怂了，连个孔雀都不敢动，这会让佛教的信徒心思动摇，转而投向道教，再往后的结局就有可能佛教被道教收编或吞并。于是他和他的智囊团最后决定把孔雀带回灵山奉为佛母，意思是尊道教为母教，这样道教就没有进一步进攻的理由，同时保存了佛教的相对独立。只要存在就有生机，留得青山在，不怕没柴烧。

这才是玉帝认为如来隐忍而高明的地方，从而引起了他的注意。他能从如来身上看到自己的影子，大有惺惺相惜之感。我们想象一下，一个活了两亿多岁的家伙，还有什么艰难困苦——不论是身体上的还是心智上的——他遇不到呢？如来的经历，玉帝想必曾经也有过类似体会。正所谓"天将降大任于是人也，必先苦其心志，劳其筋骨，饿其体肤，空乏其身，行拂乱其所为，所以动心忍性，曾益其所不能"。他也是这么历尽艰辛才享此无极大道的。当然，玉帝对于如来的亲近更多的是从政治的角度而不是个人情感。如来在实力不够强大的时候面对对手的挑衅采取了隐忍的态度，因为小不忍则乱大谋；尊道教为母教，事实本来也是如此，这既不失自己的身份，又保全了自己并给了自己喘息的空间。这些在玉帝看来，就是韬光养晦。从这件事上，明察秋毫的玉帝看到了道佛之争，看到了佛教的实力，也看到了如来的智慧。

您可能会有个疑问：玉帝怎么会知道这些事呢？呵呵，"溥天之下，莫非王土；率土之滨，莫非王臣"。在他的地盘发生的事他一无所知就说明管理出现了问题，会出大事的。您听说过美国中央情报局吗？听说过克格勃吗？军情六处？摩萨德？都没听说过也没关系，明朝的东厂算是无人不知了吧，那可是世界历史上最早设立的国家特务情报机关。玉帝可是仙界的君王，当然会设有专门的情报机构。这个机构根据目测（看书嘛，当然是目测）由千里眼、顺风耳统领，下辖纠察灵官、游奕灵官等大小诸仙。千里眼、顺风耳出场是在第一回，孙悟空出世时。"目运两道金光，射冲斗府。惊动高天上圣大慈仁者玉皇大天尊玄穹高上帝，驾座金阙云宫灵霄宝殿，聚集仙卿，见有金光焰焰，即命千里眼、顺风耳开南天门观看。"纠察灵官在书中出现过两次，一次是天蓬元帅醉酒戏嫦娥，被纠察灵官抓个正着；一次是孙悟空搅乱蟠桃大会，众仙前来告状，玉帝传旨：快着纠察灵官缉访这厮踪迹。游奕灵官则是在孙悟空大闹天宫时，一块儿和翊圣真君上西天请如来佛老的那位。游奕者，游弋也。就是巡逻的意思。有了这样的情报机构，佛与道这两大派系的一举一动都在玉帝的监控之内，对两家的面和心不和自然也了如指掌。

以玉帝与如来当时所处的境地来看，两位具备了合作的基础，或者说双方都有摆脱不利境地的愿意。至于最终他们是否牵手成功，请您继续看后面的章节。

大闹蟠桃会

要有一件事，足以上头条，牵动全天下各路仙家的心，道、佛两家高层都要出面。什么事才能满足这样的条件呢？那就是本节前面提及的——孙悟空大闹蟠桃会。蟠桃被盗，动了仙家的命门，各路神仙翘首期盼有机会增寿的蟠桃会让猴子给搅黄了，哪个还坐得住？于是道教的太上老君来了，玉帝不惜用天兵十万来捉拿一个妖猴，声势浩大，事态发展到最后，佛教如来也遵玉旨前来降妖。到现在我们就可以解释为什么花果山前打得如火如荼，玉帝却依然春风满面了。因为大闹天宫是一场被安排的戏，这戏里有演员，也有真正的群众却在戏中被扮演重要的角色。你可以给演员说戏，让他（她）按规定情节演，只要利益谈妥，演员基本上都会具备一定的职业操守；群众就不一样了，他不知是在戏里，认为一切都是在真实的发生，也没法给他说戏要求他按规定情节演。孙悟空就是这个群众。戏的情节需要打戏了，如果打不起来才是玉帝担心的，现在打起来了，玉帝的心情当然放松多了。

为了把花果山战役推向高潮，从而引出新的环节，另一个关键性的角色恰如其分地出场了。他就是文中刚刚提到的二郎神。

二郎真君

这位家喻户晓的中国神话人物，在《西游记》中仅仅出现过两次。一次是孙悟空大闹天宫，十万天兵无人能敌，玉帝差大力鬼王调二郎神降妖；第二次是第六十三回，悟空、八戒捉妖九头虫，二郎神打猎路过，与悟空一叙前情，并顺手助悟空一臂之力。书中对他身世及经历的描述也很简单，出现了几次。一次是观音向玉帝举荐二郎神来擒拿孙悟空时曾说："乃陛下令甥显圣二郎真君，见居灌洲灌江口，享受下方香火。他昔日曾力诛六怪，又有梅山兄弟与帐前一千二百草头神，神通广大。奈他只是听调不听宣，陛下可降一道调兵旨意，着他助力，便可擒也。"另一次是二郎神的出场秀，书中有这样一番描述：

> 仪容清俊貌堂堂，两耳垂肩目有光。头戴三山飞凤帽，
> 身穿一领淡鹅黄。
> 缕金靴衬盘龙袜，玉带团花八宝妆。腰挎弹弓新月样，
> 手执三尖两刃枪。
> 斧劈桃山曾救母，弹打楼罗双凤凰。力诛八怪声名远，
> 义结梅山七圣行。
> 心高不认天家眷，性傲归神住灌江。赤城昭惠英灵圣，
> 显化无边号二郎。

还有一次是出自悟空之口。两军阵前，二郎神通报了姓名，大圣道："我记得当年玉帝妹子思凡下界，配合杨君，生一男子，曾使斧劈桃山的，是你么？"

《西游记》一书中，二郎神着墨不多，出现的频率也不高。但他每次出现都会给我们透露一些重要信息。对二郎神身世及经历的描述之所以简单，是因为人们对二郎神太熟悉了，不必赘述。更隐秘一点的原因则是：不可多言，言多语失。让那隐藏在事物表层下面的秘密永远是似有还无、看得见摸不着的海市蜃楼。

让我们前后贯通，从蛛丝马迹中寻找一些线索，揭开二郎神背后隐藏的秘密。

　　大戏即将上演，玉帝已经把气氛营造得很完美了，后面怎么演就看你们两家的了。观音作为如来的先遣部队，带着密旨而来。有人犯上作乱，就要有人为天庭出力，平息造反。能为玉帝排忧解难的非佛即道。观音在降妖人选的推荐上是十分考究的。这个人要是太弱，那还不够丢人的。太强，就会直接被太上老君拦下，他怎么可能让佛教抢这个风头呢？于是，观音推荐了二郎神。您可知二郎神是何方神圣？一则，他是玉帝的亲外甥。而他的另一重身份在《封神演义》中描述得最为详细，他是玉鼎真人的徒弟，玉鼎真人是元始天尊门下十二金仙之一。元始天尊又是谁？和太上老君是亲师兄弟。即便不去详查这些师承关系，不管从哪查关于二郎神的资料，最终也会得出一个结果，二郎神是道教出身，虽然他不在天庭当职，但这份道教关系还是在的。这两重身份使得观音的推荐不会招来道教的反对。另外二郎神与孙悟空可以说旗鼓相当、难分伯仲，两个人都是七十二般变化，都会法天象地的功夫。这两个人打起来很难见输赢的，这就有可能逼迫更大的人物出场，也就是诱使老君入局。

　　此外，推荐二郎神还有一层目的，那就是试探玉帝的诚意。要知道观音是代表如来的，玉帝与如来是有合作意向的，要想合作达成就要有一定的诚意。拿什么表达诚意？出这么大乱子说到底是你玉帝家的事，你家里人出来帮帮忙呗。二郎神是你的亲外甥，"姑舅亲，姑舅亲，打折骨头连着筋"。此时再不卖力更待何时。

　　玉帝的道行要比观音高得多，当然知道观音的那点小心思，确切地说是如来的心思。但他对这个推荐没有异议，答应得非常痛快。玉帝自然也有自己的心思，培养新势力对道教形成制衡，目前佛教是最好的选择。以大局为重，就要有所牺牲，即使自己的亲外甥也在所不惜。人即便成了神，思维方式还是人的。中国古代时候出现的质子外交（秦始皇的父亲子楚就曾当过质子）以及政治联姻（例如汉代的昭君出塞），都是从政治角度出发，而不是人的情感，甚至不会顾及对方的生命。二郎神的遭遇说到根儿其实和质子外交、政治联姻是一样的，都是政治的牺牲品。只不过相比之下，二郎神的身份、武功实力以及高明的处世之道让他总是处于不败之地。

当然，玉帝纳荐调二郎神出战，还有其他隐情，让我们先温习一下书中并未细述但却广为人知的二郎神劈山救母的故事吧：传说玉帝的妹妹瑶姬思凡下界，爱上了人间一位叫杨天佑的少年，并育有两子一女，二子即为二郎神杨戬。玉帝知道后震怒，将妹妹压在了桃山之下受苦。杨戬于是持了一把开山斧，力劈桃山，救出了被压在山下受难的母亲。不想因在山下压得太久，十几年不见阳光，母亲身上已经长满了白毛，于是二郎将母亲放在山上晒太阳。这时，玉帝闻听二郎劈山，恼怒非常，便放出九个太阳上天，将妹妹活活晒死在了山上。二郎又痛又恨，暴怒狂追天上九日，一手一个擒住却无处安放，便分别掀起两座大山，将捉住的太阳压住，再看天上乱窜的七个日头，便抄起一副扁担担了七座大山继续追赶太阳，这就是"二郎担山"的传说。因为母亲的死，二郎与他的玉帝舅舅有一层罅隙。因此二郎神坚决不在天庭当职，而是在下界受香火，帐前有梅山六圣相伴，麾下一千二百草头神，对于玉帝是"听调不听宣"，这就是"心高不认天家眷，性傲归神住灌江"。

　　玉帝与二郎神之间的这段恩怨，也是导致玉帝接受观音推荐的一层隐情。从表面上看，玉帝绝对是仁厚长者，心胸开阔，关键时刻不计前嫌，把这个可以名震天下的大好机会留给自家外甥。人家是姑舅亲啊，不给外甥给谁呀？而隐秘的那一层则是，如果二郎神胜了，那是我玉帝照顾你给你机会，你得对我感恩戴德；如果二郎神败了甚至为孙悟空所杀，嘿嘿，那恰恰称了玉帝心意，谁叫你小子跟我结仇呢，死有余辜。这一点在二郎神捉孙悟空时，悟空同志说的那句话就已明明白白地暗示了。当时老君的金钢琢打中悟空天灵，二郎神的细犬赶上来就是一口，那悟空骂道："这个亡人！你不去妨家长，却来咬老孙！"翻译成现代白话就是："你这个该死的，不识好歹。不提防你的一家之长，反咬我一口！"这句话是指桑骂槐。明着是在骂细犬，实际是在说二郎神要提防自己的家长，二郎神的家长又是谁呢？他舅舅玉皇大帝。那玉帝就不担心没人能制服搅闹天宫的孙悟空吗？那有什么可担心的呢？你以为堂堂天庭真的治不了一个造反的猴子吗？笑话！所以，玉帝见到李天王求救兵的表章时，只是笑笑。

　　您会不会觉得书袋狼有点胡诌呢？人家玉帝那么大身份，怎么可能这么小家子气呢？其实这在《西游记》后面章节就有印证。第八十七回在凤仙郡，上官郡侯跟老婆吵架，老婆言语不净骂了两句，他一生气顺手把斋天的素供桌子给推倒了，素供掉了一地，郡侯就叫狗来把素馔吃了。可巧那天玉帝下界巡视，撞了个正着。玉帝暴怒，治罪凤仙郡，三年不降雨，导致该地区"一连三载遇干荒，草子不生绝五谷。大小人家买卖难，十门九户俱啼哭。三停饿死二停人，一停还似风中烛"。这件事简单说就是下界进贡玉帝的一顿饭被打翻了，玉帝就弄死了凤仙郡三分之二的人口。这种睚眦必报其实也是一种高压体现，以昭告天下天威不可冒犯。

刚才只是播放一个小插曲哈，咱们继续说二郎神。文学创作中，出现频率高的都不能算是真正的高手；真正的高手往往偶有现身，点到为止，昙花一现。《西游记》中的菩提祖师，连佛祖如来也摸不出他的行迹，高手一个；《三国演义》中，真正的高手不是那伏龙诸葛亮、凤雏庞统，而是水镜先生；《水浒传》中真正的高手是公孙胜的师父罗真人；《封神演义》中陆压道人总是神龙见首不见尾，被称为"火内之珍，离地之精，三昧之灵"。还有金庸武侠小说《笑傲江湖》中的风清扬……这些高手有一个基本特点：不入世。大凡高人，修行入境，早已淡泊了世俗的功名利禄。宠辱不惊，看庭前花开花落；去留无意，望天外云卷云舒。毕竟，俗世中的竞争全不在学术技艺层面，而是人心的争斗。修行之人却是要修心，心境到了技艺自然进入化境。那么二郎神算不算入世呢？算！虽不在天庭供职，却享受下方烟火。那他算不算高手呢？既然二郎神是入世之人，不应该算是高手吧，为什么还说他是高手中的高手呢？嘿嘿，高就高在这里。请看个中玄机。

莫大之恩

二郎神的第二次出现是在乱石山碧波潭，孙悟空刚刚和九头虫打了一仗，二郎神恰好打猎路过。两人不期而遇，孙悟空是这样说的："向蒙莫大之恩，未展斯须之报。虽然脱难西行，未知功行何如。今因路遇祭赛国，搭救僧灾，在此擒妖索宝。偶见兄长车驾，大胆请留一助，未审兄长自何而来，肯见爱否。"二郎神则笑道："我因闲暇无事，同众兄弟采猎而回，幸蒙大圣不弃留会，足感故旧之情。若命挟力降妖，敢不如命！"孙悟空口称兄长，还说二郎神对他有"莫大之恩"，他还没来得及报答。二郎神因悟空留会，又"足感故旧之情"，二人称兄道弟，还饮酒叙旧，通宵畅聊。这二位关系不一般哪，可不是我们一直以来认为的昔日宿敌呀。

　　二郎神对孙悟空有恩？什么时候的事儿？这二位只见过两次，这次算一次，如果说施恩了，那也只有在第一次孙悟空大闹天宫的时候了。可那时候俩人是敌我关系呀，有何恩情呢？我们看大闹天宫时，悟空被金钢圈打中，跌了一跤，又被细犬咬住扯了一跤，"急翻身爬不起来，被七圣一拥按住，即将绳索捆绑，使勾刀穿了琵琶骨，再不能变化"。第七回，穿了琵琶骨的孙悟空被众天兵押去斩妖台下，绑在降妖柱上，刀砍斧剁，枪刺剑刳，莫想伤及其身。南斗星奋令火部众神，放火煨烧，亦不能烧着。又着雷部众神，以雷屑钉打，越发不能伤损一毫。这里问题就来了。孙悟空在斩妖台火不能烧，雷不能伤，刀枪不入。可为什么二郎神的勾刀能穿了他的琵琶骨呢？孙悟空刀枪不入，二郎神的勾刀就应该无法穿了他的琵琶骨，那二郎神的勾刀既然能穿了孙悟空的琵琶骨，孙悟空就应该不是刀枪不入。晕了吧？咱们一点点分析呀。先做一个假设：孙悟空确实具有金刚不坏之身，但就像武侠小说里的金钟罩功夫一样是有弱点的，他的弱点就在琵琶骨上，二郎神正好知道，因此穿了孙悟空的琵琶骨。穿了琵琶骨就再不能变化，就是说孙悟空的金刚不坏之身是不需要法术支撑的。但事实是这样吗？

我们给孙悟空做个全身鉴定。先看看他的头，有过多次经历！钝器类是太上老君从天而降的金钢琢，打得孙悟空立不稳脚，跌了一跤。利器类是猪八戒的上宝沁金钯，平顶山金角大王的七星宝剑，狮驼岭老魔的钢刀等（凡间的不提也罢，比如九十七回，寇员外被害，官差用脑箍去箍悟空的头）。不管是抗击钝器类还是利器类，孙悟空的头都非常硬，没出任何问题。所以他的头没有异议。再看看脖子，第四十六回，孙悟空在车迟国与虎力大仙赌砍头——"那大圣径至杀场里面，被刽子手挝住了，捆做一团，按在那土墩高处，只听喊一声：'开刀！'飕的把个头砍将下来，又被刽子手一脚踢了去，好似滚西瓜一般，滚有三四十步远近……"看来脖子不是金刚不坏的，要是不让砍掉头得需要用法术；再往下是肚子，还是第四十六回，孙悟空与鹿力大仙赌剖腹剜心——"那刽子手将一条绳套在他脖项上，一条绳札住他腿足，把一口牛耳短刀，幌一幌，着肚皮下一割，搠个窟窿。"开膛破肚的事，在第七十九回比丘国救婴儿时也出现过，国王要取唐僧的心做药引子，悟空扮的假唐僧满口答应。"假唐僧接刀在手，解开衣服，挺起胸膛，将左手抹腹，右手持刀，唿喇的响一声，把腹皮剖开，那里头就骨都都的滚出一堆心来。"这样看来，肚子也不行。继续往下——腿，孙悟空的腿有过两次经历。第七十五回在狮驼岭大鹏的阴阳二气瓶里，孙悟空忽觉孤拐上有些疼痛，急伸手摸摸，却被火烧软了，自己心焦道："怎么好？孤拐烧软了！"第二次在镇元大仙的五庄观里，大仙道："照依果数，打三十鞭。"那小仙抢鞭就打。行者恐仙家法大，睁圆眼瞅定，看他打哪里。原来打腿，行者就把腰扭一扭，叫声："变！"变作两条熟铁腿，看他怎么打。从这两次经历来看，孙悟空不用法术支撑，他的腿同样也是做不到金刚不坏！在抗击镇元大仙的七星鞭时，他把两条腿变成了熟铁，很明显，孙悟空是怕腿承受不了，才去变的嘛！

这样分析完，勾刀穿琵琶骨的事件就清晰了。如果孙悟空真的被穿了琵琶骨不能变化的话，他的头也许可以雷火不损，刀枪不入！但是他的脖子、肚子、腿绝对不行！斩妖台的刀砍斧剁，枪刺剑刳，放火煨烧，雷屑钉打比镇元大仙的鞭子的杀伤力要大得多。

在这种情况下，孙悟空之所以能够雷火不损刀枪不入，是因为他的金刚不坏之身是用法术支撑起来的。用了法术说明猴子还能变化，能变化就没有穿了琵琶骨，没穿了琵琶骨就是说，二郎神穿了孙悟空的琵琶骨是假的！

这是莫大恩情之假穿琵琶骨。

大闹天宫一节，孙悟空为七圣所擒，那康、张、姚、李道："兄长不必多叙，且押这厮去上界见玉帝，请旨发落去也。"真君道："贤弟，汝等未受天箓，不得面见玉帝。教天甲神兵押着，我同天王等上界回旨。你们帅众在此搜山，搜净之后，仍回灌口。待我请了赏，讨了功，回来同乐。"

梅山六兄弟得到了一个善后的任务——搜山，而且还说搜净。搜净是啥意思？赶尽杀绝呀！您看取经路上各路妖王，一旦被除他们手下的小妖基本都会被悟空他们兄弟三人剿灭殆尽的。孙悟空也不例外，当时也是在花果山当妖啊，他被擒了，您说小猴崽子们会有好下场吗？那搜山的任务应该谁来完成呢？天兵天将啊。因为他们是本次战役的正规主力部队，二郎神的军队只是临时雇佣兵。二郎神此行的主要目的是擒拿妖猴，任务已经完成了，谁还管那善后的闲事？那为啥二郎神要抢先李天王给自己的部队下了搜山令？再有，梅山六圣的任务完成得又如何呢？

第二十八回，孙悟空三打白骨精，被唐僧逐出师门。重归花果山的孙悟空睁睛观看，那山上花草俱无，烟霞尽绝；峰岩倒塌，林树焦枯。那大圣正当悲切，只听得那芳草坡前、曼荆凹里响一声，跳出七八个小猴，一拥上前，围住叩头，高叫道："大圣爷爷！今日来家了？"大圣道："我当时共有四万七千群妖，如今都往那里去了？"群猴道："自从爷爷去后，这山被二郎菩萨点上火，烧杀了大半。我们蹲在井里，钻在涧内，藏于铁板桥下，得了性命。及至火灭烟消，出来时，又没花果养赡，难以存活，别处又去了一半。我们这一半，捱苦的住在山中。这两年，又被些打猎的抢了一半去也。"

当然这火是梅山六圣放的了。这段《西游记》的原文告诉我们，梅山六圣火烧花果山，却并没有完成二郎神给出的"搜净"的任务。孙悟空兄弟三人取经时剿灭小妖，不管几百还是几万，不也都轻松完成吗？这梅山六圣本非等闲之辈，要不怎么能和二郎神结为兄弟呢。再加上那一千二百草头神，完成"搜净"的任务简直就不是事儿。很明显了，二郎神还有一道暗令授给了他们。因此说二郎神的一道搜山令，实际上是救了猴群。要是搜净花果山的善后工作由天兵天将来干会是什么结果？以二十八星宿为例，二十八宿一出手就把独角鬼王和七十二洞妖魔尽数拿下，要是由他们带头去围剿猴群的话，恐怕花果山这个洞天福地早就成了荒山秃岭、难觅猴踪了。这就是二郎神先于李天王下令搜山的原因。至于放火烧山，那草木死了还会长出新的，猴子杀光就再难繁衍了。二郎神给猴子留了种。

这是莫大恩情之暗保家园。

接下来您该问了，二郎神为什么要施恩于孙悟空呢？这二位有关系吗？他们是亲兄弟？不是。当年玉帝的妹子瑶姬思凡下界与人间的小伙杨天佑生了两子一女，大郎杨蛟，二郎杨戬，女儿三圣母杨婵。这么看的话，孙悟空不是杨蛟，二郎神又没有弟弟，所以他们不是亲兄弟；那是不是因为孙悟空身上有二郎神的影子，比如孙悟空白手起家，开创了一个乌托邦式的花果山。二郎神也是自己创业，住在灌江口。孙悟空对抗天庭，二郎神也抗旨救过自己的老娘，跟玉帝有隙。孙悟空草根一个，走上了造反的道路。二郎神受制于传统礼教，最终只是听调不听宣。这会不会让二郎神有英雄惜英雄之意？于私也许有这方面的原因。但是人在江湖，身不由己，你的一举一动都不能牵扯个人情感，更何况二郎神这个官二代。所以二郎神对孙悟空的所谓的"莫大之恩"，其实隐藏着一个更大的阴谋。

哈哈，这事儿深了吧！

戏中有戏　勾心斗角

孙悟空大闹天宫这事惊动了各方神圣。天庭震怒，怎么能让猴子乱了天庭的秩序？必须镇压以儆效尤；佛教兴奋，因为这不仅仅是树立形象的机会，更是一个发展壮大佛教的机会，只有这一步走好了，下一步计划才能实施。因此佛教志在必得；这两方我们都提及了，那另一派系势力道教呢，怎么在这场重大事件中一直没看到道教的作为呢？嘿嘿，其实人家道教这其间一点都没耽误，谋划得很缜密，计划执行得很圆满，且又讳莫如深。

我们来看几个细节。第一，第六回玉帝调二郎神，大力鬼王宣读完圣旨，二郎真君大喜道："天使请回，吾当就去拔刀相助也。"本来这部分不用多费笔墨（写到这书袋狼插一句题外话：古人行文极其讲究，有时只言片语就说得通透，有时看似冗长画蛇添足，其实内有玄机），但是原书中特意让大力鬼王宣读了圣旨，云：

> 花果山妖猴齐天大圣作乱。因在宫偷桃、偷酒、偷丹，搅乱蟠桃大会，见着十万天兵，一十八架天罗地网，围山收伏，未曾得胜。今特调贤甥同义兄弟即赴花果山助力剿除。成功之后，高升重赏。

这分明是又特别交待了一下孙悟空有多厉害。那这一仗显然不是一般的玩兵人、拼乐高那么轻松，这是要拼个你死我活的。汉民族从来就不是一个好战的民族，我们想象出来的神话人物也不会那么愣头青，听说要让自己去玩命居然还"大喜"。二郎神"喜"从何来呢？他捉孙悟空十拿九稳？兵书云：知己知彼，百战不殆。俩人一不相识，二未谋面，二郎神没这个胜算；那是二郎神追名逐利，听说可以"高升重赏"，就有点忘乎所以？这个可能性不是太大，人家心高气傲，从来都是"听调不听宣"。高升重赏对他没什么吸引力。还有其他可能的情况吗？一时想不起来了。第二，老君为何拦阻观音不让她助二郎神一臂之力呢？

菩萨道："我将那净瓶杨柳抛下去，打那猴头；即不能打死，也打个一跌，教二郎小圣好去拿他。"老君道："你这瓶是个磁器，准打着他便好，如打不着他的头，或撞着他的铁棒，却不打碎了？你且莫动手，等我老君助他一功。"真是笑话，都成神器了还怕碎吗？不信您看后面收玉兔一节，广寒宫的兔子精用的是捣药杵，也是玉的，跟手舞铁棒的孙悟空咣咣咣地干了半日呢，那玉杵也不碎啊。菩萨道："你有什么兵器？"老君道："有，有，有。"捋起衣袖，左膊上取下一个圈子，说道："这件兵器，乃锟钢抟炼的，被我将还丹点成，养就一身灵气，善能变化，水火不侵，又能套诸物；一名金钢琢，又名金钢套。当年过函关，化胡为佛，甚是亏他，早晚最可防身。等我丢下去打他一下。"

而且老君表现得似乎有点着急，生怕被观音抢先，连说了三个"有"。为啥？一是他要在玉帝面前再次证明，天庭在关键时刻还是要依靠道教。更重要的，从老君的角度他并不知道观音是何居心，如果净瓶抛下去把悟空打死，那老君的全盘计划就前功尽弃了。所以，老君抢先出手，说完理由，还未等观音回话，就"自天门上往下一掼，滴流流，径落花果山营盘里，可可的着猴王头上一下"。

　　这里面就有一个局。

　　前面我们已经交待过二郎神在道教的师承关系，他与太上老君关系亲近。老君并没有把降伏妖猴作为一次建功立业的机会，而是看作一次与佛教较量的绝佳时机。当听说佛教推荐的人选是二郎神时，老君明白，暗战就要开始了。在二郎神与孙悟空大战之前，太上老君恐怕早已暗授机宜：显圣可奋力与妖猴一战，僵持不下时老君我自会出手相助。所以你只会胜不会败。得胜之后一不可伤他性命，二要如此如此这般这般。显圣此番既不会驳了玉帝面子，又可以从此名扬天下，三又成全我道教之伟业，诚可谓一举三得。这才有了前面咱们说的二郎神施恩孙悟空，以及南天门上太上老君阻止观音而强行先下手等一系列剧目。那您又得提问了吧：太上老君啥时见的二郎神啊？哈哈，太简单了，机会多多。观音赴蟠桃会时，还没来几位神仙呢，可人家太上老君早就到了，派出去的天兵天将又大都是他道教的门人，想了解孙悟空然后做布置简直易如反掌。二郎神的出场，即便观音不举荐，老君也会的。对太上老君来讲，二郎神的皇亲身份使得老君确信二郎神是计划实施的绝佳人选。这是他布置的一个棋子。这也正是为什么观音推荐二郎神出战的时候，道教并没有出面反对的原因，因为正中下怀。再者，即便玉帝发调令之前没和二郎神碰过面，玉帝差大力鬼王前往灌江口时，老君也能先于大力鬼王到二郎神那跟他密谋啊。您想想孙悟空是不是会灵魂出壳的把戏？就连不太入流的白骨夫人都会呀，这对于堂堂的道教代表人物老君算得了什么呢？甚至可以用最笨也最有效的方法，那大力鬼王就是揣了两道旨令出发的，一个是玉帝的圣旨，另一个就是老君的法旨啊。至于二郎神为啥接到调令后竟然是"大喜",这回明了了吧：道祖神算！天庭果然调我出征。而且，在与孙悟空交战之前，他要求李天王把天罗地网不要幔了顶上，只留四围紧密。后来这哥俩打着打着可就打到灌江口二郎神的老家了。要是天罗地网的顶上幔住了，他们就去不了灌江口了吧。可打架为什么非要打到灌江口呢？这不是什么巧合，灌江口是二郎神的地盘，如果二郎神有什么需要跟孙悟空交待的，也算是私密空间，十分的安全便利吧。书中也确实交待了，二郎神出战之后，"玉帝与观音菩萨、王母并众仙卿，正在灵霄殿讲话，道：既是二郎已去赴战，这一日还不见回报"。瞧见了嘛，玉帝的这边战况现场直播出了相当一段时间的空档期。这段空档期是不是可以发生一些事呢？

二郎神暗中在帮太上老君做局，而且办得神不知鬼不觉。与孙悟空这一战，玉帝满意，佛教满意，道教满意，孙猴子更是感念其恩。二郎神简直是八面玲珑。在《西游记》构建的社会形态中，二郎神是当之无愧的高手。

写到这您的疑问肯定来了：道祖为什么不干掉孙悟空呢？老君的局又是什么呢？

老君出场

一套定乾坤

天庭摊上事儿了，摊上大事儿了！而在遭此动荡的紧要关头，精神高度紧张的不是玉帝，而是佛道两派，他们各有各的打算。在降伏孙悟空的问题上，老君是当仁不让的，此时不彰显道家实力更待何时？我要让全天下都看看，最后能够左右局势的不是你佛教，而是我道教。在行事上老君看上去老练得多。天庭出事，人家老君可比佛家来得早，侍奉玉帝左右，但并不轻易发表言论。随后，老君先观察局势，暗地里他的派系中人也时时向他汇报孙悟空的功底，使得老君对孙悟空的功夫手段了如指掌。不像观音，来了就高姿态地让惠岸打探军情（其实您又不在天庭任职，怎么能单方面下令去参与军政大事），然后向玉帝献计献策献殷勤。及至观音举荐二郎神之际，老君的全盘计划基本成竹于胸并付诸实施。他也掌握了悟空的功底，那金钢琢打下去就不仅十拿九稳，而且分寸拿捏得也极准，既要能和二郎神配合抓住猴子，还不要伤了猴子。

这金钢琢也着实厉害，那是老君早晚防身用的。从后面取经路上，我们会看到，老君还有几样宝贝现身。平顶山时，老君的看炉童子下界成妖的金角大王、银角大王带了五样宝贝：紫金红葫芦，是太上老君在昆仑山一根仙藤上摘的，葫芦口对人喊一声，被叫人答应的话就会被吸入葫芦里；羊脂玉净瓶，是太上老君装水的瓶子，作用和紫金红葫芦一样；七星宝剑，老君炼魔之物；芭蕉扇，是太上老君扇火的利器；幌金绳，太上老君勒袍子的一根金丝带，一个松绳咒，一个紧绳咒（捆了自己人就念松绳咒；捆了别人就念紧绳咒）。这些宝贝最后让孙悟空一一化解。这些宝贝中，金钢琢最是厉害，它在后来的取经路上又被特意交待了一回，那是在金峣山金峣洞，老君的青牛变化的兕大王依靠金钢琢，不仅天兵天将李天王、哪吒、邓张二雷公、火德星君、黄河水伯降不住，连如来也心存忌惮。

那么，老君用这么厉害的金钢琢打孙悟空，也就让老君对孙悟空的筋骨也摸了个底，他对后面的计划更增强了一分信心。

孙悟空大闹天宫惊动朝野，十万天兵天将无人能敌。道祖一个金钢琢轻松化险为夷，再次巩固了道教的地位。而且，观音的棋看上去好像只准备下到制服妖猴这一步，道祖则算好了下面好几步，不愧为道教之祖。这一局，道教胜。

阴　谋

孙悟空为什么被送进八卦炉里？

话表齐天大圣被众天兵押去斩妖台下，绑在降妖柱上，刀砍斧剁，枪刺剑刳，莫想伤及其身。南斗星奋令火部众神，放火煨烧，亦不能烧着。

又着雷部众神，以雷屑钉打，越发不能伤损一毫。那大力鬼王与众启奏道："万岁，这大圣不知是何处学得这护身之法，臣等用刀砍斧剁，雷打火烧，一毫不能伤损，却如之何？"

为什么孙悟空被放进八卦炉里煅炼呢？理由看似很简单，因为天庭的刑具对猴子不能伤损一毫啊。这是老君早就料到的，因为他用金钢琢已经试过了孙悟空的筋骨了，那金钢琢那么厉害，孙悟空都能抵得住，你天庭那点手段怎么可能更胜一筹？再加上二郎神没有穿孙悟空的琵琶骨，他还能运用点护身法，悟空当然没事儿了。那你要是不行就我来吧，所以老君提出用八卦炉炼猴子。玉帝听了大力鬼王和众卿的话后，问道："这厮这等，这等……如何处治？"这个时候，太上老君即奏道："那猴吃了蟠桃，饮了御酒，又盗了仙丹，——我那五壶丹，有生有熟，被他都吃在肚里，运用三昧火，煅成一块，所以浑做金钢之躯，急不能伤。不若与老道领去，放在八卦炉中，以文武火煅炼。炼出我的丹来，他身自为灰烬矣。"您看到了吗？老君"即"奏，也就是想都没想啊，就知道到这步该我出场了，事情的发展都是按老君预料的在进行，人家还用想吗？一切都看着那么顺理成章，孙悟空就应该进八卦炉。而老君的这段话，还牵出了另外一个问题：因为吃了老君的丹，所以"急不能伤"，那孙悟空为什么能吃到这些丹呢？是因为孙悟空瑶池搅了蟠桃会，在那喝醉了，回家的路上"仗着酒，任情乱撞，一会把路差了，不是齐天府，却是兜率天宫"。按说走错了路这很正常，可兜率宫还不关门。不关也行，让孙悟空进去就进去吧，可有意思的是兜率宫竟然还没人！据说是老君与燃灯古佛在三层高阁朱陵丹台上讲道，众仙童、仙将、仙官、仙吏都侍立左右听讲，一个没留。那也没关系，那总得把炼好的丹收起来吧，也没有！孙悟空进去的时候看到的情况是这样的：但见丹灶之旁，炉中有火。炉左右安放着五个葫芦，葫芦里都是炼就的金丹。连孙悟空都知道金丹是"仙家至宝"，兜率宫里的人能不清楚吗？您就想想吧，你们家贵重物品是不是随便往桌上一撂，比如您把结婚戒指跟酱油瓶子放一块儿。再说了，蟠桃大会可是马上就要开始了，赤脚大仙都到了，其他神仙陆续都往那边赶了，要是没有意外，七仙女把蟠桃也都摘回来了，老君您还不麻利儿的呢。而且兜率宫在三十三天之上，好歹离瑶池还是有段距离呢，为什么不收拾收拾准备出发？非在这时候安排讲道，把所有人都撤干净喽。不关门，清场，金丹随意放，有什么理由不让孙悟空就范？老头儿你是故意送五壶金丹给猴子吧？这也给老君提出把孙悟空送进八卦炉提供了第二个理由：孙悟空吃了我为陛下做丹元大会准备的金丹，我还得帮您把金丹炼出来侍候您用，丹出来了，猴子也就成灰烬了。老君为天庭如此尽心尽力，玉帝不批准才怪呢。这样看来，老君的精心部署其实早已开始，安排二郎神暗助孙悟空仅仅是其中一步。

呵呵，明白了吧，孙悟空就是这样被送进八卦炉的。不过，书袋狼还是得再强调地问您一句：孙悟空为什么被送进八卦炉？

孙悟空为什么逃出了八卦炉？

诚如老君料想，孙悟空被顺利地送进八卦炉。似乎一切都应该归于平静，天庭秩序井然，众神各归原位，一派河清海晏、歌舞升平的景象才对。呵呵，事情永远不会那么简单。后来怎么样了呢？您都知道，孙悟空逃出八卦炉，继续闹天宫。而这些又都是怎么发生的呢？答案是：均为老君部署。

为什么不死？

跑的前提是孙悟空没死。为什么没死呢？"原来那炉是乾、坎、艮、震、巽、离、坤、兑八卦。他即将身钻在巽宫位下。巽乃风也，有风则无火，只是风搅得烟来，把一双眼�红了，弄做个老害病眼，故唤作'火眼金睛'。"原来是孙悟空找到了一个有风无火的好位置。多可笑啊！老君乃是道教之祖，八卦之精熟无人能出其右，他不可能不晓得"巽宫"有风无火，这么在炉子里炼有可能烧不死猴子的。

为什么能跑？

跑？想想没可能啊。兜率宫是什么地方？太上老君府邸；太上老君是什么人物？三清之一，道教最高领导人。孙悟空怎么可能在他的一亩三分地并从他的眼皮底下就能跑掉呢？且看原文：

真个光阴迅速，不觉七七四十九日，老君的火候俱全。忽一日，开炉取丹。那大圣双手悟（同"捂"——作者按）着眼，正自揉搓流涕，只听得炉头声响，猛睁睛看见光明，他就忍不住，将身一纵，跳出丹炉，唿喇一声，蹬倒八卦炉，往外就走。慌得那架火、看炉，与丁甲一班人来扯，被他一个个都放倒，好似癫痫的白额虎，风狂的独角龙。老君赶上抓一把，被他一摔，摔了个倒栽葱，脱身走了。

原来孙悟空跳出八卦炉时，道祖老头一没用兵器二没使法宝，就是赶上抓一把，那您哪成啊？虎老雄心在，可岁数不饶人啊，拼力气比灵活有几个赶得上这只猴子的。老头儿，您至少有七星剑吧，有芭蕉扇吧，或者捆仙绳什么的，这时候还没让童子拿走呢吧？要不干脆还是来狠的，那金钢琢您不说是早晚防身用的吗，那就是随身携带的呗，祭起金钢琢啊。没有，全没有。太上老君就是眼睁睁地看着孙悟空走！对不起说错了，不是只看着，还是很逼真地演了一把戏的。抓一把没抓住，还被摔了个倒栽葱。显而易见啊，孙悟空能跑是老君有意放走的。

为什么还能继续闹？

孙悟空逃出八卦炉，继续闹天宫。这回愈发的狠，一直打到了灵霄殿，幸亏佑圣真君的佐使王灵官执殿，他和三十六员雷将把孙悟空团团围住，"一时，见那众雷将的刀枪剑戟、鞭简挝锤、钺斧金瓜、旄镰月铲，来的甚紧。他即摇身一变，变做三头六臂；把如意棒幌一幌，变作三条；六只手使开三条棒，好便似纺车儿一般，滴流流，在那垓心里飞舞，众雷神莫能相近"。您看到了吧，孙悟空出了八卦炉，居然还是使他那条金箍棒打。我老天儿！老君爷爷原来一直就没给孙悟空缴械啊；变做三头六臂，就是说他依然能变化。能变化就是没穿琵琶骨喽。是不是二郎神的功劳？我想是的。但您是否注意到，老君在把孙悟空送进八卦炉时，书中是这样描述的："那老君到兜率宫，将大圣解去绳索，放了穿琵琶骨之器，推入八卦炉中，命看炉的道人，架火的童子，将火扇起煅炼。"既然要用炉子烧死孙悟空，那穿琵琶骨之器放不放没必要啊，一块儿烧了得了呗。干吗还要先放了穿琵琶骨之器？呵呵，告诉您，这至少有两个作用：一是老君与二郎神天衣无缝地进行了第二次配合，为二郎神做了一个掩护。二郎神捉住孙悟空时，天兵天将都看到了他穿了猴子的琵琶骨，使他再不能变化。如果老君把孙悟空送进八卦炉前没有放了穿琵琶骨之器，到后来悟空逃出八卦炉天庭发现他依然能变化，那不就发现二郎神作假了吗？岂不是害了二郎神。二则老君心思缜密，有意放猴子出去继续闹的话，必然要他还有法力，不管二郎神是否真的穿了孙悟空的琵琶骨，我老君这次先把这穿琵琶骨之器给你放掉，确保猴子出去万无一失还能变化。可能有人要问了，老君不怕玉帝察觉或见怪吗？哼哼，这是在我的兜率宫，不是众目睽睽，放没放还不是我说了算。再说了，我这丹炉是给陛下炼丹用的，材料比例是极其讲究的哟。那穿琵琶骨的勾刀是金属，如果加进去，很可能破坏金丹的炼制。你可知道我炼的丹有多高价值吗？切！至于没有没收那根棒子的问题，更好解释：这棒子猴子没闹的时候都藏着，平时看不见，老汉我年事已高记性不好，又一心想要炼这猴子，不慎把棒子忘了。

为什么被送进八卦炉？

好了，回到前部分解释了表面没解释深层原因的那个问题：为什么孙悟空被送进八卦炉？其实老君把孙悟空送进八卦炉，并非要重新炼出金丹，而是特意要把孙悟空煅炼一番，让他再精进一步。这个答案在平顶山一回，孙悟空被银角大王装进葫芦，那葫芦十分厉害，把人装在里面，只消一时三刻，就化为脓了。孙悟空在葫芦里想："老孙五百年前大闹天宫，被太上老君放在八卦炉中炼了四十九日，炼成个金子心肝，银子肺腑，铜头铁背，火眼金睛，那里一时三刻就化得我？"

这金子心肝、银子肺腑、铜头铁背、火眼金睛是大闹天宫前不曾听谁说的，平顶山时是猴子自己招出来的。老君对猴子，真心下了一番功夫的。经八卦炉煅炼的孙悟空，更加神勇，打得那九曜星闭门闭户，四天王无影无形。无一神可挡，直打到通明殿里，灵霄殿外。

小结一下，老君亲自出手抓住了孙悟空，但不伤他，更不让他死，还要把他送入八卦炉进一步煅炼一番，使他更加勇武强健。最后老君又亲手把孙悟空放出来，继续搅乱天庭。

这老头儿玩的是哪一出啊？

醉翁之意不在酒，所有的用意都在于派系间的争斗。我们已经知道当时的天下道教是有着较大优势的，但佛教的实力也是不容小觑的，或者说佛教的实力到底怎么样道教还没有摸清，要想扳倒佛教又没有绝对把握的情况是不能撕破脸皮的。那怎么办？先探探佛教的实力呗。怎么探？利用孙猴子嘛！首先，老君对孙悟空做了一番考察，孙悟空是一个反叛，天庭实际上是可以容忍反叛的，只要你做得不要太过，就可以相安无事，不然西行路上为什么可以有那么多妖怪存在呢？而孙悟空则不然，不仅反叛，而且胆大包天，不仅要做齐天大圣，后来竟想坐坐玉帝的位子，这一下子就被老君盯上了。后来他又发现孙悟空是个天产石猴，天生根骨就好，而且功夫十分了得，天兵天将第一次围剿花果山没能灭了他，还大败而回，只好封他为齐天大圣，老君心里就有些计较了，觉得此人正好可以利用。再后来他给猴子吃了五壶金丹，又用金钢琢对其筋骨进行了一次测试，测试结果令他高兴，使得他有意愿给孙悟空在炉里再炼一番。捉放孙悟空这一番周折，可谓颇费心思，所有这些都是道祖故意做出来给自己的老对手如来看的。孙悟空，这个搅乱天庭的猴子，任他神通广大，在我手中却收放自如，我抓住他易如反掌，我还可以放了他，放了他我还能再抓住他，你佛教行吗？放了还能再抓住吗？这个问题没有直接回答，但在金峁山孙悟空与老君的青牛儿大王斗的时候这个疑问就给解答了。首先孙悟空依然搞不定金钢琢，也就是说老君还可以用金钢琢制服悟空。

这一次，老君把孙悟空放出去，最直接的目的是要逼如来出来，看如来有没有本事制服孙悟空，你要能制得了猴子，顶多是两家暗战打了一个平手，不分输赢，你在天庭仍然有一席之地；要是办不了猴子，嘿嘿，天庭还得找我，以后如来就此偃旗息鼓，佛教自此在天庭再无话语权。以老君那么大身份当然不会和如来正面冲突，从猴子身上入手而一分高下，这叫不战而屈人之兵。而且，老君为了保险，还给孙悟空加了磅，不仅大方地送了他五壶金丹吃，还把他在八卦炉里炼了一番，让他比以前更厉害了。

果然，孙悟空逃出八卦炉，继续搅闹天宫，最后逼得玉帝无计可施，"遂传旨着游奕灵官同翊圣真君上西方请佛老降伏"。

这就是老君精心策划的那个阴谋。

资源往往不是用在发展上，而是用在内耗上。一本《西游记》，不知告诉了我们多少道理。

老君可以轻而易举地把孙悟空弄死，同样能够达到继续巩固道教地位的目的。但对于老君这样的人物，杀死个把猴子的作为太令他嗤之以鼻了。他要的不是小胜怡情，而是一举击败对手，使其再无还手之力，从此天庭不再正视佛教，只唯我道教独尊。所有事情都是在老君的预料中按部就班地进行着。殊不知局中有局，原以为自己的计划正在完美推进，殊不知另外一股阴云正悄无声息地笼罩过来。你在做局，外面还有一个更大的局。

故事才刚刚开始

高手间的对决不在于有形的一招一式，而是智慧的较量，非一般舞枪弄棒之人能够轻易参透。如来岂是凡人，当然解得老君的醉翁之意，而且他还将极其高明地以谦恭的姿态解决当前这个辣手的问题，不仅化险为夷，使佛教屹立不倒，而且如来同样是个一等一的高手，他也绝不会把摆平当前的麻烦从而还保有一席之地这种小胜作为对老君出招挑衅的回应。为了佛教更是为了自己的未来，如来绞尽了脑汁，他也一直忍辱负重地等待着机会。终于，一只天产的猴子的出现，让他看到了希望。他的眼睛里闪现出一道光，然而转瞬即逝，眼神又恢复了往日的平和。只是那道光早已充盈了他的内心。他发誓要绝地反击。只是这一次，他要的不是抗争，而是崛起！

也玩一场"角色扮演"

如来佛降伏孙悟空的故事尽人皆知，不必赘述，此处只讲一些容易被忽略的东西。在对付孙悟空的问题上，如来的大思路和老君完全一致，可以说玩了一把思维上的角色扮演——COSPLAY。老君抓住孙悟空，但不伤害他，还要历练他，最后还放了他。如来也是如法炮制，把孙悟空压在五行山下，不伤害他，让他在山下苦历灾愆，最后也是通过唐僧之手把他放了出去（此是后话，后面会详细阐述）。为什么要山寨老君呢？《三国演义》第二十回"曹阿瞒许田打围 董国舅内阁受诏"一节讲曹操与汉献帝出去打猎时，"曹操与天子并马而行，只争一马头"。要知道在古代，和天子并马而行，非人臣之礼，这是僭越。这个故事其实也告诉我们，一个人的一个小小的举动，都能反映人的内心活动。后来曹氏果然夺了汉室江山。老君虽然不是天子，但他在天庭德高望重，玉帝也要敬他三分，如来城府之深，你我不能望其项背。他看上去完全是像小学生一样在学习老君，从姿态上表现得十分谦恭，实际上就是韬光养晦，根本不让别人看出自己的内心世界。再举个实际生活的例子，公司团队活动，领导带着大家靶场射箭，领导射箭水平总体不错，偶尔还能射中靶心，别的同事都自愧不如，只有你，几乎每次都比领导射的成绩高，这本来和工作无关，但你可能已经得罪你的上司了。

　　如来为什么要这样呢？我们讲过，当时天庭中道、佛两派，道教强而佛教弱，佛教处处小心行事，既不能触怒道教，还要暗中强大自己。如果如来采用了表面上谁都认为比老君高的手段一招制服孙悟空，那无异于是一种公开挑衅，两家的争斗很可能升级，以佛教当时的实力还不敢轻举妄动，而且同时会令玉帝不满，因为如果争斗升级，就意味着表面的和谐被打破，玉帝不满的后果是很严重的，不管你这次是否能降住孙悟空，恐怕以后你连和道教过招的机会都没有了。

　　难道真的是简单的效仿吗？当然不是。这场模仿戏如来做得是形相似而神迥异。

第一，老君所有的事情都是暗的，老君抓住孙悟空是背后偷袭，不伤猴子是因为老君和二郎神配合从中做了手脚，天庭伤不了他，当然在八卦炉里烧不死也是不能明说的事，孙悟空逃出八卦炉同样是老君导演并参演的一出戏；而如来所有的事情都是明的。孙悟空和如来赌赛，对结果很是质疑，想再去查看："好大圣，急纵身又要跳出，被佛祖翻掌一扑，把这猴王推出西天门外，将五指化作金木水火土五座联山，唤名'五行山'，轻轻的把他压住。"这是当着悟空的面，不是暗算。猴子被压在五行山如来也不伤他命，而且，等如来参加完安天大会后，"如来即辞了玉帝众神，与二尊者出天门之外，又发一个慈悲心，念动真言咒语，将五行山召一尊土地神祇，会同五方揭谛，居住此山监押。但他饥时，与他铁丸子吃；渴时，与他溶化的铜汁饮。待他灾愆满日，自有人救他"。说得明明白白，一是不杀猴子，二是用这种方式历练他，三是最终会把他放出去。

第二，老君抓住孙悟空又故意放了他，是为了把如来引出来，给如来出个难题。而如来抓住悟空后却没有把猴子再推还给自己的对手，但是他也没有交给天庭处置。

第三，孙悟空被擒后，众天兵把他押去斩妖台，他原本的命运是要被弄死的。那设想一下，孙悟空逃出了八卦炉，如来没能降伏孙悟空，那会是什么结果？是不是太上老君还要出来解围，抓住孙悟空？那这次老君再抓住猴子的话，猴子将是什么下场？会再放一次吗？没必要了，因为对手基本已经输了。另外再放，玉帝也该不干了。上次你老头儿自己说能把孙悟空炼成灰烬，结果反让他跑了，这次还不把他弄死，老头儿你几个意思呀？就是说孙悟空在老君手里的下场就是死；反之，既然在老君手里孙悟空的最终结局是死，那么老君是不是理所当然地认为，如来如果抓住悟空的话，孙悟空的结局也是一个死呢？一则因为这是玉帝的要求啊。要么如来亲手把猴子弄死，要么交给天庭，天庭想办法弄死，要么从老君那跑的就要还给老君，老君也得把猴子弄死，反正是个死。二则是因为通过孙悟空你如来在玉帝面前挣足了面子，猴子的利用价值已经没有了，他是我们天庭的共同敌人，如来当然要把他干掉了。

　　然而猴子的结局出乎老君意料，他非但没有死，而且后来还为如来所利用，并且最后成为如来的一个死心踏地的拥趸。这是后话。此一番较量，如来的谋略更胜一筹。哎，也许是老君轻敌了。

　　现今我们活得真是悲哀，总被别人说中国人没有创意，什么都山寨别人的，产品山寨别人的，广告山寨别人的，娱乐节目山寨别人的，连个小品也要山寨别人的。"山寨"变成了一个名副其实的贬义词。其实我们并不太在意"山寨"，在意的是抄就抄吧，还抄得那么烂。真心觉得山寨者们应该多看看《西游记》，学学如来，人家也模仿老君，不仅学得有模有样，还那么地青出于蓝。

局面大扭转

　　佛道两家都抓了一次猴子，而立功的待遇却不可同日而语。

如来抓到猴子后，天庭给予了极高的礼遇。

首先是"玉帝留宴"。

如来佛祖殄灭了妖猴，即唤阿傩、迦叶同转西方极乐世界。时有天蓬、天佑急出灵霄宝殿道："请如来少待，我主大驾来也。"佛祖闻言，回首瞻仰。须臾，果见八景鸾舆，九光宝盖；声奏玄歌妙乐，咏哦无量神章；散宝花，喷真香，直至佛前谢曰："多蒙大法收殄妖邪，望如来少停一日，请诸仙做一会筵奉谢。"

是玉帝亲自驾到留请，然后安排庆功宴，这得多大的面子。自然也是做给老君看的。

然后是"群仙献礼"。

不一时，那玉清元始天尊、上清灵宝天尊、太清道德天尊、五炁真君、五斗星君、三官四圣、九曜真君、左辅、右弼、天王、哪吒，玄虚一应灵通，对对旌旗，双双幡盖，都捧着明珠异宝，寿果奇花，向佛前拜献。

看到了吧，各路神仙一应到齐，而且道教最高级别长官三清俱到。吴老爷子怕咱不认识三清，特别在西行路上车迟国一节借八戒之口告诉我们，三清就是元始天尊、灵宝道君和太上老君。老百姓常说：来就来吧，还拿什么东西呀。大仙儿们没一个空手来的，都捧着明珠异宝，寿果奇花，如来这回可是美了。

最后是"王母摘桃"。这个礼遇更加罕见。

众皆畅然喜会，只见王母娘娘引一班仙子、仙娥、美姬、毛女，飘飘荡荡舞向佛前，施礼曰："前被妖猴搅乱蟠桃嘉会，请众仙众佛，俱未成功。今蒙如来大法链锁顽猴，喜庆安天大会，无物可谢，今是我净手亲摘大株蟠桃数颗奉献。

这要在人间，王母娘娘就是国母啊。国母竟然亲自下地干活给如来摘桃子，为表示尊敬，摘桃前还把手洗了。

而道家抓到猴子时，却是另外一种际遇。玉帝对二郎神是"赏赐金花百朵，御酒百瓶，还丹百粒，异宝明珠，锦绣等件，教与义兄弟分享"。其实就是赏个仨瓜俩枣打发走了。老君则啥也没落着，还得回去再烧四十九天炉子。这种亲疏差异恐怕是老君始料不及的，他最多认为如果如来抓到了猴子，佛教在天庭还保有一席之地，如来还有说话的份儿。万万没想到的是玉帝对如来如此的礼遇，让人隐隐觉得一颗新星就要冉冉升起。

不仅如此，还有一件蹊跷的事。玉帝明明是要弄死孙悟空的，但从如来出场到安天大会结束，玉帝只字未提如何处置猴子，任凭如来安排。这是为什么呢？

在历史上派系之争比比皆是。比如，唐朝的牛李之争，宋朝王安石变法派和司马光反变法派之争，明朝的东林党与阉党之争，清朝末年的光绪和慈禧的帝党和后党之争……可以说，历史上派系斗争就一直没有断过。神仙本是人来做，所以天庭也不例外。一切都要从佛道两派之争说起。天庭当时是道教强而佛教弱，有一家独大的趋势，这种失衡让玉皇大帝深感不安，这样发展下去造成的局面是道教结党营私，专权独断，玉帝只是一个任人摆布的傀儡。孙悟空的出现给大家带来了新的希望。道教认为这是一个打击对手、进一步巩固道教地位的机会；佛教认为如果抓住机会，这将是佛教崛起之始；玉帝呢，他觉得是时候扶持一个新的力量来制衡道教了。很显然，这么看来，佛教和玉帝更容易一拍即合、走到一起。那么对于猴子的处理，以及压住猴子后天庭对于如来的至高礼遇就不难理解了。如来和玉帝，应该是暗中有过一番更为深远的谋略。

我们把孙悟空闹天宫这段回放一遍。

玉帝制造事端：蟠桃大会不请孙悟空，导致孙悟空搅了蟠桃会，这是人为制造两派之争的诱因。

佛教投石问路，老君出招：王母娘娘蟠桃会，悟空去了老君的兜率宫，而当时老君还在讲道，也就是老君当时还不着急赴会。如来先到是有可能的，但是如来也没出现，只是派个观音先行赴会。从如来和玉帝的表现来看，应该是都在对老君作冷眼观，换句话说，就是让老君先出招（其实这有一个疑问：如来怎么会知道孙悟空会在哪会儿搅闹天宫呢？往后您就知道）。果然，看似沉稳的老君在最后与观音讨论谁来出手相助二郎神的节骨眼上，显得有些迫不及待。

玉帝诱其深入：等到猴子上了斩妖台，天庭对他无计可施的时候，老君又出场了。此时没有人质疑老君会出现差错，连玉帝恐怕也对自己这步棋捏了把汗。但玉帝毕竟是玉帝，道行太深了。大闹天宫时，如来与孙悟空有过一番对话，如来曾说："你那厮乃是个猴子成精，焉敢欺心，要夺玉皇上帝尊位？他自幼修持，苦历过一千七百五十劫。每劫该十二万九千六百年。你算，他该多少年数，方能享受此无极大道？"玉帝经历了那么多年，什么没经见过，他那颗心恐怕早就玲珑剔透了。老君的顶尖法宝金钢琢没能将悟空毙命，使得玉帝对老君的心思已经有所洞察，所以做了一个赌赛，看看老君把悟空带走后是不是后面还会有故事。果不其然，猴子逃了。

　　时机已到，如来出场：城府越深越冷静，越能抓住制胜的最佳时机，因为很多行动是要基于分析的结果而实施的，先出手并不一定意味着占尽先机，应是该出手时才出手。玉帝耐心地看完了老君的整场演出，也不戳穿他，借着老君故意放出猴子，顺势请如来出场。因为大家都看见了，你摆弄不了猴子了，那我就得找别人来了，总不能让我的天庭一直这么乱着吧。这顺理成章啊。老君的戏连道教中自己的人都被蒙蔽了，第七回安天大会上，有着极高辈分和威望的南极老寿星也来了，见玉帝礼毕，又见如来，申谢曰："始闻那妖猴被老君引至兜率宫煅炼，以为必致平安，不期他又反出。幸如来善伏此怪，设宴奉谢，故此闻风而来……"从此也可以看出，老君的戏导演得可谓逼真。但毕竟是高手间的较量，道高一尺，魔高一丈，而且还是玉帝和如来联手。这你一招我一式的，配合得那叫一个默契。

　　哈哈，事实证明，你对我心仪，我为你亮灯，牵手成功，合作愉快。

　　事实上，如来与玉帝的合作早在大闹天宫之前就开始了。当年孙悟空与菩提祖师学艺，学得了长生之法，更是学会了躲避三灾利害的技能，已是太乙散仙，用他自己的话说，"我老孙修仙了道，与天齐寿，超升三界之外，跳出五行之中"。说白了就是阎君根本就管不着孙悟空了。可是那十代冥王竟然还是差小鬼去勾孙悟空的魂。不知您看《西游记》这段时是否还注意到另外一个细节，判官查档案管理的生死簿时其实根本就查不到孙悟空的名字，后来单独有个本子，里面才看到孙悟空的名字。也就是说，猴子并没有记录在案，单独的本子就是临时搞出来的。这样来引起冲突，才会有孙悟空大闹森罗殿，然后地藏王菩萨上灵霄殿告状，太白金星奉旨招安等后面的故事。幽冥界，那是如来的地盘；地藏王菩萨，那是如来的人。

这场较量中，如来一直在暗处，老君一直在明处。即便是第一次交锋，如来也是派手下的观音出战，自己绝不轻易露面。这在战术上应该叫投石问路吧。用观音试探出了老君的心理，高！实在是高！而在战略部署上，如来只会比老君高，不会比他低。老君是想借孙悟空闹天宫扳倒异己，而他想不到的是，这一场大闹天宫的大戏恰恰又是如来和玉帝联合执导的。真是局中有局、迷中有迷呀。

太白金星

这里又带出一个问题：我们一直在说玉帝与如来之间有往来，显然这样的往来不太可能是光明正大的，毕竟天庭中道教党羽甚多，一不小心就会被老君知晓，闹将起来可就非同小可。不能明着来，那就得暗着来了。暗着来就得有个沟通的桥梁，谁来为如来与玉帝间架设这个桥梁呢？书袋狼并没有十分的把握去判断，只是觉得有一个人嫌疑很大——太白金星！

首先要明确一下太白金星的身份。无论查询典籍还是百度、谷歌，都可以得出他是道教中人的身份。那为什么怀疑是他在给如来和玉帝传信呢？下面提供几个证据。

证据一：言语间似在表明身份。

第三回，孙悟空被龙王和地藏王菩萨告上了天庭，一个说妖仙闹了东海，一个说妖猴大闹森罗殿，玉帝准备遣将捉拿，这时太白金星出了个招安的主意，玉帝准奏，于是太白金星大老远地来到花果山，"猴王急整衣冠，门外迎接。金星径入当中，面南立定道：'我是西方太白金星，奉玉帝招安圣旨下界，请你上天，拜受仙箓。'"金星说他来自西方的。西方，那不就是如来的地盘吗？这似乎隐隐地在说太白金星是西方如来佛祖那边的。类似的话还出现在第十三回双叉岭。唐僧师徒被一个叫寅将军的老虎精捉住，寅将军和熊山君（熊罴精）、特处士（野牛精）吃了唐僧的两个随从，后来金星赶到，救了唐僧，并留了四句颂子，云："吾乃西天太白星，特来搭救汝生灵。前行自有神徒助，莫为艰难报怨经。"看，在这他又说他是来自西天的。那唐僧不就是要去西天取经吗！

不管在哪儿，太白金星明明都可以说"我是太白金星，我来怎么怎么样云云"，没必要强调他是"西方"或"西天"的呀。吴老爷子特意这么加可能还是有些用意的。

证据二：取经路上，太白金星又出现过几次，每次的出现都是帮助取经团解决和佛教相关的磨难。

黄风岭指点迷津：第二十一回，唐僧师徒被困黄风岭，孙悟空得知灵吉菩萨能够定住风势，却不知他住哪儿。于是太白金星变成老公公，为孙悟空指明灵吉菩萨的住处以及可以定住黄风怪风势的是飞龙杖；黄风岭的这个黄风怪，灵吉菩萨说得明白："他本是灵山脚下的得道老鼠，因为偷了琉璃盏内的清油，灯火昏暗，恐怕金刚拿他，故此走了，却在此处成精作怪。如来照见了他，不该死罪，故着我辖押，但他伤生造孽，拿上灵山。今又冲撞大圣，陷害唐僧，我拿他去见如来，明正其罪，才算这场功绩哩。"原来这个黄毛貂鼠是如来安排的。

狮驼岭报信：第七十四回在狮驼岭，太白金星在山上变做一个老者远远高呼："西进的长老，且暂住骅骝，紧兜玉勒。这山上有一伙妖魔，吃尽了阎浮世上人，不可前进！"而且还隐隐告诉悟空妖怪和佛教大有渊源："那妖精一封书到灵山，五百阿罗都来迎接；一纸简上天宫，十一大曜个个相钦。四海龙曾与他为友，八洞仙常与他作会，十地阎君以兄弟相称，社令城隍以宾朋相爱。"狮驼岭的三个魔头，狮子是文殊菩萨的坐骑，大象是普贤菩萨的坐骑，而那个大鹏则和佛母大明王菩萨是一母所生。

悟空状告李天王，金星解围：第八十三回，在陷空山无底洞遇到一个金鼻白毛老鼠精，自称地涌夫人，他是托塔李天王的义女，哪吒三太子的义妹（您一定有经验，在别的书中，托塔天王和哪吒被写成道教中人，而《西游记》中，特意在这一回强调了他们俩是佛教中人）。这件事被孙悟空告上天庭，又是太白天金星出面调停，避免了一场争端。

车迟国托梦：第四十四回，车迟国被虎力、鹿力、羊力大仙把持，压制佛教，很多和尚死于非命，但有五百名和尚受神人保护，还在梦中告诉这些和尚齐天大圣会来搭救他们。梦里太白金星还把齐天大圣的模样描述得清清楚楚。

这些例子为什么能说明太白金星可能也是佛教中人呢？其一，佛道两家势同水火，如果太白金星是一个纯粹的道教中人，那么他不可能处理这些佛教中的事。其二，西天取经本来就是佛教的项目，如来对此做了充分的准备与安排。佛教这方的自然想方设法确保成功，而道教那方则不然，他们明着要遵从玉帝的旨意参与项目，暗中当然不希望这个项目成功。所以遇到和道教有关的妖怪时，道教是不会派人给取经团通风报信的。只要需要报信的，都是由佛教中人来完成。比如孙悟空经常把山神土地叫出来问话；比如，平顶山遇到金角、银角大王前，日值功曹变做樵夫来报信，那日值功曹是如来派去暗中保护唐僧的；再比如，第五十二回金峨山的兕大王，如来暗示这个妖怪的主人公。所以按此推断，太白金星也是佛教中人，即便不是，他也是在暗中为佛教办事。

证据三：从猪八戒的言谈中分析推断。

从猪八戒的言谈也可以推断太白金星和佛教一定是有关系的，不过这个证据我们要在讨论猪八戒一节时才能揭晓。希望您能看完这本书。

哎，我怎么越分析越觉得有道理呢？如果太白金星真的是道教中人，同时也在给佛教办事的话，天庭的一举一动如来当然了如指掌。而且，这个如来太有谋略了，他的战略规划比道教战线更长，启动也更早，而且是和玉帝联袂。且看下文。

大闹天官前的铺垫

悟空出世时，原文说道：

五官俱备，四肢皆全。便就学爬学走，拜了四方。目运两道金光，射冲斗府。惊动高天上圣大慈仁者玉皇大天尊玄穹高上帝，驾座金阙云宫灵霄宝殿，聚集仙卿，见有金光焰焰，即命千里眼、顺风耳开南天门观看。二将果奉旨出门外，看的真，听的明。须臾回报道："臣奉旨观听金光之处，乃东胜神洲海东傲来小国之界，有一座花果山，山上有一仙石，石产一卵，见风化一石猴，在那里拜四方，眼运金光，射冲斗府。如今服饵水食，金光将潜息矣。"

他那两个眼睛能目运两道金光，射冲斗府，能把天庭都惊动了，你说他得多大的潜力。但玉帝看后却说了一句极其矛盾的话，玉帝垂赐恩慈曰："下方之物，乃天地精华所生，不足为异。"首先，如果不足为异，那为什么悟空眼睛的两道金光居然惊动了您？应该还是挺奇异的吧。要不然，您一个不知历经了多少年才享受无极大道的玉皇大帝，可以说大千世界无所不见，怎么这两道金光就能惊动您大驾？您还聚集仙卿一块儿看看究竟。另外，玉帝的原话也有毛病，这下方天地精华所生的，也是有好有坏、有强有弱的，比如老君的葫芦和芭蕉扇何等厉害，那些都是下方天地精华所生啊，怎么就一下断定"下方之物不足为异"呢？而且玉帝一向是个明察秋毫的人，第九回，玉帝让泾河龙王下雨普济长安城，泾河龙王还是按圣旨照办了的，但为了打赌能赢袁守诚，他把下雨时间改了一个时辰，雨水点数由原定的三尺三寸零四十八点，减少为三尺零四十点，只少下了三寸八点，结果就被玉帝斩了龙头。所以不论从哪方面讲，玉帝也不会轻言"不足为异"的。以玉帝的阅历，他是能够晓得悟空的潜力的，他那么说，就是要让道教放松对悟空的关注，而他和如来就有时间谋划。虽然老君的行动已经很快了，但还是晚了一步。

当悟空学成之后，玉帝就想办法要把他调上天庭。谁合适做此事呢？太白金星啊。他是道教中人，出面办这个事不至引起道教的怀疑。于是太白金星出班献计，招安悟空，并且两度亲自下界花果山办理。孙悟空调上天庭后，玉帝给他封了一个没有品的官——弼马温，把猴子弄得"心头火起，咬牙大怒"，返回花果山。后来悟空二次上天，玉帝真个封他为"齐天大圣"，用玉帝自己的话说，那是"官品极矣"。但是蟠桃会却不请孙悟空，悟空这才知道玉帝根本没把他看在眼里。这下彻底激怒了他，然后就有了众所周知的故事——大闹天宫（偷蟠桃、搅黄蟠桃大会、偷金丹、花果山战役、逃脱丹炉大闹天宫、被压五行山这一系列的事端组成大闹天宫这场大戏）。您看，玉帝对于悟空心理的把握是多么老练，先让猴子发火，然后把他彻底激怒，孙悟空的情绪完全在玉帝的掌控之内。其实，我们从玉帝的安排上也能看出个端倪：悟空在《西游记》书中还被称作心猿，玉帝故意让他当弼马温管马，分明有心猿意马的意思，就是玉帝知道悟空心意不宁；后来当了齐天大圣，玉帝给他建了个大圣府，内设两个司，一名安静司，一名宁神司。安静、宁神，这不还是知道猴子是个会闹事的家伙吗。为了后面事发方便，这个大圣府就建在蟠桃园旁边，猴子爱吃桃人尽皆知，原著在第二回也给读者交待过，那是在灵台方寸山、斜月三星洞，菩提问悟空来洞中多长时间了，悟空告诉菩提："弟子本来懵懂，不知多少时节，只记得灶下无火，常去山后打柴，见一山好桃树，我在那里吃了七次饱桃矣。"您说这个玉帝，让大圣府和蟠桃园挨着，这要是不出事对得起玉帝这番苦心吗？

深远的谋略

一场天庭动乱最终在如来的手上平息了，但故事并没有完。

如来先是野心初现：玉帝亲自留请设宴，天上高仙一应俱到，王母娘娘亲手摘蟠桃。席间，众仙问如来："感如来无量法力，收伏妖猴。蒙大天尊设宴呼唤，我等皆来陈谢。请如来将此会立一名，如何？"如来领众神之托曰："今欲立名，可作个安天大会。"看了吧，如来给这个会起名叫"安天大会"，多大的口气呀。这在正常情况下除玉帝之外谁敢言"安天"二字？而各位高仙呢，这些有资格参加蟠桃大会或安天大会的都不是一般品级的，不知经过多少年的修练了，这个中意思怎么能听不出来呢？所以各仙老听完如来起的名字后，都异口同声，俱道："好个'安天大会'！好个'安天大会'！"叫好叫得话外有音哪。嘴上说好，可明明是心知肚明，只不过没有人去挑明罢了。为什么呢？因为人家玉帝都没说话啊，谁知道这里边有什么套头。如来是一个做事极其谨慎的人，前番我们已经做过一些论述，在后面的章节里，我们还会提到。所以他不应该犯这样的低级错误。他这么说，是有意夸大自己平息乱局的重要性，同时也在试探自己对玉帝的重要程度。果然，玉帝当场没有出言点破如来。确实是因为他还是要利用如来，俩人后面还要继续合作呢。但此刻也让玉帝有了一定的戒备之心。不要忘了，人是多么的复杂，更何况是神仙，而且还是仙中之精。

安天大会结束，意味着佛教地位得到巩固。然后，如来交待了对悟空的处理结果，回灵山开内部交流会去了。他即辞了玉帝众神，与二尊者出天门之外，又发一个慈悲心，念动真言咒语，将五行山召一尊土地神祇，会同五方揭谛，居住此山监押。但他饥时，与他铁丸子吃；渴时，与他溶化的铜汁饮。待他灾愆满日，自有人救他。

这段说得很清楚，第一不让猴子死，第二安排人手看管，避免出现任何差池，第三猴子还会出来的。而另外一层意思则是：如来深远的谋划已经形成了。要不然他不会说"待他灾愆满日，自有人救他"这样的话。您不要以为神仙掐指一算就前知五百年后知五百载，那是因为神仙要经历千万年的修炼才可以成仙，以前的事他当然知道；以后的事他也知道是因为后面的事都是有规划、有安排、有组织的，不是乱来的。不信咱们继续讲，如来从天庭回到灵山，大谈降妖经过，开始了他在内部提高威信的口舌之旅。最后他说："玉帝大开金阙瑶宫，请我坐了首席，立安天大会谢我，却方辞驾而回。"您看见了吗？内部交流的时候如来说的是玉帝"立安天大会谢我"，他可没说"玉帝请我吃饭，是我把这个饭局起名叫安天大会"的啊。这就是让佛教众徒相信，看，哥们儿一出手，给天庭解决了难题，玉帝对咱有多器重。以后跟哥混，就有好日子过。而佛教众徒听了如来一番话后，"听言喜悦，极口称扬"。蒙蔽完毕。

讲了这么半天，那个深远的谋划到底是什么呀？咱们接着讲。降了猴子之后，有一天如来在灵山上开了个盂兰盆会，会上，如来说了他的一个想法：

> 我观四大部洲，众生善恶，各方不一。东胜神洲者，敬天礼地，心爽气平；北巨（俱）芦洲者，虽好杀生，只因糊口，性拙情疏，无多作践；我西牛贺洲者，不贪不杀，养气潜灵，虽无上真，人人固寿；但那南赡部洲者，贪淫乐祸，多杀多争，正所谓口舌凶场，是非恶海。我今有三藏真经，可以劝人为善……我待要送上东土，叵耐那方众生愚蠢，毁谤真言，不识我法门之旨要，怠慢了瑜迦之正宗。怎么得一个有法力的，去东土寻一个善信，教他苦历千山，询经万水，到我处求取真经，永传东土，劝化众生，却乃是个山大的福缘，海深的善庆。

我们将会对如来的这段话进行详细分析，太有讲究了。先说第一个最直白的意思，就是如来要传经到南赡部洲。之后的故事您就很熟了，观音安排唐僧收了孙悟空、白龙马、猪八戒和沙和尚，到西天取经，最后弘法中华，功成正果。

通观下来基本就是这样的：玉帝和如来看到一个好苗子，决定善加利用。一个长线的战略规划逐步形成并开始实施。玉帝假装对悟空出世漠不关心，以松懈道教的戒备心理；等悟空学成，就把他调上天庭，设计让他造反，以制造佛道两派发生争端的诱因，从而让如来能够名正言顺地出场，帮助佛教在天庭争取到话语权，进而降旨准许佛教实施取经项目，继续帮助佛教实现其崛起的目的。从玉帝的角度也就扶持起了一个可以制衡道教的势力，稳固了自己的政权。这就是玉帝和如来共同策划的那个深远的谋略。

虽然书中没有单独交待这个取经项目是否经过玉帝御批，但从《西游记》后面的行文来看，书袋狼可以言之凿凿地说这个项目玉帝审批过。首先，按照如来说的，那南赡部洲情况最为恶劣，传经是劝人为善的大好事，也是帮玉帝治理天下，这种冠冕堂皇的理由不仅玉帝满意，道教更是挑不出毛病，玉帝当然会同意了。其次，取经路上，悟空一而再再而三地从天庭借兵、请天庭帮忙，玉帝基本每求必应。为什么？那是天庭，执行公务的地方，要是办私活人家根本不接待啊。再次，这个取经项目道教也需要出力，我们举第三十九回孙悟空去找太上老君借九转金丹来救乌鸡国王，老君本来不借，把悟空往外赶，忽的寻思道："这猴子愈懒哩，说去就去，只怕溜进来就偷。"即命仙童叫回来道："你这猴子，手脚不稳，我把这还魂丹送你一丸罢。"不得已，最后还是借了他一丸。是他怕猴子来偷吗？那他怎么不怕猴子偷他其他的宝贝？当然不是怕偷，他还是怕玉帝见怪，现在一个人的生命等你出手相救你却不肯，这不在败坏我天庭的声誉吗（神仙们其实都是很道貌岸然的）？是不是反对取经项目？老君啊，这是公差，有利于天下的治理，你要以大局为重。老君之所以说是怕猴子偷金丹，只不过是让自己面子过得去，让人知道他并不是因为屈服于佛教才借金丹的。西天取经要是没经过玉帝审批，不是政治任务，他不借又能怎地？最后，在第十六回，观音禅院的老和尚为得唐僧袈裟火烧禅房，孙悟空上天去借辟火罩，广目天王见到悟空道："久阔，久阔。前闻得观音菩萨来见玉帝，借了四值功曹、六丁六甲并揭谛等，保护唐僧往西天取经去，说你与他做了徒弟，今日怎么得闲到此？"看了吧，为了取经项目，玉帝还借了观音一路天兵，组成暗团保护唐僧。这路天兵可是跟着唐僧一直走到西天啊。这充分表明玉帝是支持取经项目的。

现在咱们再翻回头继续说说如来的那段话。

关于如来的那段话

事实上，在佛教中的确有天下四大部洲的说法。《长阿含经》上说，东胜神洲有三事殊胜：土地极广、极大、极妙。南赡部洲的人民勇猛强记而能造业行、能修梵行、有佛出世其土地中，因此三事胜于其他三洲及诸天。西牛贺洲也有殊胜三事，即多牛、多羊、多珠玉。北俱芦洲有种种美妙的山林、金银器物等，并且为大众共同拥有，没有抢夺、争执，更没有盗贼、恶人斗争的事。居民寿足千岁，命终之后，便往生忉利天或他化自在天，于四洲中果报最为殊胜，但是由于没有佛出世，因此是学佛的八难之一。

但《西游记》中如来所说四大部洲却与佛教上讲的出入很大。明明是大同世界的北俱芦洲在佛祖的眼里却是好杀生的；勇猛强记，能修梵行，还出过佛的南赡部洲在佛祖的眼里却是是非恶海。东胜神洲极广、极大、极妙，但不知和如来说的敬天礼地、心爽气平是什么关系；西牛贺洲不过是多牛羊和珠玉，但由于是自己管辖的，如来给形容成了极乐世界。这是什么原因呢？

书袋狼才智有限，但通观全书，还是想做一个大胆的假设：

这恰恰是作者运用的一种表达手法——意图要极力揭露的，首先在文字中将真实极力扭曲。这个假设没有逻辑推理，完全是读几遍《西游记》后发现的规律，后面会再列举一些例子。既然如此，那么如来的那段话与佛经的记录就是不相符的，作者想暗示的是——如来在撒谎！

再来看看在《西游记》中的四大部洲事实是什么样子。首先看东胜神洲，那是出产孙悟空的地方，孙悟空原本就是个妖，他啸聚山林，人马好几万，还有七十二洞妖王。而这也仅仅是东胜神洲一座小小的花果山上的妖怪规模。土地极广、极大，幅员辽阔的东胜神洲，妖怪又何止这些。不说别的，就说孙悟空占了花果山，学得了武艺后，就把管理权限授权给手下了，"他放下心，日逐腾云驾雾，遨游四海，行乐千山。施武艺，遍访英豪；弄神通，广交贤友。此时又会了个七弟兄，乃牛魔王、蛟魔王、鹏魔王、狮驼王、猕猴王、禺狨王，连自家美猴王七个。日逐讲文论武，走骅传觞，弦歌吹舞，朝去暮回，无般儿不乐"。遍访英豪、广交贤友，那不就是说妖怪众多吗？会了个七弟兄，不就是其中有七个谈得来、实力相当的一块儿拜了把子吗。由此也可看出，东胜神洲遍地是妖。其实，在《西游记》中天地是道教开辟的，所谓的"敬天礼地、心爽气平"是传递出一个意思：敬天礼地实际上说的就是信奉道教，也就是东胜神洲是人家道教的地盘。而东胜神洲这么多妖没怎么给天庭添麻烦，也侧面说明道教管理得还不错。

再看看北俱芦洲，《西游记》中描述很少，但在第六十六回悟空去请荡魔天尊救急的时候有这样的描述：

祖师道:"我当年威镇北方,统摄真武之位,剪伐天下妖邪,乃奉玉帝敕旨。后又披发跣足,踏腾蛇神龟,领五雷神将、巨虯狮子、猛兽毒龙,收降东北方黑气妖氛,乃奉元始天尊符召。今日静享武当山,安逸太和殿,一向海岳平宁,乾坤清泰。奈何我南赡部洲并北俱芦洲之地,妖魔剪伐,邪鬼潜踪。今蒙大圣下降,不得不行。"

这段说得也很清楚,北俱芦洲妖魔鬼怪也不少,只是有荡魔天尊在那把守着呢。如来认为这个地方"无多作践",也就是没什么作为,其实是因为北俱芦洲也是为道教所管辖,如来插不了手。文中说了,荡魔天尊先奉"玉帝敕旨",后奉"元始天尊符召"。

西牛贺洲呢,唐僧取经才收了猪八戒,在浮屠山就遇见了乌巢禅师,唐僧非要向禅师问个西去的路程端的,那禅师笑云:

> 道路不难行,试听我吩咐:千山千水深,多瘴多魔处。
> 若遇接天崖,放心休恐怖。行来摩耳岩,侧着脚踪步。
> 仔细黑松林,妖狐多截路。精灵满国城,魔主盈山住。
> 老虎坐琴堂,苍狼为主簿。狮象尽称王,虎豹皆作御。
> 野猪挑担子,水怪前头遇。多年老石猴,那里怀嗔怒。
> 你问那相识,他知西去路。

后来的事真如禅师所说,西去路上果然是种种磨难,而且不难发现,取经路上遇到的磨难,大部分是在西牛贺洲,而且离灵山越近,越是世风败落。比如第九十三回在给孤布金寺:

众僧道："我这山唤做百脚山。先年且是太平，近因天气循环，不知怎的，生几个蜈蚣精，常在路下伤人。虽不至于伤命，其实人不敢走。山下有一座关，唤做鸡鸣关，但到鸡鸣之时，才敢过去。那些客人因到晚了，惟恐不便，权借荒山一宿，等鸡鸣后便行。"

百脚山已经离灵山很近了，居然有蜈蚣精横行扰民，如来的管理也太不尽如人意了。这与如来评价的西牛贺洲"不贪不杀，养气潜灵"的景象完全不符。而西牛贺洲，又恰恰是如来的地盘。

最后是南赡部洲，按如来原话的形容，南赡部洲情况最差了。但从实际取经团路过的地方来看，当地人频频使用"上国""上邦""果然中华人物"等词语形容南赡部洲的中华大国，无不体现出对它的无比崇敬和向往。而且书中还多处具体描写，仅举几例。在第五十四回，女儿国国王问驿丞唐僧长得怎么样，驿丞是这样回答的："御弟相貌堂堂，丰姿英俊，诚是天朝上国之男儿，南赡中华之人物……"更有甚的是后面的例子，第九十一回金平府前的寺院，唐僧道："弟子中华唐朝来者。"那和尚倒身下拜，慌得唐僧搀起道："院主何为行此大礼？"那和尚合掌道："我这里向善的人，看经念佛，都指望修到你中华地托生。才见老师丰采衣冠，果然是前生修到的，方得此受用，故当下拜。"金平府已是灵山地界，如来所管辖的地区，自然是拜佛念经，而这里的和尚却向往中华，似有难言之隐。

所以总结下来，东胜神洲和北俱芦洲都是道教的地盘，而且根基很深，以佛教当时的实力，动不得；西牛贺洲虽是如来的地盘，但道教实际上指派了不少妖邪在当地为患，并大有向如来所掌管的区域逐步渗透之势，情势对于如来而言还是比较危急的；而南赡部洲可以说是道教的一块处女地，从全书来看应该是染指不多。这一点并不意外，在长期的两派斗争中是要消耗资源的，能够占据天下一半地区已属不易，并且还在意图渗透着西牛贺洲，这就难免有照顾不到的地方。而南赡部洲的空白也恰好给佛教钻了空子，从而使西天取经项目得以成功，如来如愿以偿。他们利用西天取经这个项目，安排取经团按照规划路线先把西牛贺洲所有道教势力全部剪除，让西牛贺洲成为了一个没有道教侵蚀、完全由佛教摆布的西方极乐世界。然后传经大唐，把南赡部洲这一板块也成功划入佛教辖区。这样，天下四大部洲由佛教与道教共同管辖，一家两个，佛教的战略得以实现，天庭相互制衡的局面也得以形成。

崛起与强大从来不是从谁做人做事赢得更多尊重这一点来讲的，而是要看谁占有更多。这就是"阴谋"的始作俑者！

有人说由于《西游记》涉及内容甚广，作者不可能样样皆精，难免出现类似把四大部洲描写失实的情况。如果这样想的话实在是辜负了吴老爷子的良苦用心。如来所描述的四大部洲与真正的佛经中所描述的完全不符。通过分析我们知道，西天取经的真正意义是达成如来的政治目的。作者很早地就在书中暗示了如来说谎，这也是他的高明之处，就是要告诉我们，《西游记》并不简单的只是一部神话小说。其实更早的，在《西游记》开篇第一回的开场诗里，吴老爷子还表达了《西游记》同时也是一本关于修炼的书。当然这一层不是书袋狼本书要展开来写的，那需要另起炉灶。

"阴谋者"是好是坏暂且不论，因为不同的人有不同的生存法则甚至是制胜之道。然而精于计谋的人有几点却是值得称道的。第一，目标明确，他们知道自己要什么；第二，思路清晰，他们知道如何布局，如何应对可能发生的事情，即便是有突发事件，也不会轻易乱了阵脚；第三，准备充分，就像所有战争的发起者一样，他们永远比被动应战者准备更充分。这让人想起金融市场的一个例子。1997年，金融大鳄索罗斯导演了一场泰国金融危机。当时泰国实行的是固定汇率，这给索罗斯抓到了空子。索罗斯的玩法是这样的：假设泰铢换美元是1∶25，索罗斯首先就以抵押的方式向泰国银行借入泰铢250亿，然后索罗斯将这250亿换成10亿美元，拿在手上。接下来，索罗斯要做的事就是让泰铢贬值。那怎么让固定汇率的泰铢贬值呢？就是不停地向泰国银行借泰铢，再抛泰铢，最后买美元。重复好几次之后，民众一下子就恐慌了，怎么各个银行和市场上都在抛售泰铢；而美元一下子大热，于是大家都一起去买美元。因为是固定汇率，不管泰铢怎么跌，始终能换这么多美元，这一下子不得了，泰国政府不得不宣布，我们没有美元了。于是泰国管钱的哥们儿就出来说了，还是浮动汇率吧，让泰铢贬值好了，只有泰铢贬值了，美元才够卖。然后泰铢大幅贬值，从1∶25一下子贬值到1∶50。这下子好了，索罗斯把手上的5亿美金换成250亿泰铢还给泰国银行，然后自己净赚5亿美元。

从这个金融案例就可以看出精于计谋的人的那三个特点：目

标明确、思路清晰、准备充分。其实不必一定往政治、军事、经济方面联想，只要稍微留心，就能发现身边有"阴谋"人的身影。

　　能想象吗？如来如此的机谋策划，为了这个计划，苦心准备了几百年。

备战百年

神秘的沙僧

被收编的八戒

可怜的小白龙

苦命的金蝉

悟空

神秘的沙僧

神秘人物

几年前特别流行一段话，说《西游记》里沙和尚说得最多的四句话是什么？第一句是"大师兄，师父被妖怪抓走啦"；第二句是"二师兄，师父被妖怪抓走啦"；第三句是"大师兄，二师兄被妖怪抓走啦"；第四句是"大师兄，师父和二师兄都被妖怪抓走啦"！明摆着，这是在讥讽人家老沙能力不济，只会传废话。事实上越多的人这么理解沙僧，越说明沙僧了不得。真正的沙僧，可远不是这么简单。诚然，他在整个取经的路上说话不多，但这四句话还真不是沙僧常说的。而且，老沙在很多时候一旦开腔，就非同凡响。另外，传统的形象塑造中，一提起沙僧，往往给人的印象是本领一般、不争功夺利、吃苦耐劳、做事谨慎、少言寡语。但如果您翻开原著，就会发现这些特点的背后，总是疑点重重，似乎隐藏着什么秘密。进而您会觉得：沙僧是取经团中最为神秘而复杂的人物！

我们都知道，唐僧是金蝉子转世，因如来讲经的时候不好好听讲，轻慢佛法，才被贬下界，经十世轮回，然后组团西行；孙悟空是不服管教，大闹天宫，被压五行山，后来经观音点化，参团取经；白龙马是西海龙王之子，因为忤逆，犯了不孝之罪，后来在团里当了唐僧的坐骑；猪八戒原是天庭的天蓬元帅，因为调戏嫦娥未遂，被贬下界，投入猪胎；沙僧也曾在天庭供职，只因在蟠桃会上打碎了琉璃盏而遭贬。问题就出在这里。话说这几位中，被贬理由最为牵强的就是沙僧，对于沙僧的量刑过重不禁让人产生怀疑。沙僧自己说："我是灵霄殿下侍銮舆的卷帘大将。只因在蟠桃会上，失手打碎了玻璃盏，玉帝把我打了八百，贬下界来，变得这般模样。又教七日一次，将飞剑来穿我胸胁百余下方回，故此这般苦恼。"您瞧啊，打个杯子能算罪吗？最多是个小失误吧，判他个就地免职我觉得已经非常非常重了。可是不然，他不仅和其他几位一样被贬下界，还要一星期来一次"剑姨妈"，往死里插呀。试想您在公司上班，开会的时候杯子掉了，怎么着HR当天就找您谈话，要求您离职，连补偿都不给，还要在档案里给您写上一笔？不会吧！那这是为什么呢？

我们先看一下沙僧的职称——侍銮舆的卷帘大将，其实就是随王伴驾的贴身保镖。这一点在第二十二回专门明示过，沙僧说自己是玉帝敕封的卷帘大将，并且是"南天门里我为尊，灵霄殿前吾称上。腰间悬挂虎头牌，手中执定降妖杖。头顶金盔晃日光，身披铠甲明霞亮。往来护驾我当先，出入随朝予在上"。以他这样的身份，玉帝说点什么，甚至有点什么私密的举动，他都能知晓。处在这个位置的人得是玉帝极度信任的人。那么从对沙僧的处罚来看，至少是沙僧失去了玉帝对他的信任，寻他个不是把他给听（音tīng）了。而还要七日一次飞剑穿胸，那就应该不是失宠那么简单了。显然还有内幕。

身份大起底

我们尝试着从蛛丝马迹中一窥端倪。第八回观音奉旨上长安寻找取经人，路过流沙河，当时沙僧还在河中为妖。受观音点化，入了沙门。沙僧曾说："菩萨，我在此间吃人无数，向来有几次取经人来，都被我吃了。凡吃的人头，抛落流沙，竟沉水底。这个水，鹅毛也不能浮。惟有九个取经人的骷髅，浮在水面，再不能沉。我以为异物，将索儿穿在一处，闲时拿来顽耍。这去，但恐取经人不得到此，却不是反误了我的前程也？"菩萨曰："岂有不到之理？你可将骷髅儿挂在头项下，等候取经人，自有用处。"怪物道："既然如此，愿领教诲。"

这样问题就来了：沙僧在流沙河为妖，一共吃了九个取经人。第一个问题是，为啥是九个而不是七个、八个或者十个？第二个问题是，既然当妖怪吃人，那就是看见有人上来就吃呗，总不能因为常年独自待在流沙河，太寂寞了，妖和人闲得没事先抢抢闲篇儿，聊完再吃了吧。那也太不讲究了。我的意思是说，他怎么知道那九个是要过去取经的而不是去云游呢？最多也就能看出来是和尚还是尼姑而看不出人家路过的目的吧。

嗯！这恐怕是有人预先告诉沙僧了。

继续。

第八十一回，有一个陷空山无底洞的金鼻白毛老鼠精，在打斗中用绣花鞋骗了孙悟空，真身跑到镇海寺里把唐僧摄走了。行者晓得中了他计，连忙转身来看师父。哪有个师父？只见那呆子和沙僧口里呜哩呜哪说什么。行者怒气填胸，也不管好歹，捞起棍来一片打，连声叫道："打死你们，打死你们！"那呆子慌得走也没路，沙僧却是个灵山大将，见得事多，就软款温柔，近前跪下道："兄长，我知道了，想你要打杀我两个，也不去救师父，径自回家去哩。"行者道："我打杀你两个，我自去救他！"沙僧笑道："兄长说那里话！无我两个，真是单丝不线，孤掌难鸣。兄啊，这行囊马匹，谁与看顾？宁学管鲍分金，休仿孙庞斗智。自古道，打虎还得亲兄弟，上阵须教父子兵，望兄长且饶打，待天明和你同心戮力，寻师去也。"行者虽是神通广大，却也明理识时，见沙僧苦苦哀告，便就回心道："八戒，沙僧，你都起来。明日找寻师父，却要用力。"

这个老沙一通深明事理的语重心长，不仅化险为夷，还使兄弟再次齐心协力、共保唐僧。可是如果我们只是一味专注于这个内容就等于被作者骗过了，他还在这段中看似漫不经心地丢出了一条至关重要的线索——"沙僧却是个灵山大将，见得事多"。沙僧明明是众所周知的卷帘大将，怎么这里又说是灵山大将呢？灵山，那是如来的地盘啊。

再继续。

还是第八回，观音规劝沙僧时说道："你在天有罪，既贬下来，今又这等伤生，正所谓罪上加罪。我今领了佛旨，上东土寻取经人。你何不入我门来，皈依善果，跟那取经人做个徒弟，上西天拜佛求经？我教飞剑不来穿你。那时节功成免罪，复你本职，心下如何？"请注意，观音给沙僧许诺是"功成免罪，复你本职"。取经之前，观音对悟空、小白龙、八戒、沙僧都是有过承诺的，而且取经完成后都一一兑现了，当然包括沙僧。您知道沙僧原职是什么吧？对，是天庭的卷帘大将。如果是恢复本职就应该是回到玉帝身边继续担任卷帘大将一职，可是取完经如来受职时是这样说的："沙悟净，汝本是卷帘大将，先因蟠桃会上打碎玻璃盏，贬汝下界，汝落于流沙河，伤生吃人造孽，幸皈吾教，诚敬迦持、保护圣僧，登山牵马有功，加升大职正果，为金身罗汉。"嗯？职位是金身罗汉，不是卷帘大将。罗汉在如来身边工作，卷帘是在玉帝身边工作。八戒曾经对自己受职的结果有疑异："他们都成佛，如何把我做个净坛使者？"而沙僧也不是佛，却对受职结果完全没有疑异。也就是说，对沙僧兑现的所谓"功成免罪，复你本职"的承诺，就是要恢复沙僧"金身罗汉"的本职！

沙僧，这个曾经的卷帘大将是如来的佛教势力集团安插在天庭玉皇大帝身边的内线！

身担重任

沙僧本领一般吗？没有金刚钻揽不到瓷器活儿。作为玉帝的贴身侍卫，沙僧必定有一身真功夫。在第二十二回，猪八戒大战沙僧，双方一共有三战。第一次陆战，双方大战二十回合不分胜败。第二次水面战，双方大战四个小时，不分胜败。第三次水下战，双方战三十个回合，不分强弱。而八戒是什么实力？他能和悟空长时间鏖战，"自二更时分，直斗到东方发白"。在花果山，沙僧见到假取经队伍时，只一招就将假沙僧毙命，身手敏捷。那假悟空恼了，"轮金箍棒，帅众猴，把沙僧围了"。沙僧在只身一人的情况下，对付一个假悟空和一群猴精，竟然东冲西撞、轻松逃脱。这些都说明，沙僧不仅本领不一般，而且是相当强。而在取经路上，却没见他打死一个大妖怪，甚至都很少出战，出战表现也很废柴。因此一般情况下他要么守着师父，要么守着行李；沙僧吃苦耐劳吗？严格意义讲其实谈不上，取经团的分工如来在灵山上概括得很清楚，悟空主要负责"炼魔降怪"，八戒则是"挑担有功"，白龙马负责"驮负圣僧来西，驮负圣经去东"，而沙僧的工作只是"登山牵马"。相比之下，沙僧的差事最为轻松，吃的苦那当然是团里最少的。沙僧争功夺利吗？不！这一点的确是真的。在这方面他和八戒就形成了鲜明的对比，那八戒平时懒于出力，真到了可以抢功的时候积极性非常之高，就是已经被悟空打死的妖怪，八戒都要在妖怪身上筑上一钉耙，用那九个窟窿证明自己的功绩。然而这是有原因的。沙僧做事谨慎、少言寡语吗？是。平时沙僧的确很少出头露面，也很少说话，但往往一开口就与众不同，很多时候他开口讲话还显得举足轻重，起到的作用不可小觑。

沙僧，他一直在低调做人，有意隐藏自己的实力。

而真实的沙僧，却是一个全能型人才。他不仅武功高强，而且在个人修养、人情世故、为人处事上都有相当的修为。按说从个人修养上唐僧应该首屈一指的，这位自小出家的唐御弟，千经万典，无所不通。但在西行路上，我们往往看到唐僧的修为远不及悟空，常常是悟空开导唐僧，偶尔间沙僧的个人修为也有所流露。比如第三十六回，唐僧看见月亮，动了思乡之情，悟空就开导他："师父啊，你只知月色光华，心怀故里，更不知月中之意，乃先天法象之规绳也。月至三十日，阳魂之金散尽，阴魄之水盈轮，故纯黑而无光，乃曰晦。此时与日相交，在晦朔两日之间，感阳光而有孕。至初三日一阳现，初八日二阳生，魄中魂半，其平如绳，故曰上弦。至今十五日，三阳备足，是以团圆，故曰望。至十六日一阴生，二十二日二阴生，此时魂中魄半，其平如绳，故曰下弦。至三十日三阴备足，亦当晦。此乃先天采炼之意。我等若能温养二八，九九成功，那时节，见佛容易，返故田亦易也。诗曰：前弦之后后弦前，药味平平气象全。采得归来炉里炼，志心功果即西天。"唐僧听了，"一时解悟，明彻真言，满心欢喜，称谢了悟空"。接着，沙僧也出来说了一番道理："师兄此言虽当，只说的是弦前属阳，弦后属阴，阴中阳半，得水之金；更不道水火相搀各有缘，全凭土母配如然。三家同会无争竞，水在长江月在天。"唐僧听了，"亦开茅塞"。沙僧理论修养可见一斑。

第四十回，唐僧被红孩儿抓去，悟空从山神土地处得知红孩儿是牛魔王的儿子后竟然高兴地说："兄弟们放心，再不须思念，师父决不伤生，妖精与老孙有亲。"因为当年悟空大闹天宫时曾与牛魔王义结金兰，牛魔王是他大哥。他认为红孩儿一定会给他这个老叔一个面子放了唐僧。这时沙僧却给悟空泼冷水，笑道："哥啊，常言道，三年不上门，当亲也不亲哩。你与他相别五六百年，又不曾往还杯酒，又没有个节礼相邀，他那里与你认什么亲耶？"但是悟空仍不觉悟，说道："你怎么这等量人！常言道，一叶浮萍归大海，为人何处不相逢！纵然他不认亲，好道也不伤我师父。不望他相留酒席，必定也还我个囫囵唐僧。"结果呢？被沙僧言中，红孩儿不仅没放唐僧，还差点要了猴子的命。

沙僧真是世事洞明皆学问，人情练达即文章啊；而在盘丝洞一段，唐僧看这地方貌似美丽祥和，突然有了闲情雅趣，要自己去化斋。悟空和八戒都不能领会，偏偏阻拦，猪八戒还说了个什么"有事弟子服其劳，等我老猪去"，只有沙僧笑说："师兄，不必多讲，师父的心性如此，不必违拗。若恼了他，就化将斋来，他也不吃。"在人情世故上，沙僧远远高于悟空和八戒。

　　为人处世上，沙僧极为老练。无底洞一段，孙悟空中了女老鼠精的分身计，回来不见了唐僧，竟将一腔怒火发到猪八戒与沙和尚身上。沙僧的一席话说得孙悟空心悦诚服（本书前面已有原文引用，不再赘述），把他的一腔怒火说得无影无踪；在真假猴王一段，沙僧去花果山讨行李，说话更是面面俱到："上告师兄，前者实是师父性暴，错怪了师兄，把师兄咒了几遍，逐赶回家。一则弟等未曾劝解，二来又为师父饥渴去寻水化斋。不意师兄好意复来，又怪师父执法不留，遂把师父打倒，昏晕在地，将行李抢去。后救转师父，特来拜兄，若不恨师父，还念昔日解脱之恩，同小弟将行李回见师父，共上西天，了此正果。倘怨恨之深，不肯同去，千万把包袱赐弟，兄在深山，乐桑榆晚景，亦诚两全其美也。"这一席话说的，一来承认唐僧的欠妥和自己的过失，避免了直接冲突；二来把悟空的错误轻轻带过，不得罪悟空；三来给孙悟空留有余地。

　　这样的人才，如果只是牵马坠蹬那岂不是大大地屈才了？读完后面的章节您就会了解，如来在取经过程中不断地延揽人才，他当然也谙熟什么叫唯才是用。如来把沙僧安排进取经团，是有更重要的任务，让他发挥更大的作用。

每次被妖怪抓住，即将面对上蒸笼、下油锅的命运时，不说猪八戒，就连取经团团长唐三藏都大惊失色狂喊"悟空救命"，可是沙僧却不慌不忙地安慰他们说"师兄会有办法的"。要知道，这句话带着明显的笃信而不是在逻辑推理的基础上得出的，在最为危难的时候说出这样的话对稳定军心极其重要。具体来看两个例子。第二十三回，黎山老母、观音、文殊、普贤四圣扮成孤儿寡母以女色试探取经团，要招倒插门的女婿。见了美色的唐僧"好便似雷惊的孩子，雨淋的虾蟆，只是呆呆挣挣，翻白眼儿打仰"，可以看出他心有所动，态度上也没有明确提出反对，显得十分暧昧；八戒"心痒难挠，坐在那椅子上，一似针戳屁股，左扭右扭的，忍耐不住"，后来当然大家都知道结果了，八戒被菩萨教训了一番；悟空则说"从小儿不晓得干那般事"，这是一种看热闹的心态。他是猴王，那花果山满山的猴子猴孙都是他的，他怎么不晓得？而且悟空请观音收降红孩儿时说过："弟子自秉沙门，一向不干那事了。"这分明说他以前干那事嘛。只有沙僧态度坚决，对唐僧说："弟子蒙菩萨劝化，受了戒行，等候师父。自蒙师父收了我，又承教诲，跟着师父还不上两月，更不曾进得半分功果，怎敢图此富贵！宁死也要往西天去，决不干此欺心之事。"在当时的情况，身为师父的唐僧态度牵强，悟空看热闹，八戒直接就从了，沙僧的态度就显得很重要。而沙僧不仅坚决西行，还搬出菩萨来向唐僧施压，使得最后取经团还能作为一个完整的团队继续执行取经的任务。而在第四十回时沙僧的作用尤为明显，红孩儿假扮小孩儿吊在树上，唐僧不听悟空的话，又行善搭救，结果被红孩儿掳去。悟空这次是忍无可忍，竟然也闹起了散伙。

书中原文这样写道：

行者道："兄弟们，我等自此就该散了！"八戒道："正是，趁早散了，各寻头路，多少是好。那西天路无穷无尽，几时能到得！"沙僧闻言，打了一个失惊，浑身麻木道："师兄，你都说的是那里话。我等因为前生有罪，感蒙观世音菩萨劝化，与我们摩顶受戒，改换法名，皈依佛果，情愿保护唐僧上西方拜佛求经，将功折罪。今日到此，一旦俱休，说出这等各寻头路的话来，可不违了菩萨的善果，坏了自己的德行，惹人耻笑，说我们有始无终也！"

孙悟空在取经团里本领最高，而且从来都是潜心保护师父。就是在被唐僧赶走时，都没说过散伙的话。此时他要是说散伙，势必军心大乱，取经项目中道夭折。而恰恰就在关键时刻，沙僧挺身而出，语重心长，动之以情，晓之以理，扭转了局面。最后八戒道："我才自失口乱说了几句，其实也不该散。哥哥，没及奈何，还信沙弟之言，去寻那妖怪救师父去。"行者回嗔作喜道："兄弟们，还要来结同心，收拾了行李马匹，上山找寻怪物，搭救师父去。"沙僧成功地平息了一场危机。第五十七回，沙僧到花果山找悟空索要行李，那假悟空不还，说要自己去西天求取真经，沙僧笑道：

师兄言之欠当，自来没个孙行者取经之说。我佛如来造下三藏真经，原着观音菩萨向东土寻取经人求经，要我们苦历千山，询求诸国，保护那取经人。菩萨曾言：取经人乃如来门生，号曰金蝉长老，只因他不听佛祖谈经，贬下灵山，转生东土，教他果正西方，复修大道。遇路上该有这般魔障，解脱我等三人，与他做护法。兄若不得唐僧去，那个佛祖肯传经与你！却不是空劳一场神思也？

看，沙僧不仅意志坚定，还在努力劝说悟空回心转意。第七十四回到了狮驼岭，大家听说有三个魔头，四万七八千小妖，唐僧吓得不知所措，八戒叫嚷"赶早儿各自顾命去罢！"正当悟空和八戒论讲手段的时候，沙僧又用一句"师父，有大师兄恁样神通，怕他怎的！请上马走啊"终止了争论，唐僧"宽心上马而行"。还有第八十回，师徒离了比丘国，一路向西，又见一座高山。唐僧缓观山景，触景生情，思念故乡，师徒又有一番对话。行者道："师父，你常以思乡为念，全不似个出家人。放心且走，莫要多忧。古人云，欲求生富贵，须下死工夫。"三藏道："徒弟，虽然说得有理，但不知西天路还在那里哩！"八戒道："师父，我佛如来舍不得那三藏经，知我们要取去，想是搬了；不然，如何只管不到？"而这时候沙僧却说："莫胡谈！只管跟着大哥走。只把工夫捱他，终须有个到之之日。"又是沙僧一句话，胜过道理千言。

沙僧真正的任务，就是能够从中协调、稳定军心，让取经团坚定信念，从而最终到达灵山。他隐藏武功实力，那不仅是为了保全自己，更是为了大局。因为如果他真的中途有什么不测，那取经团随时都有散伙的可能；他不争功，那是因为他清楚自己在队伍中的任务，所争的功对他来讲根本没有必要。悟空遇到妖怪就兴奋，总说买卖来了，因为只有降伏了妖怪才能算做他的功果，而沙僧打的妖怪再多也不会记成自己的功果。八戒要争功，是因为他原本就不是佛教的人（在下文将有具体介绍），如来对他是有几分戒备的，他不知道什么才真正算做他的功果。为了达到自己的目的，八戒只能四处捞好处。沙僧做事谨慎、少言寡语，那是因为小心驶得万年船，言多必失，过早地暴露自己根本就和沙僧多年练就的韬光养晦的城府匹配不上，更重要的是这不利于执行如来交给他的任务。也正是因为隐藏了武功，沙僧才很少出战，从而保全了自己。而悟空则受尽折磨，甚至有几次都有生命危险。也正是因为做事谨慎，才使沙僧躲避了一些不必要的灾祸。在西梁女国，唐僧口渴误喝了子母河的水而孕育鬼胎，与猪八戒同病相怜，沙僧却没喝。你说他不渴吗？您又要问了，孙悟空不是也没喝吗？对，他是没喝，因为悟空不食人间烟火呀，吃不吃喝不喝无所谓的，这一点在书中多次提到。最典型的就是第七回，猴子大闹天宫被压五行山，如来参加完安天大会，即辞了玉帝众神，与二尊者出天门之外，又发一个慈悲心，念动真言咒语，将五行山召一尊土地神祇，会同五方揭谛，居住此山监押。但他饥时，与他铁丸子吃；渴时，与他溶化的铜汁饮。待他灾愆满日，自有人救他。看到了吗，大哥是喝鲜榨铜汁的，不喝水。也正是因为自己信念坚定，沙僧才不会成为被戏耍的对象。黎山老母、观音等人的四圣试禅心，让八戒不堪其辱。

如果从修炼的角度看，沙僧的作用和前面分析的也是匹配的。唐僧、孙悟空、猪八戒、沙和尚、白龙马对应的五行属性分别是水、金、木、土、火。书中常用金公指孙悟空，木母指猪八戒。母与公对应的也就是阴与阳。还有一个含义，因为火能克金，称为金之公，所以金公也代指火；因为水能生木，为木之母，所以木母也指水。从阴阳属性上讲，木与水同属阴，金与火又都属于阳。阴阳交媾，须由土相助，土即是指沙僧，又被称为黄婆。所以《西游记》的取经过程中，都是这三位在铲妖除魔。而他们铲妖除魔的过程也就是修炼的过程。整篇《西游记》，孙悟空与猪八戒互相争斗、妒嫉、捉弄不断，那就是修炼中阴阳交配的过程。而沙僧所起的作用就是调和。由于书袋狼小作并非着墨于修炼，在此提及仅是作为分析沙僧的一个小小例证，浅尝辄止。

营救沙僧

好了，我们还是要回过头来继续说说尚在流沙河里的卷帘大将吧。卧底的身份被察觉了，如何被发现的已经不重要了。自己最信任的人竟然是个卧底，玉帝的肺都要气炸了，将其碎尸万断也解不了他的心头之恨。但不能因为一个小卒坏了一整盘棋。玉帝毕竟是玉帝，考虑到天庭大局，他与如来还处在合作的蜜月期，如果因为自己的鲁莽行事公开了矛盾，未来的形势会更为严峻。而且尚未拿到确凿的证据，沙僧也并没有亲口承认。最终还是理性战胜了情绪，在卷帘大将这个问题的处理上玉帝又显示出了政客的诡计多端，他没有杀掉他的卷帘大将，而是寻个不是把他贬下界去，还要受每七日飞剑穿身之苦。做法非常讲究：清除了卧底；杀鸡骇猴，告诉如来玉帝不是软柿子想捏就捏；借此对如来进行严正警告，精诚团结，不要搞小伎俩；沙僧忍受不了痛苦早晚自己招供。

　　沙僧的遭遇是悲惨的。不仅所有作为神仙的福利待遇都不复存在，就是下界为妖也是妖中最痛苦的。当时的沙僧应该是万分懊恼的，他不仅开始吃人，而且做了件看上去非常决绝的事——吃了九个取经人。但您千万不要认为这是老沙盛怒之下的丧心病狂，要记得伴君如伴虎，能混到陪王伴驾的地步那这个人绝非凡品。老沙这招很高明，在外界看来这就是与佛教划清界限，向玉帝表达忠心，争取早日得到宽大处理。事实上这是如来与沙僧的合谋。要知道取经项目是玉帝和如来共同策划的，悟空的收与放也不会是单方行动，没有玉帝的御旨，谁也放不走悟空。而如来没有放出悟空，自己未与玉帝商量先安排几个取经人进行投石问路，这就给卷帘大将表忠心创造了机会。还没等玉帝宣旨叫停，卷帘大将就认清了形势，替玉帝将前九个取经人拦截了，以昭示自己真不是佛教的人，一直都是对玉帝你老人家忠心耿耿啊。后来的结果大家都知道的，如来顺势出手，招沙僧加入取经团，给他洗白白。

　　入团的这场戏是这样安排的：老沙被贬下界后，如来当然不能让他的真正身份曝光，他让沙僧委身于流沙河，然后安排九个取经人前往西天取经，路过流沙河，需要沙僧配合的就是把这九个取经人吃掉，以最大限度解除玉帝对卷帘大将卧底身份的疑心。而后如来以佛家渡人的光明面孔出现，招沙僧进入取经团，冠冕堂皇地将沙僧成功营救。沙僧能够正确识别九个取经人，当然是事先对过信息的。天王盖地虎，回答"宝塔镇河妖"的，一定是那九个取经人。

　　营救沙僧对如来而言也是必须的。因为一旦沙僧对卧底的事实供认不讳，那佛教就再无出头之日，如来自己恐怕也会招来不测。但是如来又不能杀沙僧灭口，那样做就是此地无银三百两。

您可能有一个疑问：你怎么知道九个取经人是如来安排的呢？其实我也可以反问您一个问题：为什么九个取经人都是到沙僧的流沙河才被吃掉的呢？先来看看观音安排的取经路线，唐僧由大唐一路西行，首先在双叉岭遇到了野牛精、熊罴精、老虎精三个妖精，他们吃了唐僧的徒弟，后来太白金星帮忙，唐僧死里逃生；之后唐僧一个人继续走，"只见前面有两只猛虎咆哮，后边有几条长蛇盘绕。左有毒虫，右有怪兽"，后来得猎户刘伯钦相助才到两界山；收了孙悟空后，碰到一只猛虎，后来又碰到六个贼，前后都被悟空收拾了；再之后就是鹰愁涧收小白龙，黑风山遇黑熊精，高老庄收八戒，黄风岭上遇黄风怪，经历这些磨难之后才能到沙僧的流沙河。您想想，那前九个取经人，按这个路线走，哪一个能有本事走到流沙河？他们根本就没机会一睹沙僧的妖颜就早已命丧黄泉了吧。之所以那九个取经人能在流沙河被沙僧吃掉，分明就是被安排的。不管他们是被护送到流沙河的，还是走了条直达流沙河的安全路线。

这是一个精心安排的计划，但需要沙僧能够长时间忍受常人无法忍受的痛苦。而沙僧的过人之处也在于此。悟空也算能忍，被压五行山失去自由五百年，但好在他有吃有喝不受皮肉之苦；牛魔王也算能忍，但他面前是权力、金钱、美女的诱惑，不是心境上的忍（下文将会详述）。忍不是委曲求全，忍有时被视作方法，所谓"小不忍则乱大谋"。这可做一解，但远远不够；忍是一种修炼。当一切外力无法撼动你的内心时，那么你对外界也就会应对自如。这不禁让人想起了"卧薪尝胆"的故事：春秋时期，吴国攻打越国，越国战败。文种买通吴国大臣与吴王夫差极力周旋，终于让夫差动了怀仁之心，不灭越国，越国得以保存。勾践率王后与范蠡入吴为奴。范蠡为存勾践性命，出计让勾践放弃曾经为王以及作为男人的全部尊严，从而博得了夫差的怜悯和同情。为奴三年后，夫差生病。勾践抓住良机，为夫差尝粪而寻找病源，此举彻底感化了夫差。又因勾践被越臣刺伤，奄奄一息，夫差恐他死于吴国，引起麻烦，从而释放了勾践。回到越国的勾践，放弃了舒适安逸的王宫，搬进了破旧的马厩中居住。他睡在柴草上，在房梁吊下一根绳子，绳子一端拴着一只奇苦无比的猪苦胆，每天醒来，勾践第一件事就是先尝一口奇苦无比的苦胆！以时时提醒自己曾经的遭遇。最终，越王勾践励精图治，终于在公元前473年击败吴王夫差，吴国的版图被悉数并入越国，夫差自杀而亡！勾践忍人所不能忍之辱，受人所不能受之苦，得以成就丰功伟业。沙僧，其忍耐力简直就是神仙版越王勾践。而最终，他也在忍耐中看到了希望。

还是接着谈沙僧入团的事。为什么取经团里，猪八戒是二师兄而沙僧是师弟呢？这就是如来做事的缜密之处。为了能做到万无一失，如来把沙僧下界的创业地点选在了取经路线的福陵山之后，这样的话，唐僧取经会先在福陵山遇到猪八戒，八戒的情况和沙僧一样，也是玉帝的得力悍将，表面上看去也是获罪被贬，如果八戒可以名正言顺地进了取经团，那么玉帝就没有理由反对后面的沙僧入团了。

那为什么又是吃了九个取经人呢？其实这是"诚意"的一种

引申的表达。在古代，"九"被认为是最大的数字。如果你做到了最大限度，至少足以证明了你的诚意。对于沙僧来讲，要忍着每周一次的"剑姨妈"，咬死不认卧底身份，一直等到吃完九个取经人，这在表面上表达了对玉帝的忠诚，而暗地一层也是如来在考验沙僧的忠诚。沙僧经受住了组织的考验，为自己赢得了解脱的希望；对于玉帝来讲，人家已经做得够意思了，杀人不过头点地，差不多就得了，再说沙僧是或者不是卧底他已经被清君侧了，何必得理不饶人呢。真是撕破脸皮其实对谁都不好。玉帝老人家也是个明白人，最终放了沙僧一马。

而沙僧吃掉九个取经人的故事，恰恰又为"唐僧是十世修行的好和尚，一点元阳未泄，食其肉可以长生不老"的演绎埋下了伏笔。

被收编的八戒

按照前文的铺垫，本篇似乎该聊聊唐僧了。但出于事情发展的先后顺序以及营救沙僧的细节安排，我还是要把八戒的事情先交待清楚。

沙僧的卧底身份被察使得玉帝对如来增强了一分心理戒备。本来双方制订了周密的西行计划，前期合作还是很愉快的，配合也比较默契。中间偏偏出了沙僧这么一档子事儿，这就使双方的关系蒙上了一层阴影。取经项目是两个人站在各自的利益上一起合谋的，双方都应该表现出一定的诚意，在外看来，玉帝可是真不含糊，都派自己的亲外甥跟孙悟空真刀真枪地干了，可是你如来呢，竟然在玉帝身边安插卧底，这玉帝能不气吗？必须还以颜色，要让如来清醒清醒，天下不是没你如来不行。但是从政治角度考虑，间谍是常有的事，当今世界国与国之间不也是一边相互暗派间谍，一边还要若无其事地交往吗？因此玉帝当然不会也不能公开地撕破面皮。那么他如何做呢？以彼之道，还施彼身。

你不是在我身边安插卧底吗，那我也安排卧底。要知道取经项目是玉帝和如来共同策划的，玉帝想利用如来，也知道自己被利用。而孙悟空是玉帝和如来预先看重的人选，只有他在整个谋划里是提前物色的，是真正用来降妖伏魔保唐僧的。因此灭掉孙悟空就可让取经项目暂时搁浅。原本玉帝想当个甩手掌柜，取经的执行工作是全权交给如来的。现在，他不得不插手取经项目，安排卧底进入取经团，伺机刺杀孙悟空。看官不必担心高层间的合作，两个人大方向的利益并没有改变，不过是过程中出现了一点不愉快，刺杀孙悟空只是玉帝对如来的一次提醒，让他清楚如果合作没有诚意谁也实现不了各自的企图。死了一个孙悟空没关系，还会有张悟空、李悟空、王悟空，倘使这次合作失败，还会有下一次。分分合合很正常。

刺杀行动

为了灭掉孙悟空，玉帝做了几项安排：第一确定人选，第二制订灭猴方案，第三设计下界形式及选择地点，第四制订好福利方案。我们分别细说。

确定人选

这个人选要符合几个条件。第一，必须是玉帝的心腹。因为这是一个极为秘密的任务，天机不可泄漏，否则很可能引起天庭动荡。第二，不能是佛教出身的，那样的话玉帝无异于给自己安了个雷，赤裸裸地站在如来面前。第三，这个人在任上的出勤率要相对有弹性，或者说可以长时间出差。因为刺杀行动无法估计完成时间，可长可短，而天上很多岗位是不能轻易离开的，比如雷部神将，离岗的话如果需要降雨怎么办，少一位神将可能天下哪个部洲就会大旱。又比如四大天王，他们要是走了，天门就没人看了。而奎木狼下界十三天已经够瞧的了。第四，要武艺高强，这样在刺杀行动上才会有更大胜算。第五，也是最后一点，非常重要，那就是要能够命里相克。相克的可以是物，也可能是人。怎么讲呢？其实《西游记》中很多对抗不是讲谁强谁弱，而是在表明万物相生相克的道理。太上老君的金钢琢厉害，但芭蕉扇可以降住它，那芭蕉扇厉害不？可是有了定风丹就不怕芭蕉扇了。蝎子精厉害，谁来降服她呢？卯日星官。因为卯日星官是大公鸡，蝎子的天敌。还有那蜈蚣精百眼魔君，最怕卯日星官他老娘，那个叫毗蓝婆菩萨的老母鸡。因此，要制服对方就要用能够克住对方的法子，而不是硬碰硬。思来想去，最终符合条件的就是天蓬元帅。他是道教出身，根红苗正，政治过硬。这一点我们从第十九回老猪的自我介绍里看得明白：

自小生来心性拙，贪闲爱懒无休歇。不曾养性与修真，混沌迷心熬日月。

忽然闲里遇真仙，就把寒温坐下说。劝我回心莫堕凡，伤生造下无边孽。

有朝大限命终时，八难三途悔不喋。听言意转要修行，闻语心回求妙诀。

有缘立地拜为师，指示天关并地阙。得传九转大还丹，工夫昼夜无时辍。

上至顶门泥丸宫，下至脚板涌泉穴。周流肾水入华池，丹田补得温温热。

    婴儿姹女配阴阳，铅汞相投分日月。离龙坎虎用调和，
灵龟吸尽金乌血。

    三花聚顶得归根，五气朝元通透彻。功圆行满却飞升，
天仙对对来迎接。

    这些都是道教修行之道。此外，天蓬是玉帝钦点的水军大元
帅，掌管八万水军，其兵权仅次于托塔李天王。如果不是心腹爱
将，玉帝也不会把这么重的兵权交给他；天蓬元帅如果治军有
方，只要按时训练，定期巡河，一般不会出什么事，所以事实上
他的确不用天天点卯。而且一般有个什么风吹草动，基本是没
必要派水军出征的，您没看两次征讨孙悟空都是李天王率军下界
的吗？所以天蓬元帅是适合长期出差或外派工作的。若论武艺，
天蓬下界前没有交待，但下界后他在云栈洞前与悟空有过一次交
手，书中写得清楚"他两个自二更时分，直斗到东方发白"。二
更是晚上七点到九点，东方发白也就是早上五六点钟吧，大约打
了十个小时，能打这么长时间，足见天蓬武艺。

    最后，我们重点说一下兵器。天蓬元帅的兵器是很有来头
的。对于这件兵器，老猪是这么介绍的：

    老君自己动钤锤，荧惑亲身添炭屑。
    五方五帝用心机，六丁六甲费周折。
    造成九齿玉垂牙，铸就双环金坠叶。
    身妆六曜排五星，体按四时依八节。
    短长上下定乾坤，左右阴阳分日月。

六爻神将按天条，八卦星辰依斗列。

名为上宝逊金钯，进与玉皇镇丹阙。

因我修成大罗仙，为吾养就长生客。

敕封元帅号天蓬，钦赐钉钯为御节。

举起烈焰并毫光，落下猛风飘瑞雪。

天曹神将尽皆惊，地府阎罗心胆怯。

人间那有这般兵，世上更无此等铁。

随身变化可心怀，任意翻腾依口诀。

相携数载未曾离，伴我几年无日别。

日食三餐并不丢，夜眠一宿浑无撇。

也曾佩去赴蟠桃，也曾带他朝帝阙。

皆因仗酒却行凶，只为倚强便撒泼。

上天贬我降凡尘，下世尽我作罪孽。

石洞心邪曾吃人，高庄情喜婚姻结。

这钯下海掀翻龙鼍窝，上山抓碎虎狼穴。

诸般兵刃且休题，惟有吾当钯最切。

相持取胜有何难，赌斗求功不用说。

何怕你铜头铁脑一身钢，钯到魂消神气泄！

最后一句说得明白，"铜头铁脑一身钢，钯到魂消神气泄"！谁是"铜头铁脑一身钢"？只有孙悟空。大闹天宫时玉帝是领教过孙悟空厉害的。被抓住后，"绑在降妖柱上，刀砍斧剁，枪刺剑刴，莫想伤及其身。南斗星奋令火部众神，放火煨烧，亦不能烧着。又着雷部众神，以雷屑钉打，越发不能伤损一毫"。而后在太上老君的八卦炉里经过进一步加工，悟空炼成了"金子心肝，银子肺腑，铜头铁背，火眼金睛"，一般兵器更加奈何不了他。而这个上宝逊金钯，恰恰就是专门对付孙悟空的大克星。

因此，综合这四点，天蓬就是执行刺杀任务的不二人选。有人要问了，托塔天王兵权更重，是不是更受玉帝器重，不能是个人选吗？不行啊大哥，第一，天王要经常带兵打仗的，您真以为天下就一个妖猴吗，他只是造反众妖的一个代表而已。第二，天王的功夫……反正他打不过哪吒。第三，很重要，李天王是佛教的人，不是玉帝的心腹，就算他是，他也不敢去执行这次任务，因为他另外两个儿子都在佛教那边当人质呢。大儿子金吒给如来做前部护法；二儿子木叉给观音做徒弟。玉帝让李天王掌管十万天兵与器重无关，不过是被当傻小子天天干活而已。

灭猴方案

对于灭掉悟空，谁也没有十拿九稳的把握，毕竟孙悟空在五行山有专人看守。因此，玉帝制订了两套方案。A计划，天蓬下界，目标直指五行山孙悟空，抓住机会，直接击杀；B计划，如果不能成功或难以下手，天蓬需混进取经团，在取经路上，伺机将其杀之。这也是为什么天蓬获罪遭斩而求情人恰恰是太白金星的原因。而B计划玉帝并没有告诉天蓬，他当然希望一次成功，所有知道有备选方案的执行人员失败的概率都会增大。

下界形式及地点选择

天蓬元帅不是因调戏嫦娥被贬下界的吗？呵呵，那只不过是一出苦肉计，掩人耳目而已。只不过这出苦肉计，真正的主角不是天蓬元帅，而是躲在幕后的玉帝和太白金星。原文写道：

> 那时酒醉意昏沉，东倒西歪乱撒泼。逞雄撞入广寒宫，
> 风流仙子来相接。
>
> 见她容貌挟人魂，旧日凡心难得灭。全无上下失尊卑，
> 扯住嫦娥要陪歇。
>
> 再三再四不依从，东躲西藏心不悦。色胆如天叫似雷，
> 险些震倒天关阙。
>
> 纠察灵官奏玉皇，那日吾当命运拙。广寒围困不通风，
> 进退无门难得脱。
>
> 却被诸神拿住我，酒在心头还不怯。押赴灵霄见玉皇，
> 依律问成该处决。

从原文可看到，老猪来了就要求陪歇，这是完全不合情理的，至少也得暖暖场吧。之所以那么直接，一定是有人暗示许诺了销魂之夜。而嫦娥呢，如果嫦娥很厌恶天蓬元帅或者恪守天条，就应该请人帮忙一起劝退老猪，毕竟月亮那边是太阴星君的地盘，手底也有一票人呢。可是竟然没有一个人出现，这不蹊跷吗？或是嫦娥态度很坚决地回绝天蓬，而这位风流仙子非但没有言辞激烈立场鲜明，却是"再三再四不依从，东躲西藏心不悦"。就好像是调皮的女生在躲猫猫玩前奏一样。后来老猪烦了，"色胆如天叫似雷，险些震倒天关阙"。这点更有意思，被调戏人没喊抓流氓，流氓却自己大喊大叫，生怕别人不知道啊。他就是要叫，因为给他的承诺没有兑现，他心里憋屈啊。后来纠察灵官

来得挺快，就跟提前在广寒宫附近埋伏好了似的。嗨，那就是提前安排的呀。

退一万步讲，假设真有调戏一事，顶多算个作风问题，写个检查赔个礼就得了，谁想到老猪竟然是死罪。二十八宿的奎木狼，旷工、思凡下界、与披香殿侍香的玉女私通，罪过比老猪大得多，而得到的惩罚却只是"贬他去兜率宫与太上老君烧火"，同为上界神仙，老猪与人家的差距怎么就这么大呢？这明摆着嘛，欲加之罪，何患无辞。

就在这危难之际，关键人物出场了，太白金星给老猪求情，这才峰回路转。但是死罪可免，活罪难逃。玉帝打了天蓬两千锤，贬下尘凡，戴罪立功，如果成功，才能返回天宫，官复原职。

玉帝就这样制造了一个天蓬被贬下界的假象，要是明目张胆地派一这么高身份的主儿下界，那下界还不炸了锅，天蓬什么事也办不成。

为了把事情做得更加天衣无缝，玉帝绝不允许天蓬直接下界为妖，他肯定有一套冠冕堂皇的说辞：下界为妖，造孽伤生，决计不可。但是被贬下界基本上走两个途径，一个是直接为妖，另一个就是投胎转世。可是投胎转世这条路对于天蓬来讲也是行不通的。您要记得一条规律，下界为妖与下界转世投胎是有本质区别的。这个区别就在于，下界为妖依然对自己之前的所有所作所为和要执行的任务都一清二楚，沙僧知道自己以前是干什么的，奎木狼当然也知道自己是谁，下界干什么来了。而下界转世投胎可不一样了，那就变成了一个凡种，没有任何法力，更是对自己前世的一切和转世来的任务完全丧失记忆。唐僧不知道自己曾是如来的弟子金蝉子，更不知道自己的任务是什么；宝象国的三公主百花羞也不知道自己前世是披香殿的侍女；同样，天竺国的公主素娥也不知道自己前世是月宫的一位仙女。

可是又不能直接下界当妖孽，又要把猴子给办了。怎么办呢？天蓬毕竟是个大罗仙，有着超人的智慧，他冥思苦想，终于想出了一招：在转世投胎上造假。老猪曾经自己交待，被贬下界后，"夺舍投胎，不期错了道路，投在个母猪胎里"。既然是投胎，为什么还带着钯子，出来之后还有法力，还能对前世今生如此清楚？呵呵，人为制造出一个转世投胎，既能掩人耳目，又能去执行玉帝交办的任务，真是绝妙好招。

还有重要的一点可以佐证投胎是假的，就是天蓬的模样。第八十五回，妖精硬着胆喝道："你是那里来的？叫甚名字？快早说来，饶你性命。"八戒笑道："我的儿，你是也不认得你猪祖宗哩。上前来，说与你听：

> 巨口獠牙神力大，玉皇升我天蓬帅。
> 掌管天河八万兵，天宫快乐多自在。
> 只因酒醉戏宫娥，那时就把英雄卖。
> 一嘴拱倒斗牛宫，吃了王母灵芝菜。
> 玉皇亲打二千锤，把吾贬下三天界。
> 教吾立志养元神，下方却又为妖怪。
> 正在高庄喜结亲，命低撞着孙兄在。
> 金箍棒下受他降，低头才把沙门拜。

背马挑包做夯工，前生少了唐僧债。

铁脚天蓬本姓猪，法名唤作猪八戒。

诗中第一句说得很清楚，八戒在担任天蓬元帅时，他就是"巨口獠牙""一嘴拱倒斗牛宫"，说明那时候他的习惯动作就是"拱"。后面的取经路上，"拱"这个动作多次出现在八戒身上，最经典的当属驼罗庄的七绝山，八戒一嘴拱开稀柿胡衕，让那"千年稀柿今朝净，七绝胡衕此日开"。"拱"说白了就是猪的专有动作。这也等于说，八戒在担任天蓬元帅时就已经是猪了，根本不用投到猪胎里再变成猪的模样。所以才会出现"铁脚天蓬本姓猪"这句话。因此说，投胎是假的，天蓬并没有走错路，如果当初走进的是哪个孕妇肚子里，那才是走错路了呢。

既然是假的，就不能让任何活口知道这是假的。毕竟人有人言，兽有兽语，而天地间凡有九窍者皆可修仙。因此，天蓬进了母猪肚子后，把母猪和一群小猪崽全部杀光灭口。

那为什么玉帝不让天蓬直接下界为妖呢？这正是玉帝狡诈之处。正是因为投胎就会忘了前世，那么天蓬在今世不管干了什么就都和前世没有任何瓜葛。这样，如果刺杀孙悟空成功，玉帝就没有任何嫌疑了。通过假的投胎转世，玉帝就把自己摘得一干二净。要不您看，沙僧不带任务，被贬下界他就可以直接为妖。要记得，身份、地位越高，越不愿打破既有的平衡，较量都是在暗战中进行，所有的打打杀杀都是市井中人或是被利用的爪牙。

我们回头再看刺杀策略，B计划是要天蓬混进取经团的，怎么才能混进去呢？这就得看苦肉计怎么演了。这中间有一个至关重要的人物——太白金星。前文说过，玉帝和如来之间的往来都是通过太白金星牵线搭桥的，此人深为双方所器重。玉帝与金星策划，天蓬调戏嫦娥，玉帝给死罪，金星扮演和事佬，这是为天蓬进入取经团争取到合理的信任做准备，一个如来信得过的人救活的人进入取经团应该是政治过硬的吧。不然太白金星求的哪门子情啊，天蓬死不死关他屁事。姜还是老的辣，太白金星也晓得为什么玉帝安排他来求这个情，后来如玉帝所愿，天蓬果然加入了取经团。但是玉帝可能没想到的是，这个太白金星就是个双料间谍，吃两头的，甚至可以说，金老头儿就是佛教的，前面我们论述过，这里再加一个证据。《西游记》第二十一回孙悟空眼睛被黄风怪的风弄瞎了，被一老者医好，留下一张简帖："上复齐天大圣听，老人乃是李长庚。须弥山有飞龙杖，灵吉当年受佛兵。"行者执了帖儿，转身下路。八戒道："哥啊，我们连日造化低了。这两日忏日里见鬼！那个化风去的老儿是谁？"行者把帖儿递与八戒，念了一遍道："李长庚是那个？"行者道："是西方太白金星的名号。"堂堂道教出身的八戒，竟然对同门中人的李长庚知之甚少，这难道不可疑吗？因此，天蓬进团的意图太白金星很可能早就汇报给另一边的上司如来了。而如来更为高明，将计就计，主动收了天蓬元帅加入取经团。

天蓬的下界地点不用细说了，离五行山比较近的福陵山云栈洞，下手方便。

特殊福利

要知道老猪是不愿意下来的，他在天上每天过着养尊处优的生活，享受着高级干部的各种福利待遇，何必干这份苦差事，弄不好还会把命给搭上。后来在云栈洞前，老猪与悟空的对话中，也曾流露过这样的抱怨："你这弼上的弼马温，当年撞那祸时，不知带累我等多少……"除了佯装死罪，威逼天蓬，玉帝还是有其他充分考虑的。就像我们在公司上班，如果你出差，公司会给你出差补贴的。如果你是长期外派工作，就要给你可观的外派补贴，并在异地给你解决住房等问题，业绩做得好，回来后还会升职加薪。如果条件不足够吸引人，谁会去呢？玉帝是做了多年领导工作的，玩这些自然是驾轻就熟，他其实也算没有亏待天蓬。首先，水军大元帅的位子一直给天蓬留着，我们没在任何地方看到有谁补了这个缺儿。当然做到这一点还不够。玉帝还给天蓬补发了一项令诸神都垂涎的特殊福利。

什么最能让神仙们铤而走险？其实就两样，一个是命，一个是性。关于命，前面提过，神仙不是永远不死的，天蓬的命差点被玉帝拿下，这着实给了老猪一个恶毒的下马威，每每想起来他都心有余悸。而另一个神仙的迫切需求就是性。为什么呢？要知道，神仙们都是禁止性生活、禁止娶妻生子的。因为天庭中的位子就那么多，一个萝卜一个坑，只要你不犯特别大的错误，一般你的岗位就是终身制的。神仙们如果有了性生活，生出来的可全是小神仙，这些小神仙无处安置就会惹是生非。神满为患，那天庭可就乱了。这样您就知道为什么有太多的神仙哪怕冒着生命危险都思凡下界了吧，其中不乏玉帝的妹妹。因此，禁欲是神仙们最难以忍受的痛。玉帝所做的，就是补偿给天蓬元帅那晚没有得逞的销魂一夜。这也是玉帝对自己之前欺骗爱将的一种自我慰藉吧。

《西游记》里出现了一个神秘人物——卵二姐。这位姐姐命运实在可怜，连路人甲都没混上，只是在老猪与观音的交谈中一语带过。如果按照情节安排，这个人物其实是可以不出现的，那为什么吴老爷子要安排她出场呢？想必要交待些什么，而且想隐藏得越深给的文字就越少。但我们还是能从只言片语中看到刻意安排的蛛丝马迹。第一，她的角色是老猪的前妻。第二，这个前妻是主动找上门的。按老猪的话，"他见我有些武艺，招我做了家长，又唤做倒踏门"。第三，她不是凡人，因为凡人不住在洞里，只有神仙或妖怪才住洞府。凡人也没有卵姓，谁在百家姓里看到过"卵"？悟空、八戒因长相而得姓，沙僧因居住地而得姓，那么这个"卵"姓是依据什么而得的呢？第四，老猪的云栈洞原本是卵二姐的，而这个云栈洞离关押孙悟空的五行山非常近，方便老猪执行刺杀任务。综上所述，这个卵二姐明显就有被安排的嫌疑。

我们再回头解决二姐姓的问题。书袋狼四处搜寻，后来发现这个"卵"字有问题。按照古本繁体西游记本以及日本方面保存的古本西游记均为"卯二姐"，而现在通行的版本多为"卵"，那么基本可以下个结论，不管什么原因，"卵"是个误传，原字应该是"卯"。这又有什么影响呢？有啊！中国古代是用干支纪年，十二地支对应十二生肖，卯对应兔，为什么看到"卯"就把思路往生肖上领呢？因为有一个例子安排我们去这样举一反三。在第十三回，离收八戒那一回很近。因唐僧急于取经，起早赶路，落入了寅将军的陷阱，两个仆从，被寅将军、熊山君、特处士吃了，多亏太白金星搭救，唐僧才逃离虎穴。那个寅将军就是一只老虎精，生肖中不就有寅虎吗。那么在中国的神话故事中说起兔子我们会想到谁？嫦娥啊。嫦娥又和天蓬啥关系？天蓬是因调戏嫦娥才被贬下界的呀。哈哈，话都说到这份儿上了，不管您信不信，反正我是信了。对与不对只能自己去品，毕竟书中文字很少，才给了人们无限遐想的空间，这也正是中国文化的魅力之一。但书袋狼无法继续分析这个卵二姐到底是嫦娥本人还是她的小兔子下界代劳。不管怎样，她都是玉帝安排下来让天蓬受用的。因为欠老猪只是一个销魂夜，所以后来不到一年（天上一天就是人间一年），卵二姐就死了（其实就是完成任务走了）。我们可以得出这样的结论：玉帝安排天蓬外派执行刺杀任务，离五行山很近的福陵山是外派目的地，云栈洞是给天蓬解决了住宿问题，卵二姐是对天蓬外派工作的诱人福利和补偿。

恩威并施、性、命双刃，最终，玉帝通过自己的手腕迫其就范。而所有这些，都是玉帝和太白金星做的扣儿，天蓬一直全部被蒙在鼓里，第二十一回当老猪知道了李长庚就是太白金星的时候，慌得望空下拜道："恩人，恩人！老猪若不亏金星奏准玉帝呵，性命也不知化作甚的了！"哎，真是把自己卖了还要帮别人数钱。即便是进了取经团，天蓬都还在想着自己的任务，寻找各种机会残害悟空。试想一下，如果老猪早早地知道真相，作为一个经历过大起大落的人，面对如此腹黑的神界，心灰意冷就该伴随他命中的归途。什么重返天宫，什么修成正果，什么都不如三十亩地一头牛、老婆孩子热坑头来得实实在在、简简单单。因为老猪本来就是这样的人，取经路上每每受挫提出散伙时，老猪首先想到的就是回高老庄和他的浑家高翠兰过清平日子。而人，原本不就应该这样吗？

收　编

　　哎，写书真是一件痛苦的事。前边哗啦哗啦写了一大堆还没提到要讲的"收编"，可是前边要不交待清楚您后边看着也晕乎。好吧，现在逐步进入正题，咱们先看看天蓬A计划执行得如何？其实不说您也知道，自然没有成功。要不就没有《西游记》了。当然不成功也是有原因的。一方面，悟空被压在五行山时，如来命人在五行山上贴了一个帖子，明着是镇住孙悟空，另一层意思就是给了悟空一个身份标签：这人是我的，你们谁也不许动。与此同时，如来还做了一番人事安排："念动真言咒语，将五行山召一尊土地神祇，会同五方揭谛，居住此山监押。"这也是增加了一道保护措施。人是如来的，老猪不能明着干，不然得罪了如来自己小命就玩完了；暗里干呢，由于五行山的土地和五方揭谛的恪尽职守，老猪可能确实没有逮着机会。另一方面，老猪心里有气呀。"大哥你这事儿办得不敞亮啊，应了我的事怎么嫦娥那妞儿就不答应呢。不行就算了，我也没怎么着她，可大哥你还要整死我，多大点儿事啊。我为你鞍前马后地这么多年，你就这么对我？多亏了太白金星啊。"由于对玉帝的怨气，天蓬在任务的执行上难免有些懈怠。而玉帝让他去执行刺杀任务，却不让他直接下界为妖这件事，则让老猪内心跟玉帝产生了罅隙。"大哥你是给自己洗白白吧，到时候出了事都得我兜着呗。"堂堂天蓬元帅真不是吃素的，他决不让这个屎盆子扣到自己头上。于是，就有了福陵山云栈洞前观音与天蓬的那段意味深长的对话。

入团

观音来到福陵山，假装不认识天蓬，只问了一句他是谁。结果这位天蓬元帅不仅说出了自己的名字，还不打自招地把自己的身世一股脑地和盘托出，这分明就是向佛教交了底，意思就是不管发生了什么其实不干我的事，我只是个干活的。而那个假投胎的把戏可以骗过一般人等，自然瞒不了观音这样的高手，她也明白玉帝的鬼心思，当然也听得出天蓬的苦衷。于是开始试探天蓬，开门见山地先说了一句暗语："古人云，若要有前程，莫做没前程。"然后才说："你既上界违法，今又不改凶心，伤生造孽，却不是二罪俱罚？"这句暗语大意就是：你要为你的前程着想，别傻了吧唧地干糊涂事。这个老猪开始发挥他插科打诨的高超技能："前程前程，若依你，教我嗑风！常言道，依着官法打杀，依着佛法饿杀。去也，去也！还不如捉个行人，肥腻腻的吃他家娘！管什么二罪三罪，千罪万罪！"这句话看似重点说的是吃人，没有正面回答观音关于前程的问题，实际上是对观音的提问的反问，大意就是你以为我想干啊，这不是没法子嘛。我若依你，我能有活路吗？观音立即给了他一个承诺："汝若肯归依正果，自有养身之处。"这句说的很明确了：不管你在做什么，总得给自己留条后路。干吗不往这边靠一靠，找个安身立命的地方。至于后边说什么"世有五谷，尽能济饥"之类的话都是画蛇添足的，重点是佛教承诺可以为天蓬提供"养身之处"。听了观音的话，再看天蓬，原文写道"怪物闻言，似梦方觉"，哈哈，一副恍然大悟的样子啊。这一段暗语往来简直就像过去两个生意人袖里乾坤，外人根本不知道发生了什么而生意已经成交了。观音为天蓬打开了一扇窗，这也是如来实施收编计划的开始。

玉帝的计划原本很周密，真的很难察觉。只是百密一疏，由于太白金星的参与，如来对玉帝的计划了如指掌。既然玉帝有心让天蓬加入取经团，那就来个将计就计，主动向天蓬伸出了橄榄枝。这不仅能表明我如来是清白的，为玉帝您老人家的天下太平而涤荡乾坤，不管他是谁，有心向善的渡其向善，作恶多端的惩恶不怠，决无二心。同时也为营救沙僧创造了条件，既然一个猪模样的妖怪可以进入取经团，那么沙僧就没理由被拒之门外，对有心向善者要一视同仁嘛。要不然这俩谁都别去取经，陛下您意下如何？

动摇

千万不要以为天蓬同意保唐僧取经就是归附了佛教，他现在还是脚踩两只船的心态呢。一旦刺杀悟空成功，天蓬会立即靠向玉帝一边。因为他还放不下位高权重、放不下雄踞天河、放不下养尊处优，那令人向往的天宫圣境，依然是他魂牵梦萦的地方。

卵二姐走了，也就预示着玉帝的A计划期限到了，没有完成任务就别想返回天宫。可天蓬搭上了如来，找到了退路，心情一下子轻松多了，他索性找了高翠兰，开始了得过且过的日子。直到有一天，他的死对头孙悟空出现在他面前，打破了他短暂的幸福生活。天蓬对悟空还是有些忌惮的，毕竟人家是闹过天宫的，不是闹着玩的。如果说之前能够接受刺杀任务，那不仅是因为自己的性命受到了威胁，更重要的是当时悟空被压在山底下没有人身自由，如果看守不严，他就可以杀一只坐以待毙的猴子。可现在不一样了，他面对的是一只活蹦乱跳、法力如常的齐天大圣啊。怎么办？那就是骡子是马拉出来遛遛吧。天蓬元帅真不含糊，跟悟空打了整整一夜，最后只是由于体力不支，败下阵来。老猪现在唯一仰仗的就是那把被认为是悟空克星的上宝逊金钯了。然而结果太让人丧气了。我们不知道是这把钯子没有通过ISO标准认证就投入使用，还是因为悟空被压的这五百年天天吃铁丸子喝铜汁强化了身体的缘故，明明说好的"铜头铁脑一身钢，钯到魂消神气泄"，可老猪对着悟空的头"着气力筑将来，扑的一下，钻起钯的火光焰焰，更不曾筑动一些儿头皮"。面对残酷的现实，希望更加渺茫，天蓬元帅心里的天平又极不情愿地向如来一边倾斜。

希望

天蓬元帅应观音之约，加入了取经团，戒了五荤三厌，唐僧为他起了个别名"八戒"，后面我们就改称这位大元帅为八戒吧。这时候八戒重返天宫的梦想依然没有完全泯灭，加入取经团后开始还算老实，韬光养晦，暗中却一直在考虑行动方案。八戒现在凭武艺和兵器干不掉悟空，但是后来，在镇元大仙的五庄观，八戒无意中得知，这个心高气傲的猴子惧怕那个手无缚鸡之力的凡夫俗子唐和尚，是因为猴子头上那个他无法摘掉的金箍儿。老猪暗自喜欢，计上心来。他想借唐僧的紧箍咒，干掉孙悟空这个眼中钉。这就是《三十六计》中赫赫有名的"借刀杀人"！过了五庄观，下一站就是白骨精的白虎岭，八戒迫不及待地牛刀小试了一把。悟空接二连三地打死了白骨精变化的凡人，八戒教唆唐僧念那紧箍咒，令他没想到的是，这个紧箍咒竟然如此厉害，把个铜头铁脑的孙悟空疼得跪地求饶，相比之下，他的九齿钉钯简直就是残次品。紧箍咒的发现让八戒的心突突乱跳，重新燃起了他的希望之光。

收编

可是，后来发生的一系列事情，让老猪内心波澜起伏。

在八戒的撺掇下，唐僧念足了紧箍咒并赶走了孙悟空，可八戒也才发现取经的路上没有了悟空就寸步难行。他倒不是一心想着降妖伏怪、求取真经，而是悟空走了，唐僧又命悬一线，取经不能西进，这就等于他把玉帝和如来两边都得罪了，最后受伤的还是自己。万不得已，八戒又去花果山请悟空。到了花果山，八戒本以为孙悟空对他会恨之入骨、睚眦必报，想不到悟空依然以礼相待、兄弟相称。即便八戒背后对悟空骂骂咧咧，复被抓住后悟空还是没有提及白虎岭的恩怨。相形之下，八戒显得有些惭愧。后来，八戒也曾几番下过毒手，让悟空受了不少的罪，可是悟空从来没有结恨成仇，顶多是找机会对八戒戏耍戏耍，全无恶意。而且，每次八戒遇险，悟空都是拼力相救。特别是在平顶山，孙悟空被银角大王用幌金绳捉住后，和八戒囚在一起，悟空说了句恐怕让八戒终生难忘的话："我如今就出去，管情救了你们。"自己身陷囹圄还说去救别人的话，别说是八戒，俺也被感动得不要不要的。要知道，取经队伍里最具人味的角色就是八戒。唐僧和沙僧本就是佛派的人，早就没了人味。悟空原本当然是人情味十足，后来被如来改造得没了人性（详见《悟空》篇）。只有八戒，如来不敢改造他，只能收编他，因此八戒身上还保有最原始的人性味道。他贪吃好色，但食色性也，是人生离不开的两件事，只是八戒表现得夸张一点，直白一点。原来"大家都有此心，独拿老猪出丑"罢了；他趋利避害，有功就上有危险就躲。但是扪心自问，我们身上会不会有八戒的影子呢？如果反过来，见到功劳就躲，见到危险就上。我想请问，您遇到过几个这样的人？我记得电影《中南海保镖》中有过这样的台词，大意是如果有人向你举起了手枪，正常人的反应都是下意识地躲开，只有经过训练的人才可能挺身而出；八戒还留私房钱。哎，书袋狼在离职前，目睹了不知多少在老板面前表现得赤胆忠心、信誓旦旦，转过脸就想着法子从公司捞油水的芸芸众生。八戒不过是留了点私房钱，相比之下这根本不是事儿。因此，八戒身上的这些所谓的毛病，都是正常的人性表现。在八戒和悟空的关系上，我虐悟空千百遍，悟空待我如初恋。八戒就是铁石心肠，心也会有所感化，更何况他是一个凡心乱动的和尚、人性未泯的神仙呢。当然还有特别特别重要的一点，就是八戒的借刀杀人之计总是执行得虎头蛇尾。因为在取经团日子久了，八戒慢慢发现，无论多刁钻的难题，悟空都能化解，最后化险为夷。最为经典的一次就是在乌鸡国，八戒出了个大难题，说悟空可以在阳间把乌鸡国王救活，唐僧就念紧箍咒要求悟空在阳间救。万万没想到的是，悟空真的绕过阎王老子，直接从太上老君那借来九转金丹，救了国王的命。八戒越来越失望，给他带来最后希望的紧箍咒都无法干掉孙悟空，他那重返天宫、官复原职的理想逐渐幻灭，化成天边的一座海市蜃楼。于是，在车迟国，一个月黑风高的晚上，八戒推倒了三清观内太上老君的泥塑，从此和道教彻底分道扬镳。头上三尺有神明，只不过夜幕之下，我们无法看到如来本就难以察觉的笑脸和玉帝沮丧的忧伤。

可怜的小白龙

好了，现在该聊聊不声不响、任劳任怨的白龙马了。白龙马的出现从一开始就疑点多多。它原本不是马，而是一条龙、一条非凡的龙，是西海龙王敖闰的三儿子，有着龙族中高贵的贵族血统，本该过着优越的三太子的日子，后来却甘于忍受胯下之辱，当唐僧的坐骑，而且一忍就是十四年，比韩信还厉害。如果说沙僧、八戒的栖身地都在取经路线上还算情理之中的话，那么小白龙获罪被绑缚的位置就显得相当蹊跷了。他是在西海里犯的错，受到的惩处是"打了三百，不日遭诛"，那么不管是打是杀都可以在西海里进行，即当场抓获就地正法。或者走天庭司法程序，被拿到天庭，按律审判，然后被送上断头台。这无论如何也没必要吊在半空中的，而且恰好是取经必经之路的半空。

首先我们再次强调一下，不管是从真实的历史还是从《西游记》中玉帝、如来对取经队伍最初的设计，唐僧都是本该只有一个徒弟。历史上的玄奘西游路上也的确只收了一个叫做石盘陀的徒弟，这个石盘陀在取经过程中对玄奘起过杀心，与孙悟空形象和经历很相似；而《西游记》中就更明显了，当年孙悟空大闹天宫时如来把他压在五行山下，留了一句话："待他灾愆满日，自有人救他。"所以只有猴子正经是取经预备队员，其他人都是后来被安排进取经团的，小白龙也不例外。我们先来看看小白龙的问题。他是因纵火烧了殿上明珠，老龙王表奏天庭，告了忤逆。烧一颗明珠居然就是忤逆，还严重到能让龙王爷的三太子罪该当诛？这件事比较复杂，我慢慢说，您跟着我走就好了。

烧珠子那点事

话说如来让观音菩萨寻找取经人，菩萨到了长安城之后，着手办了几件事，其中一件就是安排泾河龙王和袁守诚打赌，结果龙王输了，触犯天条。原本说好的唐太宗李世民可以救他性命，可最终泾河龙王还是被魏徵斩了。于是，趁李世民熟睡之际，老龙王进入他梦中，提着自己的头找他索命。正在难分难解之际，观音及时出现，喝退业龙，救了李世民。而泾河龙王往哪去了呢？书中原文写道："那没头的龙，悲悲啼啼，径往西北而去。"

长安城西北方向有什么地方可去呢？书中第九十二回在金平府捉犀牛精的时候，悟空请来了他们的克星四木禽星，那三个妖王听说是四木禽星来了，"也现了本相，放下手来，还是四只蹄子，就如铁炮一般，径往东北上跑"。沿着东北方向，悟空和四星一直追到了西洋大海。从这里能够知道，金平府的东北方向是西洋大海。而大唐长安是在南赡部洲，唐僧师徒离开长安，一路向西，到了灵山地界的金平府。长安在东，金平府在西。西洋大海在金平府的东北，相对于长安来说，就应该是在长安的西北。所以，泾河龙王从长安往西北而去，实际上就是去了西洋大海。

您可能会说，那还有一种可能，那就是西洋大海也在长安的东北方向，也就是说南赡部洲和西牛贺洲也可能挨着。呵呵，我告诉您不会是这样的。因为《西游记》第一回已经交待过了，西牛贺洲也就是金平府所在的洲和西洋大海挨着的："忽行至西洋大海，他想着海外必有神仙，独自个依前作筏，又飘过西海，直至西牛贺洲地界。"如果南赡部洲和西牛贺洲紧挨着，那么悟空学艺的时候飘过西海登岸的就不会是西牛贺洲了。可是西北方向的地方多的是，我们为什么猜测是去了西洋大海呢？因为西海龙王敖闰是泾河龙王的舅哥，一家人好办事，而且泾河龙王出事后，他老婆就带着小儿子——那个黑水河的鼍龙来投奔娘家来了。泾河龙王到西海投奔舅哥就可以夫妻团聚。更重要的原因是，西洋大海对藏踪匿迹本身具有先天的优势。

　　现在我们把注意力跳转到第四十三回黑水河捉鼍一节。有点晕吧，只要您跟着我走就行。我们来看看黑水河的水有多黑："层层浓浪，迭迭浑波，层层浓浪翻乌潦，迭迭浑波卷黑油。近观不照人身影，远望难寻树木形。滚滚一地墨，滔滔千里灰。水沫浮来如积炭，浪花飘起似翻煤。牛羊不饮，鸦鹊难飞。牛羊不饮嫌深黑，鸦鹊难飞怕渺弥。"这么黑的水要是做点什么隐蔽的事似乎外人很难察觉吧。可这跟泾河龙王有什么关系呢？我们得继续找线索。黑水河的水是从哪来的呢？原著第四十三回中，黑水河神说过"那妖精旧年五月间，从西洋海趁大潮来于此处，就与小神交斗……"从这句可以猜想，黑水河的水有可能就是西洋大海的水，至少黑水河与西洋大海是连着的。继续看，当孙悟空到了西海龙王那里问罪后，和摩昂太子一同从西海来到黑水河。孙悟

113

空在黑水河上岸后，沙僧还奇怪孙悟空怎么从河里出来。原文是："行者欣然相别，捏了避水诀，跳出波津，径到了东边崖上。沙僧与那河神迎着道：'师兄，你去时从空而去，怎么回来却自河内而回？'行者把那打死鱼精，得简帖，见龙王，与太子同领兵来之事，备陈了一遍。"再次证明黑水河与西洋大海是连着的。现在再来解决水的流向问题。悟空听黑水河神说鼍龙是西海龙王的外甥后，"行者即驾云，径至西洋大海，按筋斗，捻了避水诀，分开波浪。正然走处，撞见一个黑鱼精棒着一个浑金的请书匣儿，从下流头似箭如梭钻将上来，被行者扑个满面，掣铁棒分顶一下，可怜就打得脑浆迸出，腮骨查开，唿都的一声飘出水面"。这里说黑鱼精是从下流来的，西洋大海又和黑水河相连，那么西洋大海就是黑水河的上流喽。换句话说，黑水河的水是从西洋大海灌过来的。再说得精准点，西洋大海的水和黑水河的水一样黑！

我们说过，水那么黑的话在里面干点隐秘的事应该很容易，泾河龙王会不会钻进西洋大海然后被藏在什么地方而不会被别人发现呢？没有那么简单，海水黑只是必要条件。前文曾经说过，玉帝是有自己专门的情报机构的，能够监视天下、明察秋毫。可是西洋大海那么黑玉帝的情报机构怎么能看得清呢？能的。因为西海龙宫的宫殿上有一颗明珠，可以普照西海。所以西海内有什么举动玉帝都会一清二楚。但如果那颗殿上明珠被毁了呢……那好了，如果泾河龙王想躲进西海，充分条件就是让明珠不再普照，西海龙王就可以趁黑把泾河龙王藏起来。现在清楚了，小白龙纵火烧了的殿上明珠就是这一颗！如果不是，小白龙不会是死罪，还要不日遭诛。

完美赌局

政治上的对垒从来不会是单纯的。长安城内袁守诚与泾河龙王的那场赌局，真正在赌的是藏在幕后的观音菩萨和玉帝这两个大人物。观音与玉帝打赌，你的臣子不一定对你唯命是从，不信你就在某时安排泾河龙王在长安城下多少雨，如果泾河龙王按旨而行，我就什么都可以满足你。同时她又暗地里指使泾河龙王，你将会听说有一个叫袁守诚的凡人，晓天下之事并且会触及你的水族。如你不服可与他赌赛，你要想办法赢了他，出了什么事我自会解救你。玉帝当然不信，自他当政以来，还从来没出现过这样的事，于是就与观音定下了布雨的具体时间和点数安排泾河龙王去做，最后的结果大家都知道了。观音首先是要借泾河龙王与唐太宗李世民结怨，吓死世民，从而安排李世民魂游阴曹地府，晓得阴间的可怕，告诉世民若想转世投胎，需办水陆法会（水陆法会是佛教中大型的法事活动，为超度一切水陆亡魂而设），这样才能达到唐太宗下令玄奘赴西天取经的目的。

我不是在编故事吧？还真不是瞎编，最次也是合理猜测。玉帝会和观音打赌？会的，您想一下，袁守诚一个凡夫俗子，泾河龙王跻身神界；袁守诚在人间就是个无业游民，泾河龙王可是专门司雨的正牌河神。人与神的赌局，而且赌的内容还是神的强项，偏偏人赢了。下雨的旨意本该泾河龙王第一个得到，可是袁守诚竟然对圣旨内容了如指掌，他怎么可能算出玉帝的想法呢？

只有一个原因，那就是内容是预先订好的。再有一点，非常重要也非常隐蔽。如来在灵山上问谁可去东土寻个取经人，观音自告奋勇，如来大喜道："别个是也去不得，须是观音尊者，神通广大，方可去得。"这原本是一句得罪人的话，难道灵山其他佛门中人就不神通广大吗？你要知道在排位上观音菩萨还在孙悟空这个后来的斗战胜佛之后呢，前面还有一票更为神通的佛。如来不应该随意说出这样的话。可是为什么他说了而且没人反驳呢？因为观音确实有别人无法企及的神通，办这件事当真是别个也去不得，非她莫属。如来言语里的含义在下一篇文中会详述。

问题又来了，为什么选择泾河龙王，而泾河龙王又为什么那么唯命是从呢？不管是观音安排赌局、泾河龙王欣然接受赌局任务，还是当李世民在梦中与泾河龙王争得难解难分的时候，观音一出现就能喝退业龙。这些都说明泾河龙王听观音的话，他一个天庭命官，完全可以不听佛教的吆五喝六，你让我退我就退啊。这一场赌局隐藏的内容实在太多。佛教与龙族的关系一向是不错的。在佛教组织的这次取经项目中，龙族着实出了不少力，行云布雨就不说了，就连在朱紫国给国王治病需要无根水时，东海龙王敖广当时没带雨器，都要打两口喷嚏吐些涎津液给悟空用；四十三回捉鼍龙、九十二回捉犀牛精时西海龙王让储君摩昂亲自带人马助战；就连孙悟空第一次被唐僧赶走，到东海龙宫做客，敖广都用圯桥进履的典故规劝悟空回心转意。龙族领袖人物这么交好佛教，泾河龙王自然也不例外。为什么？万事都是有根源的。在《西游记》中，龙族是一个非常特殊的群体。之前我们说过，神仙们都是禁欲的，但龙族却是个例外，他们可以娶妻生子。比如泾河龙王就有九个儿子，西海龙王也有几个太子，碧波潭万圣老龙王也有个女儿万圣公主。能够娶妻生子必定要伴随着生老病死的生命轮回。泾河龙王的老婆投奔娘家后没多久就"疾故"了；西海龙王还给自己立了储君摩昂太子。因此，延寿也是龙族梦寐以求的东西。我们已经知道天庭一年一度的蟠桃盛会是用来给神仙延寿的，但是从七仙女给出的蟠桃会神仙名单可以看出，龙族是没有资格参加蟠桃盛会的，所以他们要想延寿，必须经过严格艰苦的修行，要想躲过每五百年就来的一劫实属不易。可是我们看一下四海龙王，从悟空出世他们就在，悟空地府强销死籍时是三百多岁，之后大闹天宫被压了五百年后去西天取经，四海龙王都还在，我们不用把时间往长了算，单就说这小一千年的时间里，如果有一两个老龙王度过劫难还算正常，四海龙王一起度过了劫难就有点让人怀疑了，这很可能是从佛教那边拿到了可以延寿的灵药或妙法。泾河龙王同样会对延寿这事朝思暮想，因此对于观音的吩咐也自然会照办不误。

所谓完美，可不是光看牌面上的输赢。这是一套完整的赌局方案，整套方案由龙族执行，大体是这样的，泾河龙王负责在前台与袁守诚打赌，小白龙负责毁掉普照西海的明珠，使玉帝对西海的监控暂时失明，月黑杀人夜，风高放火天，西海龙王负责趁黑把泾河龙王藏于西海隐蔽之处。然后老龙王上天告状，再然后我们就看到了吊在半空中的三太子。

为什么要藏泾河龙王呢？佛教还有另外的目的。他们对龙族的态度一向是拉拢，特别是泾河龙王这样的角色，早已被佛教盯上了。要知道龙族生生不息，人口众多，基本上掌管着全天下的水系，如果控制了龙族就等于控制了天下的水。水是什么？对于老百姓来说，水是生命之源啊。控制了水就是控制了老百姓的命，这些神仙哪一个不是靠着老百姓供养的？所以佛教这招很厉害。而泾河龙王在龙族中的地位可以说举足轻重，他名曰泾河龙王，实际上却是"八河都总管，司雨大龙神"。《西游记》中几次提到了八河，第五十一回，天庭的水利部长水德星君召集龙王、水神们开会，其中的主要水神分别主管四海五湖、八河四渎、三江九派。另外一次在第七十五回，猴哥说他的金箍棒是"禹王求得号神珍，四海八河为定验"。而长安城被描述为"八水绕城流"，所谓八水，就是渭、泾、沣、涝、潏、滈、浐、灞八条河流，它们在长安城四周穿流，均属黄河水系。泾河龙王掌管的就是长安城附近的这八条河。掌管八河意味着什么呢？我们看看其中两条主要河流渭河和泾河的情况。渭河是黄河的最大支流，发源于甘肃省渭源县，于陕西潼关注入黄河。全长818千米，流域总面积134 766平方千米，渭河绕西安之北；泾河是渭河的最大支流，干流发源于六盘山东麓宁夏回族自治区泾源县，于高陵县蒋王村汇入渭河左岸。全长455千米，流域总面积45 421平方千米，绕西安之北。可见，泾河龙王的势力范围大得很呢。另一方面，泾河龙王又有着庞大的关系网，他的前四个儿子分别是江、河、淮、济四渎，"第一个小黄龙，见居淮渎；第二个小骊龙，见住济渎；第三个青背龙，占了江渎；第四个赤髯龙，镇守河渎"；后四个儿子又都混迹于佛、道、天庭各个要害部门，"第五个徒劳龙，与佛祖司钟；第六个稳兽龙，与神宫镇脊；第七个敬仲龙，与玉帝守擎天华表；第八个蜃龙，在大家兄处砥据太岳"；而他又是西海龙王的亲妹夫，也就是他和四海龙王关系又很近。这个泾河龙王可不是一般的人物，他的影响力几乎能辐射到整个龙族，如果把他拉拢过来，对于控制天下水系就更加有利。龙族在《西游记》神话体系中地位低下，连参加蟠桃盛会的资格都没有，道教当时势力强大，对龙族这样官级卑微的小角色自然不屑一顾。恰恰是佛教，抓住一切可以抓住的机会，团结一切可以团结的力量，因为他们知道：星星之火，可以燎原。

但这可不是玉帝希望看到的，他当然不想一群家伙吃着天庭的俸禄却在为别人卖命。如果自己手下的人都听命于他人，那自己早晚被架空，这天下到底是谁的天下？

美丽的谎言

咱们继续说小白龙。按照现在的分析您已经知道了，是佛教安排小白龙烧了殿上明珠才使长安城中那场著名的赌局得以完美收官。对于小白龙来讲，延寿长生的诱惑同样足以让一个躲不过生死轮回的而又年轻气盛的畜牲为之拼死一搏。那么怎么才能让事情在玉帝面前显得合情合理呢？龙神们制造了一段可圈可点的谎言故事：西海龙王三太子野心勃勃，对王位觊觎已久。然而老龙王却活得异常硬朗，小白龙自己又不是老龙王立的储君，这使得三太子越发的焦躁不安，他必须先搞掉老龙王，然后搞掉储君，才可能在有生之年荣登大宝。怎么才能搞掉老龙王呢？借刀杀人！西海的殿上明珠是天庭监督西海的重要法器，毁了它无异于作乱犯上，天庭当然要找负责人西海龙王问罪。嫁祸于老龙王，借天庭之手杀之，这样三太子就可以往王的宝座狠狠地迈进一大步。这才是小白龙所犯的忤逆之罪。

绝了！这个谎言听起来是那么的合情合理。哎！这不就是人世间历史的翻版吗。西天取经的故事发生在唐朝，当时的皇帝是唐太宗李世民，唐高祖李渊的二儿子，他就是篡权夺位，杀了王位继承人李建成，逼迫自己老爸李渊退位而当上的皇帝。那为什么吴老爷子塑造了一个龙王三太子而不是二太子的形象呢？因为《西游记》动笔于明朝嘉靖年间，嘉靖这个皇帝的位子其实也不是他老爸传给他的，关系有点曲折。明朝正德十六年（1521年），明武宗驾崩，因武宗无子嗣，所以由内阁首辅杨廷和根据"皇明祖训"寻找皇位继承人，而武宗唯一的弟弟朱厚炜幼年夭折，于是上推至武宗父明孝宗一辈。孝宗两名兄长皆早逝无子嗣，四弟兴王朱祐杬虽已死，但有二子，兴王长子（朱厚熙）已死，遂以"兄终弟及"的原则立次子朱厚熜为嗣，就是嘉靖帝。嘉靖帝也是二儿子，虽然他并没有篡权夺位，王位的继承算是按原则，但也不是那么地理直气壮，所以一聊到皇权多少还是让嘉靖有些敏感的。加之明朝本就大兴文字狱，用"三"不用"二"不仅达到了讽刺世事的目的，还可以很好地避免一些不必要的纠葛甚至可能的引火上身。还有一个例证可以证明。在第三十回有一句介绍白龙马的话："他本是西海小龙王，因犯天条，锯角退鳞，变白马，驮唐僧往西方取经……"这句"小龙王"用得太妙，按理说小白龙是无论如何不能称为"王"的，且不说老龙王还健在，就是不在了，能够称小龙王的也该是大太子储君啊。这就是作者在帮着圆谎——三太子可能有谋逆之心。

切记切记，我一直在强调这是谎言，不是真的，再圆也不是真的。但这套谎言又是用来对付玉帝的，越圆才越显得逼真。为了保全西海龙王，按照观音的部署，当小白龙烧了明珠，西海龙王藏好泾河龙王后，直接上天，参了自己亲生儿子一本，把自己洗白白。事发之后，西海龙王果然没有受到太大牵连，只是因为管教不严、监督不利而调离西海，和敖顺换了个岗。我们看第三回孙悟空去东海龙宫找兵器的时候，四海龙王的排序是"东海龙王敖广、南海龙王敖钦、北海龙王敖顺、西海龙王敖闰"。而发生了西海忤逆案之后，在第四十一回四海龙王助悟空降红孩儿时，龙王道："大圣不用风云雷电，但我一人也不能助力。着舍弟们同助大圣一功如何？"行者道："令弟何在？"龙王道："南海龙王敖钦、北海龙王敖闰、西海龙王敖顺。"敖闰和敖顺的位置调换了。而在四十三回小鼍龙事件和九十二回犀牛精事件中，孙悟空两次来到西海所见的均是敖顺，在四十六回和七十七回里，孙悟空唤来的北海龙王还是敖顺。估计是玉帝起了疑心，但又抓不到把柄，只得让敖闰暂时离职，让敖顺兼管西海和北海，出出这口窝囊气。

所有这些都是观音菩萨的安排。可是她哪有那么多时间去安排这些事呢？我们就来计算一下，观音下灵山后，查检取经路线，先后见了沙僧、八戒、小白龙和孙悟空，之后到了长安城。在长安城一年之内干了几件大事，然后玄奘启程西天取经，行数日到了双叉岭在刘伯钦家待了几天，后来就收了孙悟空；悟空杀六贼后跑了又回来，和唐僧又行数日到了鹰愁涧遇到了小白龙。我们注意这儿，书中有这样一句描述："那孽龙在于深涧中，坐卧不宁，心中思想道：'这才是福无双降，祸不单行。我才脱了天条死难，不上一年，在此随缘度日，又撞着这般个泼魔，他来害我！'"就是说，从小白龙见到观音和小白龙见到唐僧这中间大概是一年时间。继续看，收了小白龙之后，师徒二人行了两个月太平之路，后来为降服黑熊精耽误了个把月，就到了高老庄。在高老庄，高太公告诉悟空，三年前他家招了个吃素斋倒插门女婿，当然就是猪八戒了。也就是说，从八戒见到观音和八戒见到唐僧，这中间是三年时间。这就有问题了，小白龙不到一年见到了唐僧，八戒却在三年后才见到唐僧，而从小白龙的鹰愁涧到高老庄步行大概两个月时间，何况观音还是半云半雾。实际中间却差了近两年的空缺。时间都去哪了？合理的解释就是观音见过八戒之后并没有马上继续往前，而是用一年多的时间去筹划她的长安城赌局去了，之后她才去见被吊在半空的小白龙。

加入取经团

小白龙被天庭判了死刑，蹊跷就蹊跷在行刑地点是取经必经路线的半空中，而观音菩萨给取经团踩点儿如来是不让她在霄汉中行的，而是半云半雾，这不撞上小白龙才怪呢。所以，把小白龙吊在半空是玉帝有意为之。因为他觉得有些蹊跷，以前也没听说这父子俩不合，怎么今天突然烧珠子了呢？怎么小白龙烧珠子就被老龙王立马发现了呢？事情恐怕没那么简单。鉴于此前发生的沙僧卧底案，玉帝怀疑西海忤逆案可能也和佛教有关。因此，他想查明白事情的背后是否还有不为人知的秘密。杀小白龙是假，送小白龙进入取经团才是真。只要小白龙进团就有机会查明真相，因为取经团是由两个团组成的，一个是唐僧师徒组成的明团，还有一个就是四值功曹、六丁六甲、五方揭谛、一十八位护教伽蓝组成的暗团，暗团里四值功曹、六丁六甲、五方揭谛都是玉帝的人（书袋狼原以为五方揭谛是佛教的人，后来在《西游记》第五回中看到，孙悟空大闹蟠桃盛会，逃出天宫后，玉皇大帝十分恼怒，命四大天王、托塔李天王、哪吒三太子，点拨二十八宿、九曜星君、十二元辰、五方揭谛、四值功曹、五岳四渎等，布下天罗地网，捉拿妖猴。这才醒悟揭谛也是玉帝的人）。在取经过程中小白龙总会有机会与佛教中人见面，从他们的只言片语中就有可能露出蛛丝马迹，一有可疑之处那暗团中玉帝的人就会直接上天向玉帝汇报。这才有小白龙吊在半空这一出。

观音是何等样人？嗯，这个女人不寻常。她主动上天为小白龙求情，故意正中玉帝下怀，就这样，小白龙死里逃生，并正式加入了取经团。然而，观音了解玉帝的用意，小白龙知道的事情又太多，所以刚一进团，观音就给小白龙来了个下马威，锯角退鳞，摘了项下明珠，把他变成了一只凡龙。而后观音又让"小白龙"口衔横骨。横骨是什么？原来古人认为人和动物的区别就在于动物喉中，有根横骨阻塞了咽喉的通道，所以不会说话。人类则没有，所以能说话。我们看《封神演义》第十九回，讲周文王之子伯邑考献给纣王一头白猿，能歌善舞，它就"修炼得十二重楼（即喉管）横骨俱无"。清《施案奇闻》第四回讲一白水獭到施公处告状，由于是畜类，"横骨扎嗓，不能言语"，故只能悲声乱叫。而此处用词更是有趣，书中形容小白龙是"心心领诺"，意思就是嘴上说不了话了，心里已经答应下来。观音话都没说小白龙领什么诺？这就是聪明的小白龙对观音意思的心领神会，口衔横骨是她对小白龙的严正暗示——不要随便乱说话。哈哈，吴老爷子用词实在是妙啊！

小白龙的结局

还没有取经，小白龙就已经立了大功一件。然而，开弓没有回头箭，烧了殿上明珠，也注定小白龙从此踏上了千难万苦的不归路。在取经过程中，白龙马只字未提过散伙的事，甚至有一次因为悟空的缺席，唐僧再次被捉，沙僧和八戒表现无能，白龙马为救唐僧竟然非常不自量力地与下界为妖的奎木狼打斗，虽然惨败，却以情怀拯救了取经团，最后八戒请回了孙悟空，取经团得以复合继续西行。退一万步，如果取经项目夭折了，唐僧照样回到如来身边，猴子还留着自己的花果山呢，八戒在高老庄出家时就嘱咐过自己的老丈人：“你还好生看待我浑家，只怕我们取不成经时，好来还俗，照旧与你做女婿过活。”沙僧也有自己的流沙河。唯有这可怜的小白龙，因为定了忤逆罪有家难回，那蛇盘山鹰愁涧不过是观音给他的临时居留所，离了佛教的庇护，只恐怕小白龙回去就被玉帝捉拿，因为玉帝还有事情没弄明白呢。这就是为什么小白龙如此死心踏地地跟着取经，那高贵的头颅如今变得俯首帖耳，我想象不出龙头里装满了无奈还是早已空空如也。

年轻单纯的小白龙和观音做了一笔交易，以冒死一搏换取一段延寿长生。观音给小白龙的承诺是“功成后，超越凡龙，还你个金身正果"。观音果然践守诺言，小白龙的梦终得以实现，而梦想的旅途和终点是那么的五味杂陈。他堂堂西海龙王三太子，却要忍受十四年胯下之辱，长途跋涉、千辛万苦、风餐露宿、食草饮水代替了曾经所有的荣华富贵。什么超越凡龙，他从来就是一条非凡的龙，是观音"锯角退鳞"，先把他变成了一条凡龙，到得灵山后只不过是恢复了小白龙的本来面目而已，踏遍千山万水又回到了最初的原点，这何异于一场徒劳。至于那金身正果的长生不老，却成了小白龙一生永远的痛。他忘不了他在灵山化龙的那一幕：白龙马打个展身，即退了毛皮，换了头角，浑身上长起金鳞，腮颔下生出银须，一身瑞气，四爪祥云，飞出化龙池，盘绕在山门里擎天华表柱上。而就在那一刻，也开始了他永远缚于冰冷的石柱之上、再无半点自由的悲惨一生。

这世上有很多事是没有捷径的，如果你非要尝试，必定要付出代价。

尾　声

不知怎地，写到这里我想起了北岛的那首诗：

一切都是命运
一切都是烟云
一切都是没有结局的开始
一切都是稍纵即逝的追寻
一切欢乐都没有微笑

　　一切苦难都没有泪痕

　　一切语言都是重复

　　一切交往都是初逢

　　一切爱情都在心里

　　一切往事都在梦中

　　一切希望都带着注释

　　一切信仰都带着呻吟

　　一切爆发都有片刻的宁静

　　一切死亡都有冗长的回声

　　我觉得我可能悲天悯人了，心里也有些五味杂陈。不说了不说了，片刻的情绪后尽快回到理性的轨道。可怜的小白龙，如来怎么可能放你下灵山呢？你知晓长安城赌局，参与阴谋暗黑西海，你甚至还知道，泾河龙王没有死，被你们家藏起来了。

　　泾河龙王是佛教拉拢的对象，是要极力保护的。如果泾河龙王死了，相当于佛教失信于龙族，以后龙族还怎么敢为佛教办事。那么怎么证明泾河龙王没有死呢？当年唐太宗魂游地府，在森罗殿上讲述他与泾河龙王的恩怨时，地府的十代阎君曾说："自那龙未生之前，南斗星死簿上已注定该遭杀于人曹之手，我等早已知之。"这句话泄露了秘密。中国自古就有"南斗主生，北斗主死"的说法，至于南斗之所以主生，是因为斗宿在二十八宿系统中位于东北方，在古代，东北方属于一年的起始，而一元复始，万象更新，所以就有了南斗主生的说法。由于北斗又被与二十八宿中的南斗对应起来，北斗被古人想象成了面容凶恶的死神形象。

既然南斗主生，他手里拿的就是生簿，而十代阎君却说南斗星死簿上有泾河龙王的死亡记录，死簿应该在北斗星手里啊。既然南斗星没有死簿，那就证明阎君说的是假的。既然阎君说的是假的，那么泾河龙王就没有死。

可怜的小白龙，因为你知道的太多了，把你软禁在灵山对你来说已经是最好的结局。不然，九幽之下又会多一个枉死的冤魂。有些事你可能还没看明白，泾河龙王和袁守诚之间展开的原本就不是一场纯粹的赌局。而你和观音之间也不是一场对等的交易。做神仙好吗？可以得到长生的机会却也丧失了爱的权利，而这个世界就是因为有了爱才生生不息。没有爱，神仙不过是一胎泥塑、一堆废铜烂铁、一块石头，或者是世人心中代代相传的永恒的飘渺。伸手而得并不意味着没有理想，也许是知足常乐。励精图治也不一定意味着志向远大，也可能是不自量力。是左是右，只在心念之间。

注：为了让读者更好的认识"南斗主生，北斗主死"的说法，特提供另外两个案例。东晋初年史学家干宝编撰的《搜神记》提到道家的"南斗主生，北斗主死"一说；而元末明初小说家罗贯中在《三国演义》第六十九回《卜周易管辂知机 讨汉贼五臣死节》中用了颇多的笔墨还原了这个神话传说。

"一日，出郊闲行，见一少年耕于田中，辂立道傍，观之良久，问曰：少年高姓、贵庚？答曰：姓赵，名颜，年十九岁矣。敢问先生为谁？辂曰：吾管辂也。吾见汝眉间有死气，三日内必死。汝貌美，可惜无寿。赵颜回家，急告其父。父闻之，赶上管辂，哭拜于地曰：请归救吾子！辂曰：此乃天命也，安可禳乎？父告曰：老夫止有此子，望乞垂救！赵颜亦哭求。

"辂见其父子情切，乃谓赵颜曰：汝可备净酒一瓶，鹿脯一块，来日赍往南山之中，大树之下，看盘石上有二人弈棋：一人向南坐，穿白袍，其貌甚恶；一人向北坐，穿红袍，其貌甚美。汝可乘其弈兴浓时，将酒及鹿脯跪进之。待其饮食毕，汝乃哭拜求寿，必得益算矣。但切勿言是吾所教。

"老人留辂在家。次日，赵颜携酒脯杯盘入南山之中。约行五六里，果有二人于大松树下盘石上着棋，全然不顾。赵颜跪进酒脯。二人贪着棋，不觉饮酒已尽。赵颜哭拜于地而求寿，二人大惊。穿红袍者曰：此必管子之言也。吾二人既受其私，必须怜之。穿白袍者，乃于身边取出簿籍检看，谓赵颜曰：汝今年十九岁，当死。吾今于十字上添一九字，汝寿可至九十九。回见管辂，教再休泄漏天机；不然，必致天谴。穿红者出笔添讫，一阵香风过处，二人化作二白鹤，冲天而去。

"赵颜归问管辂。辂曰：穿红者，南斗也；穿白者，北斗也。颜曰：吾闻北斗九星，何止一人？辂曰：散而为九，合而为一也。北斗注死，南斗注生。今已添注寿算，子复何忧？父子拜谢。自此管辂恐泄天机，更不轻为人卜。"

苦命的金蝉

写作整整停滞了两周，因为马上就要写到唐三藏了，写他就必须涉及观音菩萨，是她负责到东土寻一个善信，而且这个善信还要成功地从东土启程来灵山取经，有的是事儿要办呢。因此，我们要先在观音身上多着一些笔墨。在此也做一声明：文中涉及的观音的相关内容仅限于本人读《西游记》后对书中人物的浅薄理解，无关宗教与个人信仰。

观音的天庭之旅

在那灵山之上，观音自告奋勇要去东土寻取经之人，如来心中大喜道："别个是也去不得，须是观音尊者，神通广大，方可去得。"我们就从这句话说开去。

为什么办这件事别人去不得，非观音莫属呢？我们从几方面来看，论智慧，从前文您已经看到了，观音做事既有谋略又细致入微，对心理把握有如神助；论神通，您看西行路上多磨难，经常是观音出手轻松化解，而且心高气傲的孙悟空说过这样的话："我为人做了一场好汉，止拜了三个人：西天拜佛祖，南海拜观音，两界山师父救了我，我拜了他四拜……"可见，观音在智慧和神通法力这两方面的能力都很强悍。但是要知道，佛教人才济济，兼具智慧和神通的大有人在，单从这两方面看，观音并不是无可替代的。下面该讲讲她的厉害之处了。论人际关系，首先在人界，观音"解八难，度群生，大慈悯。故镇太山，居南海，救苦寻声，万称万应，千圣千灵"。所以她有着非常高的群众基础，这一点能与观音比肩的恐怕也只有如来佛祖了。另外，在神界，观音与太上老君关系非同一般。第二十六回孙悟空大闹五庄观推倒了人参果树，他多处寻找医树之方无果，最后还是找到了观音。观音说她净瓶里的甘露水可以医活人参果树，还举了一个实例："当年太上老君曾与我赌胜，他把我的杨柳枝拔了去，放在炼丹炉里，炙得焦干，送来还我。是我拿了插在瓶中，一昼夜，复得青枝绿叶，与旧相同。"看，观音是可以和太上老君做游戏的人，佛教哪位做得到？而且，观音坐骑金毛犼自称赛太岁，在麒麟山占山为妖，它项下法宝紫金铃，喷火喷烟又喷沙的，孙悟空饶是神通广大也奈何不了。那紫金铃就是太上老君的八卦炉里炼出来的。说白了，那就是太上老君送给观音的，要不然老君怎么可能给自己的对头炼宝贝呢！因此可以说，观音几乎是唯一与道教保持密切关系的佛教中人虽然另外还有两个——燃灯古佛和弥勒佛，但这二位本身和太上老君就有渊源，是如来请不动的两位尊佛，书袋狼小作最后会有专门介绍。在天庭，玉帝对观音异常礼遇。《西游记》第八回观音搭救小白龙时，曾到天庭为小白龙说情，那玉帝听说观音来了，屁股都坐不住了，竟然是"下殿迎接"。等观音说明原委，玉帝同志二话没说，"即传旨赦宥，差天将解放，送与菩萨"，面子实在太大了，办事效率实在太高了。观音，那是等闲之辈吗？综合这三点，观音的人际关系不知甩出灵山诸佛几条街呢。观音有着灵山诸佛无法企及的交际能力。要记得，她是灵山上屈指可数的女性。书中描绘她"缨络垂珠翠，香环结宝明。乌云巧迭盘龙髻，绣带轻飘彩凤翎。碧玉纽，素罗袍，祥光笼罩；锦绒裙，金落索，瑞气遮迎。眉如小月，眼似双星。玉面天生喜，朱唇一点红"。

举个例子佐证一下观音的交际能力。第二十三回四圣试禅心，黎山老母和观音、文殊、普贤在取经的必经之路设下一座庄院，考验唐僧师徒是否戒了色心。但这次的出差安排有点蹊跷，地点是荒郊野岭，人物是俩大美男俩大美女。按说如果是考验这师徒四人的话根本没必要这么大场面，观音只要从南海带仨小童子过来就可以办了，可这个观音偏偏做了一个很高端的局。这个局看上去好似不足为奇实际却有一定难度，因为这是佛道两家高层出面共同实施的事件。细读原著就会发现，能做到这一点的除了玉帝和如来，也就这位观音大士了。

既然能够给黎山老母、文殊、普贤这样的道佛高层设局，观音自然有手段引太上老君和玉帝就范，要不然她何以与太上老君关系密切以及能让玉帝降阶出迎？除了一般的交际手段外，灵山僧众无论如何也比不了的就是观音作为女人的特殊交际能力。这就是为什么如来说"别个是也去不得，须是观音尊者，神通广大，方可去得"的关键所在。

说　客

沙僧的卧底身份被察觉后，玉帝和如来的关系有些紧张。为了缓和尴尬的气氛，如来一方面安排金蝉子下山，遁入轮回，帮助沙僧一起向玉帝表决心；另一方面则在恰当的时间派观音下山做两件大事，明的是寻找取经人，暗的就是对玉帝展开危机公关。

想一下，沙僧在流沙河受难时，每七日受剑穿胸百余下，小白龙被吊在半空中不日遭诛，这两人的惩罚都是玉帝的旨意，不经他的同意是不能停止的，而观音搭救沙僧时直接承诺"我教飞剑不来穿你"，搭救小白龙时则撞上南天门，需要面见玉帝。是说观音没经过玉帝就能撤掉沙僧的飞剑吗？当然不是。那飞剑是遵照玉帝敕旨来的，而不是遵照佛教法旨来的。结合前面说的观音有一年多时间安排长安城赌局的事我们就会知道，观音与玉帝至少还有一次见面。隐匿不明说的自然就是不方便明说的喽。

此次密会解决了几件事，不仅化解了玉帝与如来之间的隔阂，缓和了双方关系，还主动提出向玉帝借四值功曹、五方揭谛、六丁六甲进入取经团暗团。有自己的人安插进暗团，玉帝真是朕心甚慰啊，感叹观音太会办事儿了。这么一个有容貌有身材有心机有智慧有法力又贴心的女人却不能为己所用……唉，一声长叹！

长安城的那场赌局就是在观音对玉帝展开公关时酝酿的，只不过观音一开始就是在设计，而玉帝是后来才有所醒悟。为什么一定要相信那是神仙之间的一场赌呢？因为天下忙碌的只有老百姓，神仙太闲了，他们受百姓供养，自己并不干什么实事。神仙们又没有家眷照顾，平时的消遣也就是猜枚行令、聚众赌博了。孙悟空身上带着的瞌睡虫，就是原来在东天门与增长天王猜枚耍子赢的。车迟国的虎力、鹿力、羊力妖怪三兄弟与取经团也是打赌，赌完了求雨、打坐、猜物后不服气，继续赌砍头、挖心、下油锅，结果搭上了性命。观音和太上老君赌她的玉净瓶能不能救活烧焦了的杨柳枝。结果老君输了，赌注呢，恐怕就是观音的坐骑金毛儿犼项下的紫金玲。还有著名一赌就是如来和悟空的赌局，赌孙悟空的筋斗云能不能飞出如来的手掌心，赌注是玉帝的位子，结果悟空输了。因此，长安城的赌局是观音与玉帝之间赌局的人间体现也就不足为异了。

这一赌，为观音在长安城办大事打好了牢固的基础。

贞观十三年

贞观十三年是一个奇特的年份，这一年发生了几件大事：一个是唐太宗魂游地府，还阳后举办水陆法会；一个是状元陈光蕊赴任逢灾；一个是陈玄奘踏上取经之路。这些事都是观音一手策划的，目的就是完成如来交待的任务"东土寻一个取经人来"。我们来分别细述。

唐太宗的地狱之旅

前文讲到了长安城里的那场赌局，以泾河龙王失利而告终。然而事情并没有结束，泾河龙王犯了天条，该赴人曹魏徵处听斩。龙王央求袁守诚搭救，袁守诚叫他去找唐太宗，因为魏徵是唐王驾下丞相。于是龙王找到唐太宗，太宗答应救他，不想魏徵与唐太宗下棋时瞌睡，竟然于梦中斩了泾河龙王，龙王魂灵提着头找唐太宗评理，吓得太宗大病一场，不久便离开了人世，这才有了唐太宗魂游地府。

魏徵同志实际上是一个人打了两份工，一份是朝廷的丞相，一份是天庭的人曹官。斩龙王是天庭的旨意而不是来自唐太宗的，因此去求太宗搭救是没有意义的，袁守诚实际上是给泾河龙王指了一条错误的活命之路。这个袁守诚不是观音就是观音安排的人，故意指错路就是要最后造成唐太宗魂游地府的。而太宗游览地府也是经过设计的，地府的负责人是地藏王菩萨，如来那头的，观音安排点事当然很容易。唐太宗在地府确实得到了些甜头，阳寿增了20年；同时也被狠狠地打了一棒子。历史上的唐太宗李世民是如何上位的，您有必要了解一下"玄武门之变"，李世民杀死了他的哥哥皇太子李建成和弟弟齐王李元吉，尔后迫其父李渊退位，从而登上皇帝宝座。在地府，唐太宗首先见到了自己的父亲和被他害死的兄弟李建成、李元吉，兄弟俩揪住他索命；后来他又被领着参观了幽冥背阴山、一十八层地狱、奈何桥、枉死城、六道轮回。这几个地方一个比一个可怕，尤其在枉死城，被唐太宗杀死的"六十四处烟尘，七十二处草寇，众王子、众头目的鬼魂"无收无管，不得超生，恨得他们都来抓太宗索命，吓得他大喊"崔先生救我"！。这个时候唐太宗明白了，给他增加的20年阳寿不过是苟延残喘的权宜之计，寿终正寝的时候还是要下来的，这帮家伙还是饶不了他啊。这可怎么办？就在这个时候，那个崔判官适时地抛出了水陆大会，告诉这些恶鬼，唐太宗还阳后会给他们办个水陆大会，度他们超生，这才救了唐太宗。临别前，崔判官为了敲死这件事，再次强调："陛下到阳间，千万做个水陆大会，超度那无主的冤魂，切勿忘了。若是阴司里无报怨之声，阳世间方得享太平之庆。凡百不善之处，俱可一一改过，普谕世人为善，管教你后代绵长，江山永固。"

不管以前唐太宗是否信奉佛教，这次的地府游让他不由得不信了，毕竟他真的还阳了，还加了20年阳寿，原来生杀予夺、寿命长短是可以被控制的；他也不敢不信，因为如果不信佛教，不做水陆法会，等待他的将是20年后在阴曹地府被恶鬼蚕食、永世不得超生的可怖结局。而当时的大唐对于信奉佛教与否是存在争议的。唐太宗选举高僧准备修建水陆大会时，他的太史丞傅奕站出来了，上表说没有佛，不必举办什么水陆大会。太宗就这个表章让群臣辩论，朝堂之上，傅奕和宰相萧瑀差点打起来，一个说无佛，一个说有佛。太宗又请来俩帮腔的太仆卿张道源和中书令张士衡一块儿理论，最后依然没有什么辩论结果，是唐太宗盖棺定论：佛是有的！谁要再说没有佛，定罪！

观音这第一件事办得漂亮。不是对佛教有争议吗？那就擒贼先擒王，先让皇帝信佛，然后大唐臣民也就信佛了，有了广泛的群众基础，不管取经还是传经再到最后佛教占据南赡部洲都将是水到渠成的事。其实地府还魂这件事观音想得很周全，除了拿下了唐太宗，她给大唐百姓不同阶级也树立了标杆。太宗在地府许诺向十代阎君进献瓜果以谢增寿还阳之恩，还阳之后真的有一个叫刘全的人揭了皇榜，情愿自己死掉代唐太宗到地府献瓜。后来十代阎君说刘全有登仙之寿,把刘全并之前已死的妻子全都送回了阳间。这个刘全在阳世时家有万贯之资,说白了就是个中产。还有一个叫相良的老人,唐太宗在地府为躲避饿鬼的纠缠曾向他借了一库寄存在地府的金银,答应还阳后奉还。而这位相良老人只是以卖水为生,老婆子贩卖乌盆瓦器,实际上是个穷汉。只不过是节衣缩食留下自己够用的,剩下的钱财"其多少斋僧布施,买金银纸锭,记库焚烧",所谓他在地府寄存的金银基本上就是这么来的(一卖水卖罐的老两口,再省能省下十三库金银吗?这里再次告诉我们,地府还魂的事就是有意安排的)。唐太宗还阳后,派人赶往开封,给相良送去一库真金白银。果然像崔判官说的六道轮回,尽忠的唐太宗(忠于佛教)超生贵道,行善的刘全升化仙道,积德的相良转生富道。就这样,统治阶级、中产阶级、平头老百姓被观音全部拿下!

一场风花雪月的事

贞观十三年发生的另一件事就是状元陈光蕊赴任逢灾。故事梗概大家都很熟悉,新科状元陈光蕊跨马游街,恰巧赶上丞相殷开山之女殷温娇抛绣球招亲,光蕊被绣球打中,成为殷家女婿。婚后第二天夫妻俩就赶往江州赴任,没想到在洪江渡口陈光蕊被水贼刘洪杀害,刘洪霸占了身怀有孕的殷温娇并且冒名顶替到江州赴任。18年后,陈光蕊的儿子陈玄奘替父报仇,杀死了刘洪,一家人得以团聚,后来陈光蕊还阳,高官得做,殷温娇从容自尽,陈玄奘远赴西天。这一段故事看似合情合理,实际疑点重重。为了把事情讲得简单一点,我们换一种讲法,那是一场风花雪夜的事。

表演开始!

这一天,丞相殷开山的女儿殷温娇手里抱着绣球,斜倚着栏杆,漫不经心地看着楼下拥挤的人群。这一群馋嘴娃眼睛放光嘴里流着口水,双手高举恨不得要抢走小姐手中的绣球,因为这天是温娇小姐抛绣球选婿的日子。可是这并不是她之所愿,小姐心心念念的却是自己的如意郎君:"你去哪了呢?为什么不带我走?你我两家不睦,可这于儿女何干?为了我们的爱情,我情愿冲破这枷锁,可是为什么此时却是我一个人在承担?我只是一个弱女子,我没有屈服,但是没有你我无计可施。"她并不知道,她的如意郎君此时同样承受着痛苦的煎熬。爱情是美好的,现实却是残酷的,然而既然选择了轰轰烈烈的爱情就不能轻易向现实低头。他在痛苦中思考着如何与自己的意中人长相厮守。

这种招亲方式实在不像堂堂丞相府的所作所为。按照古礼,男大当婚,女大当嫁,明媒正娶,天经地义。可为什么殷开山要选择抛绣球招亲呢?原来丞相知道女儿已经心有所属,对方就是自己的政治宿敌刘家的公子。这决不可以!可是……哎,如果好嫁谁还抛什么绣球啊。女儿尚未婚配,肚子里已经有了那刘家的野种,如果不及时处理,随着肚子一天天变大,这事早晚让人知道,有辱门风啊,哪个媒人还会来,谁还会娶?绣球招亲也是无奈之举,接绣球是自愿的,等发现了也得哑巴吃黄连——有苦说不出。赶快嫁出去,眼不见心不烦。眼看着父亲给的期限就要到了,父命难为,可温娇就这么随便地把自己托付出去吗?就在两难之际,新科状元陈光蕊闯进了温娇的视线,陈光蕊刚中状元,正在跨马游街，恰好路过丞相府。殷温娇见光蕊一表人才，又是新科状元，眼下父母逼迫，如意郎君又不在身边，不如绣球打一打这个状元郎，也算权且有个安身之所吧。于是，温娇站直了身子，举起绣球向陈光蕊抛去。那绣球就好像懂得主人心思一般，不偏不斜，正好打着陈光蕊的头。霎时间音乐响起，十多个婢妾已经将陈光蕊团团围住，不由分说挽住状元的马头就把状元迎进了相府，当晚就拜了天地。殷丞相急切的心情可见一斑。而恰恰是这场婚姻，开启了陈光蕊的噩梦之旅。

第二天，还没来得及新婚燕尔，陈光蕊就被唐太宗任命为江州州主，即日启程赴任。途中顺路接上自己的老母亲，没想到走了没几天，老太太途中染病，于是在万花店休养，三天后老太太仍没见好，皇帝给的上任时间又不能往后延迟，陈光蕊决定先把母亲留下来养病，自己按时上任，等秋凉再回来接母亲。于是小夫妻继续赶路，晓行夜宿，不觉已到洪江渡口。船工刘洪、李彪早已等候多时，那刘洪正是温娇朝思暮想的如意郎君。为了温娇刘洪一路追来，并做了精心策划，他们把船撑到没人烟处，杀死了陈光蕊，将尸首推进水中。温娇看在眼里，知道事情因自己而起，但毕竟人命关天，最后她心一横，打算以死相谢。刘洪当然不肯，一把抱住她道："你若从我，万事皆休；若不从时，一刀两断！"温娇并不怕死，怕死她也不会选择这样的爱情。听了刘洪的话，温娇明白，自己死了也抵不回陈光蕊的命，而且辜负了刘洪对自己的一片痴情，更可能会把自己的情郎也逼上绝路。于是，痴情女子痴情汉，演绎了一段凄美的爱情故事。

刘洪杀了陈光蕊，自己穿了光蕊衣冠，带了官凭，同小姐往江州上任去了。这一去就是18年，两个人冲出世俗的枷锁，终成眷属，过了18年真正属于自己的逍遥快活日子。刘洪是宦门之后，对于官场上的事应付自如，因此虽是冒名顶替，18年来却无人看出破绽。而且他工作勤勉，从无劣迹。生活上夫妻二人相濡以沫，刘洪对温娇百般恩爱，身为江州之主，18年来只爱温娇一人，从未填房纳妾，感情之深可见一斑。这样的生活简直就像爱情的世外桃源，直到有一天，他们的儿子回来了。

事情还是要追溯到温娇怀孕那一年，有一天她在花亭之上，生下了那个小孩，朦胧中有人告诉她：这是观音菩萨送给你的孩子，要用心保护，你的丈夫陈光蕊被龙王保护起来了（龙王，又是龙王），日后你们定会夫妻相会，母子团圆，雪冤报仇。温娇一听就慌了，此子留下是个祸根！将来必然要来找她和刘洪报仇。刘洪回来听到这个消息，一不做二不休，决定杀掉这个孩子以绝后患。温娇最终还是焕发了母性之光，她做不到亲手杀掉自己的孩子，最后，温娇做出了一个艰难的抉择：背着刘洪，把孩子安放在木板上，推放江中，听其所之，从而也种下了祸患的根苗。

这个孩子就是日后的陈玄奘。他顺江而下，被金山寺的法明长老救了下来，18年后，法明根据温娇留的血书把玄奘的身世告诉了他。玄奘发誓替父陈光蕊报仇，解救母亲脱离水贼刘洪的苦海。在他的努力下，外公殷开山领6万御林军杀奔江州，捉拿刘洪（捉一个人要6万御林军，可见刘洪家是势力不小）。于洪江渡口，可怜的温娇眼睁睁地看着自己的如意郎君被活剜了心肝，这何异于在剜自己的心。爱情是高尚的、纯洁的，在爱情的道路上他们努力过、挣扎过，然而最终还是摆脱不掉世俗的枷锁，她没有向世俗低头，而世俗却狠狠地往她的心口戳刀。苍天哪，你太卑鄙了。你抢走我的郎君，还让他死在自己亲生儿子手上，我只能捏呆呆站在一旁。温娇万念俱灰，"吾闻妇人从一而终"，既然郎君已经倏然远逝，我在世间也再无牵挂。于是温娇在一个再寻常不过的日子里从容自尽，寻着刘洪的踪迹，消失在冥冥之中。

一段凄美的爱情故事讲完了。先长嘘一口气，然后我们得切换一下思路了，不是说这些都是观音姐姐安排的吗，可是从前面故事看，除了观音送子，她还干吗了？为什么把玄奘的身世弄得这么曲折呢？其实观音一直都在，该出手时才出手。玄奘顺江而下，金山寺的法明和尚救了他。玄奘长大成人之后，老和尚自作主张给他削发为僧，并告诉了他的身世，让他前去报仇。于是，我们的陈玄奘，就去找刘洪报仇，实际是亲手杀死了自己的亲爹。这里我们分析一下这个老和尚。老和尚如果是从血书上知道玄奘的身世，他要么可以直接报官擒拿刘洪，要么出家人四大皆空，本不该理会尘世间的是非恩怨。可这两条路法明和尚都没有走，而是隐瞒玄奘身世，直到他18岁才告诉他，还怂恿他去复仇。小姐自见儿子之后的表现是：心内一忧一喜，喜，是自己的儿子还活着；忧呢？当然是她和刘洪的缘分就要走到尽头了。小姐问："有何凭据？"玄奘道："血书为证！"小姐在看了这个血书之后，转变是非常大的，来了个180°的大转弯，叫玄奘去京城外公家报信来捉拿贼人。因为她知道末日已经来临，瞒不住了。

为什么会有如此大的转变？血书！小姐当年写的血书一定不是当时的情况，不然自己的事就会暴露，如何还能与刘洪长相厮守？而现在玄奘拿出的血书描述的分明是"父被贼杀，母被贼占，报仇雪恨"！有人偷梁换柱！是不是想到了什么？没错，法明和尚，就是观音！这一切，都是观音菩萨的安排，当年玄奘出生时，南极星君对温娇说："奉观音菩萨法旨，特送此子与你。"温娇要生的这个孩子，是观音菩萨安排来的，那么，观音菩萨对这一切早就是知道的！是观音菩萨策划安排的整个事件。刘洪在打死陈光蕊的时候，观音也知道，但她并不制止，而是在一旁袖手旁观，就是为了结下仇恨的种子，日后好让玄奘寻仇，杀掉自己的亲生父亲刘洪，逼死自己的母亲温娇！这样，她才能够得到一个他们所需要的"恶人"。这样，玄奘才会万念俱灰，看破红尘，终身忏悔，一心向佛，乖乖地做那西行的取经人。

玄奘西游

又是贞观十三年，地府还魂的唐太宗已经虔心向佛，准备修建水陆大会，并纳谏邀根源又好、德行又高的高僧陈玄奘做坛主，设建道场。此时的观音对事情的结果还是比较满意的，可以说万事俱备只欠东风了。于是观音带着如来给的法宝，大闹水陆大会。

地府崔判官曾叮嘱唐太宗还阳后要举办水陆法会，超度无主的冤魂。可他却没有说用什么教法可以做到，这就为观音在长安城显象埋下了伏笔。观音选了一个好日子，就在水陆法会正会那一天，"太宗即排驾，率文武多官、后妃国戚，早赴寺里。那一城人，无论大小尊卑，俱诣寺听讲"。呵呵，因为这天人最多，从皇帝到百姓不同阶层的人都齐了。玄奘正在台上高谈阔论的时候，观音变化成老和尚走到近前，拍着宝台厉声高叫："那和尚，你只会谈小乘教法，可会谈大乘么？"她于大庭广众之下说出了一个耸人听闻的信息：小乘教法度不得亡者超升！这一下惊动了唐太宗，要知道他力排众议举办水陆法会不就是要度亡者超升吗，每每想起自己地府走的那一圈太宗都不寒而栗。如今竟然有人说做不到，太宗立即抓来问个究竟，观音随即在太宗面前兜售了可以度亡脱苦的大乘佛法，这对太宗来讲太有吸引力了。他问观音大乘佛法在哪，是否记得。观音认为时机已到，但真经岂是说念就念的，于是她说了声"我记得"，然后"飞上高台，遂踏祥云，直至九霄，现出救苦原身，托了净瓶杨柳"。

在举办水陆法会前曾经有过一场有佛无佛的辩论，说明还不是所有人都信佛。后来唐太宗出了条法律：但有毁僧谤佛者，断其臂。这多少有点强迫的意思。好吧，这回让你们信得心服口服，观音在水陆法会上现了原身，事实雄辩地说明一切，你们不是说没佛吗，那就让你们看看到底有没有佛。这个佛不是别人，还是有高识别度的观音菩萨。再看法会现场："喜的个唐太宗，忘了江山；爱的那文武官，失却朝礼。盖众多人，都念'南无观世音菩萨'。"至此，观音对大唐的洗脑工程完美收官！

让猫儿闻到腥却让它抓不到鱼，猫儿当然会抓耳挠腮，要想办法抓到鱼。观音兜售了大乘佛法，却没有讲出一文半字，临走前留了几句颂子：

礼上大唐君，西方有妙文。程途十万八千里，大乘进殷勤。

此经回上国，能超鬼出群。若有肯去者，求正果金身。

　　这几句颂子传递了几条信息：（1）大乘佛法可以超鬼出群，这一点正中太宗下怀；（2）佛法要走上十万八千里才能取到，这让所有人目前都集中到了玄奘身上；（3）如果这个取经人肯去，成功了就可以得到正果金身，这是一个多么让人心动的诱惑。

　　唐太宗对取经当然是不遗余力，这关系到他将来在地府的幸福生活以及能否投胎转世。因此他迫不及待地问："谁肯领朕旨意，上西天拜佛求经？"呼声最高的玄奘走出了人群。本来他的出镜方式有几种，第一被众人刺刀般的目光逼视出来，第二被太宗点名叫出来，第三毛遂自荐站出来。想想看，水陆大会玄奘先是被推举为坛主，一下子成了万众瞩目的红星；而后太宗又赐给他"左僧纲、右僧纲、天下大阐都僧纲之职"，统领天下僧众，何等荣耀；再后来，观音拿来的价值七千两银子的锦襕异宝袈裟、九环锡杖，太宗也送给了玄奘用。一个年轻的和尚，何德何能，受了这么多恩惠。吃人嘴短，拿人手短，此时皇帝需要有人为他出力，不是玄奘又会是谁？玄奘是个聪明人，左右都得他去，与其被动领旨不如主动请缨。而且最让他坚定信心的是观音临走时留下的颂子，里面说得明白，取经人可以得到金身正果。什么是正果？就是摆脱生死轮回，修炼成佛，在灵山得到一个正式的编制，永享福祉。这位弑父逼母的大善人陈玄奘把心一横，决定往西天走上一遭。

　　陈玄奘就是观音送进殷温娇肚子里的那个孩子，也就是如来的弟子金蝉子转世。而金蝉子大哥在轮回中可谓命运多舛，他的转世经历并不是从进了殷温娇的肚子开始的，金蝉子下灵山的时间恐怕比观音还要早，因为他要接受十世轮回。还记得沙僧在流沙河吃掉的那九个取经人吗？那就是金蝉子的九世轮回，到了玄奘才是第十世。事情的经过是这样的，孙悟空大闹天宫时正赶上天上一年一届的蟠桃盛会，后来他被压在五行山下五百年，期间当然又有一届，在这一届蟠桃会上沙僧打破玻璃盏被贬下界。天上一年可就是地上三百六十年，离悟空脱离五行山还有大概一百四十年。金蝉子此时下山转世，每次都是和尚出身，以取经人的身份西行，到了流沙河被沙僧吃掉（具体解释请见《神秘的沙僧》一文）。在一百四十年时间里要经历十世轮回，那么每一世金蝉子基本上都没有活过青春期（大概十三四岁）。这就是为什么唐僧总被传成是"十世修行的好和尚，一点元阳未泄"的原因。你懂的。活了九世从未享受过世间繁华，还要以痛苦地被吃掉作为生命的终结，苦啊！而到了第十世玄奘这一世时同样苦不堪言，除了肉体上的，这次更加上了精神上的折磨。观音给他记的三难是出胎几杀、满月抛江、寻亲报冤。哎，世间苦，不如踏上西行路。金蝉，那就是取"金蝉脱壳"之意，经历十世轮回了，赶紧脱离世间苦海吧。然而，玄奘怎么也想不到的是，西行路上等待他的更是惊魂动魄、九死一生，甚至比他前九世的修行还要苦上加苦。

尾　声

观音的金身在瑞霭祥光中渐渐远去，大唐的上空却弥漫着一股鬼魅的味道。一个死而复活的人管理的国家，除了阴气太重之外还能有什么令人可喜的改变？一个在人间来来回回走了十遭却从来没有真正品尝过人间味道的活死人要去取经，他会取来什么经回到河清海晏、天下太平、百姓安居乐业的东土大唐？一场前所未有的水陆大会在看似皆大欢喜的结局中草草收场，可是为什么每一个笑容背后都似乎隐藏着一张狰狞的脸？所有的异常都源于这一切都是一种安排，全然不是正常发生，每一件事都是一个局，每一个人都在早已设定的剧情里。贞观十三年，陈光蕊高中状元，却在赴任的途中离世，离世时玄奘还未出生。而就在同一年，玄奘竟然以大唐高僧的身份踏上了西行之路。这个玄奘可是在陈光蕊死后出生，十八年后才第一次回到长安啊。他可能是那个取经人吗？不可能啊！可是它就发生了，因为佛说能就能。活在既定的圈子里，总有一双无形的大手左右着你，无法出离轨道。温娇和刘洪倔强过、反抗过，他们试图打破禁锢的牢笼，也曾经享受过自由的美好，然而那只是短暂的昙花一现，绽放之后旋即归于沉寂。他们可悲，但也可敬可爱。而我们的玄奘，他连反抗的意识都还没有建立就被拉进了既定的队伍，只剩下了可悲。

这让我想起了那个永恒的话题，人要不要与命运抗争？我不能给出答案，但至少在《西游记》构建的世界里，抗争似乎是没有用的。作为凡人的温娇和刘洪抗争过，命赴黄泉；苦历苦海的金蝉子，只是在最后一世在别人设定的圈套里努力解救自己所谓的生父生母，结果却越陷越深；天不怕地不怕、心高气傲的孙悟空也抗争过，结果呢？

注：为了行文简洁的需要，玄奘的身世有一处疑问没有交待，书袋郎在此

释疑：为什么"一场风花雪月的事"中直接就说玄奘不是陈光蕊的孩子呢？我们从时间上来解释这个问题。陈光蕊被绣球打中，当日成婚，第二天奔赴江州，一路上耗费了多少时间呢？先来研究一下陈光蕊赴任的路线：京城——陈光蕊家——万花店——洪江渡口——江州。这一趟路途究竟有多远？原著中作者已经给出了答案。

1. 从京城到陈光蕊家有多远？

书中写到18年后玄奘复仇，在见婆婆时有交代：玄奘领婆婆到刘小二店内，又将盘缠与婆婆道："我此去只月余就回。"这个"月余"是指：从万花店经过陈光蕊家到京城报信，在外公家住上1天或3天（或是更多天），然后再返回江州去复仇，等一切事情都办完了，再来万花店接婆婆，只在1个月左右的时间。1月30天，减去在京城外公家住2天，一来一回各14天，减去从陈光蕊家到万花店的4天，约为10天。

2. 从陈光蕊家到万花店有多远？

书中写到陈光蕊赴任路过自己的家，接了母亲张氏，当日即出发"在路数日，前至万花店刘小二家安下。"数日"为几天？一般指3天，或3~5天。如果有7~10天就是"旬日"了。如果超过10天，就是十数日。所以从陈光蕊家出发，到万花店，约有4天。在万花店，母亲张氏养病误了2天，光蕊道："此店已住三日了，钦限紧急，孩儿意欲明日起身，不知母亲身体好否？"张氏道："我身子不快，此时路上炎热，恐添疾病。你可这里赁间房屋，与我暂住。付些盘缠在此，你两口儿先上任去，候秋凉却来接我。"光蕊与妻商议，就租了屋宇，付了盘缠与母亲，同妻拜辞前去。陈光蕊打算第4天一起走，母亲叫他们先走。于是，他们在第3天先走了。

3. 从万花店到洪江渡口有多远？

在万花店门前，陈光蕊问渔人："这鱼哪里打来的？"渔人道："离府十五里洪江内打来的。"可见有十五里远,这是洪江打鱼的地方,并不是洪江渡口。渡口要远一些,原文中写道:"晓行夜宿,不觉已到洪江渡口。"

晓行夜宿,是一个成语,指天明赶路,直到夜里才住下来。也就是当天晚上要找旅社住宿的时候,到达的洪江渡口。从万花店到洪江渡口,走了一天的时间。

紧接着:"不觉已到洪江渡口。只见梢水刘洪、李彪二人,撑船到岸迎接。"于是,陈光蕊夫妇误上了贼船。"光蕊令家僮将行李搬上船去,夫妻正齐齐上船。"

就在当天夜里,陈光蕊遇害。"将船撑至没人烟处,候至夜静三更,先将家僮杀死,次将光蕊打死,把尸首都推在水里去了。"

4. 从洪江渡口到江州,已经不远了。

这段路,陈光蕊和家僮死了,没有走成,只有殷温娇走完全程。书中交代:刘洪、李彪,候至夜静三更,先杀家僮,次将光蕊打死,抛尸洪江。"却说殷小姐痛恨刘贼,恨不食肉寝皮,只因身怀有孕,未知男女,万不得已,权且勉强相从。转盼之间,不觉已到江州。"殷小姐相从刘洪,只因身怀有孕。又行了几日,才到的江州。

好了!真相已经出来了。

因为从温娇小姐结婚的那天晚上算起,到老公被杀,上面已经算的极为清楚,按多的算,只有18天时间!而温娇小姐竟然已经确认自己怀孕了!

按医学常识,一个女人,在受孕后,出现妊娠反应的平均时间是在40天或45天以上。那么,温娇小姐怎么在18天内就确认怀孕了呢?只是未知男女。这"未知男女"就是怀孕已经很长时间了,而不是刚刚才发现的。

因此,我可以肯定地说:温娇小姐肚子里怀的这个孩子,是在结婚之前就已经有了,而且绝对不可能是新科状元陈光蕊的。

还有一处证明，《西游记》第三十七回，三藏道："……当时我父曾被水贼伤生，我母被水贼欺占，经三个月，分娩了我。我在水中逃了性命，幸金山寺恩师，救养成人……"

"经三个月"这四个字说得非常清楚：唐僧是在陈光蕊死后三个月出生的！

陈光蕊与温娇小姐结婚的时间，可以被证明的，只有18天左右。而无论如何，也证明不了有六七个月之久。因为结婚的第二天就奉皇命赴任去了，"钦限紧急""勿误期限"，不可能走了七个月还在半路上。

所以，唐僧的母亲殷温娇小姐，在认识陈光蕊之前就已经怀孕有几个月了。那么，可以肯定地说，陈光蕊绝对不是唐僧的亲爹！

悟　空

　　五行山下，和往常一样，这一天，悟空一觉醒来，已经日上三竿（哎，悟空其实是可以不睡觉的，但是现在当真是身不由己，每天除了吃和睡还能干点什么呢？）。他用手拨开挡在眼前的荒草和树叶，强烈的阳光让他感到有些刺眼，但这并不妨碍悟空今天的负山远眺。这里的一草一木对他来说再熟悉不过了，因为被压在五行山下五百年，每一分每一刻，只要他想看，这些景致就在眼前，只有四季的轮回才会让山景显得稍有不同，否则星星还是那个星星，月亮还是那个月亮，树还是那几棵树，山梁还是那座山梁。而悟空却百看不厌，眺望山景成了他每天的必修课。每每此时，一幕幕生动的往事就会在悟空的脑海浮现。他忘不了憋屈在石头之中运足气力摆脱仙石束缚的那一刻，那是一种解脱的痛快。他忘不了在花果山中行走跳跃，食草木，饮涧泉，采山花，觅树果；与狼虫为伴，虎豹为群，獐鹿为友，猕猿为亲，夜宿石崖之下，朝游峰洞之中，那是何等的逍遥自在。他忘不了曾经是美猴王，领一群猿猴、猕猴、马猴等，分派了君臣佐使，朝游花果山，暮宿水帘洞，合契同情，不入飞鸟之丛，不从走兽之类，占山为王，唯我独尊。他忘不了上天入地、搅海翻江、顶天立地、威震四方的万丈豪情。他忘不了那个不畏强权、

149

敢于活出真我的自己。分明地，这只猴子心没有死，他每天重复地眺望，只是醉翁之意不在酒，山外的那片天空放纵着他那颗向往自由的心。什么五百年桑田沧海，就是再压一千年一万年，猴子也能苟且地活着。可是在悟空心中，生活不止眼前的苟且，还有诗和远方。

人生不是靠回忆活着。悟空在饱含深情地回忆着从前的同时，并没有忘记反思自己，却百思不得其解。他不明白自己到底做错了什么，他在下界逍遥快活，根本无意冒犯，为什么礼贤下士的盛情背后却是目中无人的百般藐视。所有的反抗都是被逼的；他也不明白当他闯下了滔天大祸，人人要得而诛之之时，为什么在最最危难的时刻却有人在救他。他对太上老君内心是充满敬畏的，不然在天庭官封齐天大圣那会儿，他整日间东游西荡、会友游宫，却怎么从来没去过最著名的兜率宫？首次登门还是他大闹蟠桃会，喝多了借酒壮胆进去的。后来的取经路上也能看出来。老君出现过几次，一次是在平顶山，老君两个看炉的童子拿着他的五件宝贝下界为妖，着实把悟空折腾得够呛，可是临了他还是把那五件宝贝乖乖地还给了老君。还有一次在乌鸡国，悟空上天找老君借金丹，要尝一个试试真假，老君急忙威胁他不能吃，悟空也只好把金丹从他颏下嗉袋儿里拿出来。可以说他和老君在大闹天宫前并无多少交情，而恰恰就是这个太上老君救了他，如果存心要杀他，老君只消小做手脚，移动巽宫的位置，风移火生，悟空必然化成焦碳。因此他对老君心存感激；还有让他不明白的是，当他跳出八卦炉大闹天宫，继而再次被擒时，本以为这次算是真的走到了生命的尽头，而结果是他还活着，不仅活着，还有专人监押，照顾他特殊饮食，饥餐铁丸，渴饮铜汁，只不过失去了自由。悟空真的想不明白，老天不待见的这条贱命何以活得如此悠远绵长。这也使他隐隐地有了一种预感，既然不让死，那么早晚会有那么一天，他会像当年从石头里蹦出去那样，会像从老君的八卦炉里蹦出去那样，也从这座破山里蹦出去。终于，观音菩萨给他送来了一线曙光，让他心跳加快。因为那曙光意味着自由！于是他每天的眺望中多了一份热切，而这一天犹为明显。

我是穿越了吗？我是遐想了吗？悟空在五行山下负山远眺的那一刻我也在心潮澎湃地凝视着他。四目相对之时，他浑然不觉，而我早已潸然泪下。

悟空心中的困惑，他自己当然不明白，因为他们本就不是同一立场的人，他也从来不会用他们的思维去想事情。他的师弟八戒，这个浸淫官场的老手，憨憨的外表之下隐藏着无限的油滑，他懂得用他们的思维，知道自己在做什么。和八戒相比，悟空的聪明太过直率了；他的另一个师弟沙僧，本来就是以伪装著称，到了取经队伍里，为了各方的利益也为了自己，必须继续伪装下去，韬光养晦。沙僧懂得用他们的思维，也知道自己在做什么。和沙僧相比，悟空的性格太过张扬了；还有那匹白龙马，玉帝把他放进取经团本想抓住点佛教阴谋的蛛丝马迹，可是小白龙身受胯下之辱十四年几乎一言不发，有时候少说话多办事不失为一种明智之举。其忍辱负重的窝囊劲儿绝非等闲，因为白龙马也懂得他们的思维，知道自己在做什么。和白龙马相比，悟空太过浮躁了。这个世界每个人都有至少一套保护自己的外衣，悟空却没有，他看上去赤条条的，唯一能保护自己的就只有一身真本事，也许他是这么认为的，更可能的是他从来就没想过。而恰恰是这一身好本事把他带进了被人利用的圈套当中。其实人活得真实、单纯并没有错，这是人人向往的，错就错在这本就是一个虚虚实实的世界。用赤身裸体与全身甲胄的世界拼杀，一定会血光满天，只不过那些血，只会出自自己的身体而不会有别人的。纯真的悟空怎么能想到，天庭的示好、老君的搭救、如来的豢养，都是出于对他的利用。如果不是取经，悟空也许还会这样纯真下去。即便跟随唐僧西天取经，他也不知道自己在做什么，他是在不知不觉中被领上了另一条道路，偏离了他的初衷。

悟空和你我一样，生于天地之间，出生时口中也没有衔着通灵宝玉，就是一个普普通通的生灵。他从石头里蹦出来，甚至没有父母，是彻头彻尾的无根之水、无本之木。有人说悟空和很多妖怪一样，是有背景的，他的师父菩提祖师其实就是如来佛祖。哎，他哪有那么大的后台，菩提可不是什么如来。首先看神话传说中，有一个相对全面的神仙谱，记录了神仙的关系。它说辈分最高的是创始元灵，他有四个徒弟，分别是鸿钧老祖、混鲲祖师、女娲娘娘、陆压道人。鸿钧老祖又有三个著名的徒弟，分别是太上老君、元始天尊和通天教主。而混鲲祖师也教了两个有名的徒弟，那就是如来佛祖和菩提祖师。这样看来如来和菩提本就不是一个人。但窃以为这只能作为一个小小的佐证，并不太可靠。一个是中国的神话传说系统性不是很强，很难找到权威的说法作为论据。另外这份神仙谱除了据说在一部网络小说中出现，其他地方就难见踪迹了。那我们继续看其他的。

在《西游记》本身构建的神话世界里，每个人身边都有其他派系的眼线。玉帝身边有道教的人，也有佛教的人，老君身边有如来安插的人，那如来呢？他也是时时被道教监视着，行动极为不便。还记得灵山脚下的玉真观吗？有一位金顶大仙。这位大仙拢共包堆出现过两次，一次是观音下山寻取经人，金顶大仙要请观音吃茶；另一次是唐僧师徒历尽千辛万苦终于到了灵山脚下，金顶大仙正在楼阁门首迎接。一次是下山，一次是上山，一出一进，作者安排十分巧妙，就是告诉我们，在如来的佛派总部灵山脚下，道教安插了自己的眼线金顶大仙，而金顶大仙的玉真观恰恰就建在进出灵山的必经之路上，佛教有什么动作，道教都一清二楚。想想看，如果悟空在灵山待了六七年，如来潜心教了这么一个破坏王，道教能不知道吗？那道教还有必要一直陪着如来玩吗？恐怕悟空一出灵山山门就被打杀了，哪还有什么东海借兵器、地府销死籍、官封弼马温、大闹天宫这一出出闹剧。所以从这一点看，悟空的师父不是如来，而是另有其人。

我们从佛教历史的角度看，《西游记》中如来的原形就是释迦牟尼，这在书中是很明确的。而真实的佛教史上，在释迦牟尼时代，有一个叫提婆达多的人，他是释迦牟尼佛的堂兄弟，曾经加入释迦牟尼佛的僧团，但是后来因为意见不合与权力斗争，另外成立教派。他也是一代高僧，玄奘的《大唐西域记》里也记载过此人。他在世时处处和释迦牟尼作对，甚至加以迫害。而《西游记》成书是以玄奘西游为创作蓝本，里面很多内容和故事也都以史实作为创作源泉。比如悟空在灵台方寸山学艺时，菩提祖师打他三下者，教他三更时分存心；倒背着手走入里面，将中门关上者，教他从后门进步，秘处传他道也。悟空打破盘中之谜，最终学有所成。这一段的创作源泉就来自五祖弘忍传衣钵于六祖慧能的故事。在南北朝的时候，佛教禅宗传到了第五祖弘忍大师，弘忍大师当时在湖北的黄梅开坛讲学，手下有弟子五百余人，其中翘楚者当属大弟子神秀大师。神秀也是大家公认的禅宗衣钵的继承人。弘忍渐渐老去，于是要在弟子中寻找一个继承人，所以他就对徒弟们说，大家都作一首偈子（有禅意的诗），看谁做得好就传衣钵给谁。这时神秀很想继承衣钵，但又怕因为出于继承衣钵的目的而去作这个偈子，违反了佛家的无为而作意境。所以他就在半夜起来，在院墙上写了一首偈子：身是菩提树，心如明镜台。时时勤拂拭，勿使惹尘埃。这首偈子的意思是，要时时刻刻地去照顾自己的心灵和心境，通过不断的修行来抗拒外面的诱惑和种种邪魔。这是一种入世的心态，强调修行的作用。而这种理解与禅宗大乘教派的顿悟是不太吻合的，所以当第二天早上大家看到这个偈子的时候，都说好，而且都猜到是神秀作的而很佩服的时候，弘忍看到了以后没有做任何的评价。因为他知道神秀还没有顿悟。而这时，当庙里的和尚们都在谈论这首偈子的时候，被厨房里的一个伙头僧——慧能禅师听到了。慧能当时就叫别人带他去看这个偈子，这里需要说明的一点是，慧能是个文盲，他不识字。他听别人说了这个偈子，当时就说这个人还没有领悟到真谛啊。于是他自己又作了一个偈子，并请别人写在了神秀的偈子旁边：菩提本无树，明镜亦非台。本来无一物，何处惹尘埃？他这个偈子很契合禅宗的顿悟的理念，是一种出世的态度。主要意思是，世上本来就是空的，看世间万物无不是一个空字，心本来就是空的话，就无所谓抗拒外面的诱惑，任何事物从心而过，不留痕迹。这是禅宗的一种很高的境界，领略到这层境界的人，就是所谓的开悟了。弘忍看到这个偈子以后，问身边的人是谁作的，边上的人说是慧能作的，于是他叫来了慧能，当着他和其他僧人的面说：作得乱七八糟，胡言乱语，并亲自擦掉了这个偈子。然后在慧能的头上打了三下就走了。这时只有慧能理解五祖的意思，于是他在晚上三更的时候去了弘忍的禅房，在那里弘忍向他讲解了《金刚经》这部佛教最重要的经典之一，并传了衣钵给他。然后为了防止神秀的人伤害慧能，让慧能连夜逃走。于是慧能连夜远走南方，隐居多年之后在曹溪宝林寺创立了禅宗的南宗。而神秀第二天知道这件事以后，曾派人去追慧能，但没有追到。后来神秀成为梁朝的护国法师，创立了禅宗的北宗。而在《西游记》第九回，渔翁张梢和樵子李定这两个不登科的进士，能识字的山人，共用了十四首诗词分别形容各自生活的逍遥自在，而这种渔樵对话的表现手法其实也是模仿了宋朝著名理学家邵康节的《渔樵问对》。《渔樵问对》着力论述天地万物，阴阳化育和生命道德的奥妙和哲理。这本书通过樵子问、渔父答的方式，将天地、万物、人事、社会归之于易理，并加以诠释。目的是让樵者明白"天地之道备于人，万物之道备于身，众妙之道备于神，天下之能事毕矣"的道理。《渔樵问对》中的主角是渔父，所有的玄理都出自渔父之口。在书中，渔父已经成了"道"的化身。

所以，如果从历史的角度分析，菩提也不是如来，而是和如来对立的一个人。至于为什么菩提和如来作对我们会另行分析，书袋狼在本小作最后会再次请出菩提祖师。

而最后从修心的角度看，灵台方寸山、斜月三星洞就是一个字迷，灵台、方寸、斜月三星都是心的意思。灵台即心，《庄子·庚桑楚》："不可内于灵台。"内，纳入；灵台，内心。意思是：不能进入内心。鲁迅先生也曾有过一首自题小像，原文为："灵台无计逃神矢，风雨如磐暗故园。寄意寒星荃不察，我以我血荐轩辕。"全诗的解释是：我的爱国之心犹如被爱神之箭所射一般无处可逃，祖国正在风雨飘摇中黯然失色。我把我的心意寄托给人民，然而人民却难以察觉，我愿意把我毕生的精力托付给我的祖国。可以看出灵台就是指心。方寸则语出《三国志》："徐庶母亲被曹操抓去，徐指着胸口对刘备说：'方寸乱矣！'"斜月三星分明就是指汉字"心"的笔划，卧勾和三个点构成了"心"字。而斜月三星的出处来自北宋紫阳真人张伯端修炼的福建泉州紫帽山，张真人在山上一共刻了一百个"心"字石刻，其中一个"心"字石刻旁刻有一首诗："三点如星现，一钩似月斜。披毛从此出，做佛也由他。"

修行的过程就是修炼自己的内心，而内心的修行是要达到至高的境界，如果代表内心的洞府端坐的却是如来，这显然太让人人格分裂了，一点都不匹配。在阅读《西游记》的同时，书袋狼也在试图去理解作者他老人家，虽然不能一窥全貌但也希望窥探老人家内心一二，我依稀还是觉得在这个代表内心的洞府里至少应该住着一个可以修心的人。

故此，菩提不是如来，悟空当然也没有如来这个师父。而且，在本书自序中提过，吴老爷子写《西游记》并非单纯的醉心于鞭挞社会现实。如果如来被构想成悟空的师父，那么作者写书的意图恐怕就会止步于批判。一个五十多岁的老人提笔著书只是为了批判社会，那有多大的意义呢？他是老愤青吗？不，老先生有大企图。

孙悟空是我的小伙伴，我从小到大没有离开过他，或者说他从来没有离开过我们的生活。人的一生，随着年龄的增长和越发丰富的经历会陆续出现不同的崇拜偶像。小时候喜欢武术，对李小龙崇拜得五体投地；中学时接触民族音乐，每每听陆春龄的《鹧鸪飞》和管平湖的《流水》都会如痴如醉；高中打篮球，乔丹迷倒了所有小男生；大学听流行乐，一直固执地认为MJ就不是地球人。而孙悟空，自从儿时深深地扎根在心里，任多少高大的身影随着时间的流逝都成了匆匆过客，他却依然清晰可爱。悟空是我心中的大英雄，他有血有肉有灵魂、真心真意真性情，他的向往就是我的向往。不同之处在于英雄不畏强权、敢作敢为，而我只是在心里祈祷上苍，激进一点也不过是张嘴骂娘，一逞口舌之快，之后便和他人一样渐渐偃息在入世的洪流之中。只有他，怀揣着自由的理想手持铁棒大步挺进，搅了一个地覆天翻，他是真正的英雄。我曾经容不得任何一个诋毁悟空形象的形式和文艺作品，在我心中他是完美的。而就是这个我极力喜爱极力崇拜又极力维护的偶像，此刻我要亲手把他摧毁。悟空，他是个大"恶人"！

悟空原本并非恶人，只不过他具备草根英雄的潜质，一出生就"目运两道金光，射冲斗府"。他有追求，立志学习长生之法，是他励精图治也是机缘巧合，他终于在菩提那里如愿以偿。

他有理想，向往自由，因此后来才有大闹天宫前后那一系列精彩的故事。悟空并不知道，那是他们给他精心编织的一件异常绚烂的外衣，外衣背后都是大佬们设的一个又一个局，在这些大佬面前，悟空从来都是赤裸裸的，那外衣就像皇帝的新装，却没有戳穿谎言的小孩。大佬们善于抓住人的要害。玉帝之所以控制着众神，是因为他控制着能让众神延寿的蟠桃。悟空向往自由，恰恰这一点被大佬们利用了。他从石头里迸出来的那一刻起，就已经进入了万丈深渊。他修得了一身本领，以为有了维护自由的资本，其实不过是增加了被人利用的价值；天庭主动伸出橄榄枝，邀他上天，后来再次妥协，真的封他为齐天大圣，让悟空心里膨胀了，以为自由并不遥远。毕竟他太单纯了，他哪里知道，这是在一步步引诱他进入埋伏好的圈套；他从八卦炉里迸出来，以为自由失而复得，其实他不过充当了老君的诱饵。他兴奋得在天宫淋漓尽致地干了一把，直到如来现身；五行山，恐怕是悟空最为痛苦的记忆。然而，任顽石长满青苔，他却信念不改，自由地行走在天地之间才是悟空诗意的远方。可有一天他真的跳出了五行山，那是他又进入了下一个圈套。每一次自由的释放等待他的都是一次更为收紧的捆绑，就像后来他头上的箍，咒语起时莫反抗，越反抗越要命。

命运早已被安排，自由只是一场从没醒来的梦。

三次被逐

但悟空对此却全然无知，在自由的召唤下他还是踏上了西行之路。那一天观音来到五行山下这样劝谏悟空："待我到了东土大唐国寻一个取经的人来，教他救你。你可跟他做个徒弟，秉教伽持，入我佛门，再修正果，如何？"然而悟空的回答却是："愿去，愿去！"很显然，菩萨是要悟空入佛门的，而悟空的回答只是针对取经之路，愿随唐僧西天走一遭，根本没理会菩萨后面的话。因为在他看来，修不修正果是无所谓的，那不过是得到了乞求长生的机会，而他早已学会了长生之法，还他一个自由之身才是悟空真正想要的。理想是要付出代价的，很多时候，当我们看似实现了什么，其实已经丧失了更为可贵的。而可悲的是，我们可能还丧失了觉醒的意识。悟空就是这样可悲的人。

悟空是叛逆的。他不可能老老实实地在一个庸碌的凡夫俗子面前俯首贴耳、卑躬屈膝，真正让他拜服的是大德大能。悟空自己曾说："我为人做了一场好汉，止拜了三个人：西天拜佛祖，南海拜观音，两界山师父救了我，我拜了他四拜。"其实他说的这三个人，都是佛派随时要他命的人，悟空说的"止拜"意思是不得已而为之，权且低下高昂的头。他对他们只拜不服，不然他怎么会对如来不恭，说"如来哄了我"，哄，就是骗；不然他怎么会对观音不恭，背后骂观音"该她一世无夫"。不然他怎么会对唐僧不恭，取经之初就很是看不上唐僧，有时还会不听话，甚至反唇相讥，有一次竟然用棒子在唐僧脊背上矽了一下，现出加害之意。事实上，悟空心里拜服的只有他的授业恩师菩提。进入取经团悟空有自己的打算，虽然他和唐僧脚下走的是同一条路，而内心从开始就是两个不同的方向。连悟空刚刚拜唐僧为师不久自己都说"当一天和尚撞一天钟"。这个没有城府的家伙，种种内心的不安分都会在行动上表现出来。就是因为他的叛逆，如来才会继续设下圈套，让悟空往里钻，直到把他改造成能为如来所用的人。

　　恢复人身自由的悟空一出手就接连救了唐僧两次。第一次是他刚从五行山出来，和唐僧走了不多时就遇到一只猛虎，悟空只轻轻一棒，那猛虎便被打得稀烂，喜得唐僧"放怀无虑，策马前行"。待到第二天，师徒二人在路上遇到六个拦路抢劫的山贼，被悟空尽皆打死。此时唐僧却换了一副嘴脸，说悟空"一味伤生，去不得西天，做不得和尚。忒恶，忒恶"！然而佛家对待生命不应该是一视同仁的吗？所谓"扫地恐伤蝼蚁命，爱惜飞蛾纱罩灯"。显然，悟空当然不听，结果他中计了。打死了六贼，悟空也离开了唐僧，当他再次回来时，佛家已经为他准备好了一只金箍。还记得那六个山贼都叫什么吗？他们一个唤作眼看喜，一个唤作耳听怒，一个唤作鼻嗅爱，一个唤作舌尝思，一个唤作意见欲，一个唤作身本忧。怎么看也不像是给人起的名字，事实上这是佛家讲的眼、耳、鼻、舌、身、意这六根，指的是人的六种欲望，如果六根不净，则难以潜心向佛。在如来的设计下，悟空亲手灭掉了自己的六根，向佛派更进了一步。他头上的那只金箍，与其说是因为悟空不服管教而让唐僧用来惩治他的法宝，不如说是佛教对悟空的一次更紧密的绑缚。

　　悟空的第二次被逐在白虎岭时，遇见了一个女妖精，她是个潜灵作怪的僵尸，叫做白骨夫人。并且三次化作人形，骗取唐僧的肉吃。只道唐僧、猪八戒蠢动时，多亏孙悟空的火眼金睛，识破妖精的诡计，先后三棒才将其真魂灵光打死，登时化作一堆粉骷髅在那里。"尸魔三戏唐三藏"，其实这尸魔也就是佛家常讲的"三毒"：贪、嗔、痴，就是贪欲之心、嗔怒之心和痴迷之心。悟空打死了白骨夫人，被唐僧再次赶走，高明地戏剧性逆转，让人们觉得唐僧肉眼凡胎，不识庐山真面目，悟空受委屈了。事实上则是悟空又一次亲手摧残了自己而换来的巨大痛苦。

　　每一次驱逐都意味着又一次更亲密的回归。灭掉了贪、嗔、痴，悟空不知不觉中被向佛家又靠近了一步。当唐僧被黄袍怪抓了，八戒去花果山请悟空时，悟空曾说"我老孙身回水帘洞，心逐取经僧"。悟空对唐僧不仅没有一丝痛恨之意，还愈加挂念。从悟空出了五行山到白虎岭，师徒相处还没有多长时间，经常吵架拌嘴、相互看不上，悟空头上的圈子也是唐僧骗悟空戴上的，而且动辄还念一念紧箍咒。因此这期间除了悟空能够感念唐僧救他脱离五行山之外，并没有培养出多少师徒感情，哪里来的"身回水帘洞，心逐取经僧"这样的深情厚意？后来悟空离开花果山，要随八戒去搭救唐僧，过东洋大海时，竟然下海净净身子。他说他身上现在有妖气，怕爱干净的唐僧嫌弃他，这都是不符常情的。唯一的解释只能是悟空更加符合佛教的人才标准。远在灵山的如来此时喜上心头，开始着手准备对悟空的最后一击。

　　哪里来的另一个美猴王？长相一模一样，而且能张嘴说同样的话，都能受金箍的约束。是双胞胎还是葫芦兄弟？如果非要认为这个有可能的话那为什么他们的武艺也一样？菩提祖师不会教出相互对立的两只猴子，因为他对悟空是寄予厚望的，他不可能再教出另一只猴子去拆悟空的台。那是如来教出来的？如来有这个本领却没有这个机会，金顶大仙在灵山并非天天喝茶聊天看报纸。如果认为这还是有可能的话，那么一模一样的金箍棒就实在没法解释了。要知道，这个棒子的原材料是太上老君炼出来的。第七十五回："悟空对老魔讲过：'棒是九转镔铁炼，老君亲手炉中煅。禹王求得号神珍，四海八河为定验。'"这个"定海神珍"当年是太上老君造的，那么他不可能为自己的对头如来再造出一个来。其实，我们不用去猜测了，如来的四猴理论不过是掩人耳目的一套说辞，那四种猴本就是指同一只猴子。赤尻马猴和通臂猿猴代表的是悟空取经前后的两个阶段。赤尻马猴"晓阴阳，会人事，善出入，避死延生"。讲的是悟空出世之后先到了南赡部洲"学人话，学人礼"，后来在西牛贺洲遇到恩师菩提，学会了"避死延生"之术；而"通臂猿猴"的"拿日月，缩千山，辨休咎，乾坤摩弄"，不正是悟空随唐僧取经后表现出来的手段吗？六耳猕猴为啥"善聆音，能察理"？因为他是悟空的另一面。当年悟空打破菩提的哑迷，找菩提学艺时曾说："此间更无六耳，止只弟子一人，望师父大舍慈悲，传与我长生之道罢，永不忘恩！"这六耳就是第三者的意思。一只猴子当然不明白人有两面性，所以悟空当时认为屋里只有菩提和他自己。而如来却晓得人的两面性。所谓的真假美猴王，其实就是悟空善恶的两面，确切地说应该是顺从与不驯的两面，事实上只有一个悟空。地藏的谛听早已知晓了答案，因为谛听可以照鉴所有生命的"善恶与贤愚"，那他自然是看到了善恶两个悟空、贤愚两个悟空。然而他不说，并不是担心悟空会砸了地府，他是害怕得罪如来，因为这些都是如来捣的鬼，说出了真相就等于揭穿了如来。代表不驯一面的六耳猕猴还能够"知前后，万物皆明"，就是说一旦反抗这一面占了上风，早晚会洞察所发生的一切。不驯的那一面怎么可以留？美猴王没有真假，只有两面。悟空一棒下去，打了个灰飞烟灭，从此世间就再无悟空，留下的只有一个如来的顺民。可怜的悟空，在不知不觉中把自己变成了另外一个人，一个恶人，一个彻头彻尾的恶人。悟空曾经拥有的人性的东西都已丧失殆尽，如来又多了一个死心踏地追随他的忠粉。《西游记》在这一回标题说得再明白不过："二心搅乱大乾坤　一体难修真寂灭"。

什么六贼，什么贪、嗔、痴，那些都是如来的伪装，唐僧净了这些吗？他没有。他可以两界山不理会老虎的死活，他可以在悟空杀人之后首先思考如何保全自己，他可以在黑熊精偷了袈裟之后用死来威胁观音院的僧众，好让他们尽快找回袈裟。他因在白骨精变化的小娘子面前、在琵琶精的美色面前动了色心，却被悟空及时制止而怀恨在心，这才有了悟空接二连三被驱逐的经历。

初入人世的悟空原本无性，"人若骂我我也不恼，若打我也不嗔，只是陪个礼儿就罢了，一生无性"。这就是人之初，性本善。后来悟空学得了本领，开始有了性情，知道了喜怒哀乐，懂得了拿起武器反抗。然而经过一番巧安排，悟空又从有性变成了无性。他手中的那只如意金箍棒，说大就大，说小就小，悟空觉得真是称心如意，可是他忘了，这个棒子如意在前，金箍在后，棒子两头的金箍儿和他头上的金箍儿本质上是一样的，都是"禁锢"。如谁的意又去禁锢谁不言而喻。悟空以为他的棒子可以横扫妖魔鬼怪,扫平一切不平事,可他即便最后成了斗战胜佛也未必知道,那棒子是专为他准备的,并不仅仅是为了让他多能打多能杀,更是为了打杀、改造他自己的。那个棒子,龙王曾说过:"那是大禹治水之时,定江海浅深的一个定子,是一块神铁,能中何用?"对,那原本只是一块不太中用的铁块。可是这块铁早不发光,晚不发光,偏偏孙悟空要来它就开始发光了。而且在第八十九回的黄狮精偷了三兄弟的三件兵器,却美其名曰要开一个"钉钯宴"而不是"金箍棒宴",可见金箍棒实在名不见经传,也许原本就没有什么如意金箍棒。而龙婆的一句不经意的话似乎能道破机关,既然龙王觉得没用,龙婆道:"莫管他用不用,且送与他,凭他怎么改造,送出宫门便了。"就是说这块铁是可以被改造的。他们可能根本就不知道,那块原本闲置不用的铁块早已被如来偷偷改造完了,专等悟空来取。

悟空变了。他变得功利了。所有的降妖伏怪不仅是为行侠仗义、除暴安良,而且是为自己的修行。在黑松林,悟空看见唐僧祥瑞罩身,就想着取经回东土时,必定有些好处,自己也能得个正果;悟空变得世俗了,原来他心高气傲目空一切,不管是偷是抢他都敢作敢为,现在他学会了请客送礼和欺瞒狡诈。他从天上请来四目禽星一起捉住了犀牛精,锯下了它们的角,要四只进贡给玉帝,一只留在府堂镇库,还有一只悟空说献给如来。后来到了灵山,那悟空却只字未提犀牛角的事。其实明眼人都知道,悟空当初说孝敬如来不过是掩人耳目,那根本就是给自己留的,因为犀牛角可以分水,悟空水下功夫却并不怎么样,他是想用犀牛角来补自己的短板。他变得势利了。从前他是天不怕地不怕老子天下第一的齐天大圣，现在变成了背靠大树好乘凉的势利小子。他们师徒误入小雷音寺，悟空被黄眉老佛折磨得着实凄惨，最后无计可施，"怅望悲啼"。当后来他知道这是弥勒佛给他使的坏时，悟空愤怒了，他一把火把小雷音寺烧成灰烬。要知道那小雷音寺不是妖洞，黄眉老佛早已是修成正果，小雷音寺是"天赐与的宝阁珍楼"。烧了小雷音无意于得罪弥勒佛，悟空不怕，但再不是因为大无畏，而是因为他知道自己现在是谁的人，在为谁办事，悟空懂得了倚仗靠山。自从闹了一场真假美猴王，悟空真寂灭了之后，唐僧就再没念过紧箍咒，也再也没有驱赶过悟空，因为悟空已经真正是队伍里的人了，他们现在不仅脚下的路一样，心中的路也胜利会师了，紧箍咒还有多大的意义呢？

一想到眼前的悟空即将变成另外一个我再也认不得的人，我心如刀绞。孙悟空给了我多少欢乐、勇气、追求、梦想，而现在我亲手毁掉了我从小到大都一直尊崇的大英雄，这怎么能够接受呢？我对他是那么的挚爱。六小龄童先生没能登上猴年春晚的舞台，有人说"假如猴哥登上今年春晚，在台上嗑瓜子我都能看到零点倒计时"。我又何尝不是这样的情怀呢？如果知道读《西游记》能够毁掉我心中的悟空，我宁愿弃书而眠，永远留下我的悟空，留下我最纯真的梦。六小龄童先生在一则广告中曾说："苦练七十二变，方能笑对八十一难。"这恐怕是一句太过纯洁的励志词，我也宁愿相信这是真的。然而，一切都晚了。

是的，我穿越了，是乘着神思的翅膀来到五行山下的悟空面前。看着他热切的眼神，我第一次离我的大英雄是那么的近，而那曾经熟悉的脸庞却越来越看不清，是他渐行渐远还是泪水已经模糊了我的双眼？都有。

忽然一阵叮当的马铃之声，救他的人来了。悟空根本抑制不住内心的兴奋，他摇头晃脑地大喊大叫起来："我师父来也，我师父来也！"他还是看不到我。我随神思腾空而起，不忍看到金字压帖揭起、天破天惊的那一幕，转过脸洒泪长叹：别了，我的孙悟空！

在路上

在路上

曙光初现，晨星犹在，月色朦胧。

固本执要、宏图徐行、长勤精进、厚积薄发。如来多年的坚持终于在这一刻看到了希望的曙光。这简直就是一部无可比拟的音乐经典——新长征路上的摇滚，前奏的铺陈很宏大，后来刘原的萨克斯进入，高亮绝妙，突然间一、二、三、四的号子响了，取经团在"听说过没见过，十万八千里"的音乐声中，开始了惊心动魄的摇滚之旅。

取经团启程了，如来却没有丝毫的松懈，始终保持着清醒的头脑。百年工程，质量为本。取经又何止是一个百年工程，光悟空被压在五行山下就是五百年。而我们往往看到的是五百年桑田沧海对一只猴子的痛苦煎熬，何曾想过，五百年再漫长也不过是如来处心积虑、卧薪尝胆与道教抗争的历史一瞬。时间的长河如果能够往前追溯，如来早已经隐忍了一个又一个五百年……

在如来看来，悟空是个好苗子。他武艺超群、爱憎分明，这种人爱出头；他有理想有抱负又心地善良，所以好骗；他聪明而不智慧，那就不容易悟出世道沧桑，如果这个人被利用好了基本上不会出现中途彻悟而放弃取经的情况；悟空又是个草根，这样如来万一需要除掉他也就不会有什么顾忌。再看天下大势，四大

169

部洲道教独占东胜神洲和北俱芦洲两洲，如来坐拥西牛贺洲，南赡部洲道教还没有涉足太深，此时再不发力，等道教腾出手来解决南赡部洲的事，那如来就胜算不大了。再看看人，玉帝自然是倾向如来这边的，因为他需要有制衡道教的力量。综合下来，如来占据了天时、地利、人和，这样的机会再不好好把握，就不知还要等上几万年、几十万年、几百万年才能再次遇上这个野百合的春天。因此，如来对这个机会备加珍惜，他必须利用这个千载难逢的好机会打一个翻身仗，只有这一步走好了，他才能有机会实现更大的野心。

既然如此重要，工程是绝不允许出现质量问题的。从谋划到实施每一个环节都必须严格把关。师徒西行前整个计划总的来说执行得几近完美，这中间虽然有卷帘大将这么一档子事，但也被如来派观音出马迅速化解了。可以这样说，在定战略、建班子的过程中，如来基本上是已经把玉帝搞定了，那么西行路上真正的的威胁只有来自道教的了。

道教派出的角色，如来如果不能做到知己知彼，最后也难免功亏一篑。运筹帷幄之中，决胜千里之外，用这句话来形容如来毫不夸张。你看他出面很少，但他考虑的却是全盘的棋。谋定而后动，这再次印证了如来的深谋远虑。您是否记得取经路线是如来派观音提前踩过点儿的，哪里有什么妖怪，都有什么武艺什么宝贝如来其实一清二楚，如何降伏这些家伙他也就能够提前着手安排了。甚至更早，如来就已经对取经路上的事宜开始筹划了。

荒诞之家

红孩儿身世之谜

红孩儿是朵奇葩。

他是牛魔王的孩子，但长得一点都不像牛魔王。原文讲牛魔王："一双眼光如明镜，两道眉艳似红霓。口若血盆，齿排铜板。吼声响震山神怕，行动威风恶鬼慌。四海有名称混世，西方大力号魔王"。虽然修炼成人形，但是诸如眼睛这些小细节还是暴露出牛的迹象。而红孩儿则是另一副面孔："面如傅粉三分白，唇若涂朱一表才。鬓挽青云欺靛染，眉分新月似刀裁。战裙巧绣盘龙凤，形比哪吒更富胎。双手绰枪威凛冽，祥光护体出门来。哏声响若春雷吼，暴眼明如掣电乖。要识此魔真姓氏，名扬千古唤红孩。"这就是粉嫩嫩、两指甲掐出水的小嫩娃而不是小牛犊，看不出牛头，也没有牛角。难道是红孩儿修行得好，修成人形已全无原身痕迹？不对，我们来看看现原形时什么样。擒拿牛魔王时，牛王现了原身，是一只大白牛，头如峻岭，眼若闪光，两只角似两座铁塔，牙排利刃。连头至尾，有千余丈长短，自蹄至背，有八百丈高下。而观音收服红孩儿时，红孩儿坐在三十六把天罡刀变化的宝莲台之上，刀刀见血，"穿通两腿刀尖出，血流成汪皮肉开"。随后观音又给他戴上了金箍儿,念动金箍咒咒他,红孩儿疼得"搓耳揉腮,攒蹄打滚",可自始至终也是个小娃娃。如果现原身他应该是头小牛啊,但事实却不是。这就有点让人怀疑牛魔王与红孩儿之间的血缘关系。

论武艺,牛魔王用的是混铁棍,红孩儿用的是火尖枪;牛魔王有七十二般变化,红孩儿没有;牛魔王不会用三昧真火,红孩儿却会。虽然我们可以认为牛魔王给儿子请了私教,可是他自己身上这点家传说实话着实不差,要不然如何能排到七大圣的老大呢?都说艺多不压身,为什么老牛一点都没有教给自己的亲儿子呢?

反观牛魔王对红孩儿的态度,也会让人见疑。第六十回取经团要过火焰山,孙悟空找牛魔王借扇子,老牛先是质问悟空为什么害他的儿子红孩儿,悟空辩解说是因为红孩儿要吃唐僧肉,他迫不得已才请观音把红孩儿收服,而且皈依佛门做了观音的善财童子,这是坏事变好事。老牛听了悟空的辩解后,骂道:"这个乖嘴的猢狲!害子之情,被你说过,你才欺我爱妾,打上我门何也?"这句话说得简直匪夷所思,害他儿子这事就这么轻描淡写地带过去了,话峰一转就问欺他爱妾的事。那红孩儿到底是不是你儿子,怎么听着儿子并不那么重要?在这个事上,铁扇公主的表现就正常得多,她听到孙悟空三字,"便似撮盐入火,火上浇油。骨都都红生脸上,恶狠狠怒发心头"。吩咐丫鬟,取披挂,拿兵器,见了孙悟空没说两句举剑就砍。所以我们对牛魔王和红孩儿的父子关系更加疑问重重。

继续分析。

　　在西行路上，那些有背景的妖怪，最后都是毫发无损，被幕后的大佬收走了，死于非命的都是没有根基的自由创业者。按照这个规律，红孩儿最后没有死，被观音收走还做了善财童子，那他应该也是属于有背景这拨的。可他的背景又是谁呢？他爹牛魔王？那只是个业务能力比较强的妖怪，谁会买他的账？他妈铁扇公主？也是个妖，功力二流的妖。难不成红孩儿真有个师父，是他师父有背景？等看完这篇您就知道了，事实上红孩儿没有师父。那观音菩萨是后台？也不对。要知道如果是自己人收的，妖怪们基本是不会受什么皮肉之苦的，也不会反抗。观音收灵感大王时，只是把竹篮放进通天河，念了七遍颂子，那尾金鱼就乖乖地游进了篮子；文殊菩萨在乌鸡国收青毛狮子时，只念了个咒，说了声："畜生，还不皈正，更待何时！"然后那狮子就现了原身驮着文殊走了；观音菩萨在朱紫国收坐骑金毛犼时也是骂了一句妖怪就现了原身；小雷音寺的黄眉老佛，见到弥勒就直接给跪了；就是如来收大鹏金翅雕时，也只是困住他不能远遁，却也不伤及他。还有奎木狼、月宫玉兔等，都是全身而退。红孩儿则不然，负隅顽抗，受尽皮肉之苦，观音担心难以驯服还给他带上了金箍儿。显然，红孩儿背后的人不是观音。或者还可以说，红孩儿不是佛教的人。不是佛教的那基本上就是道教的了。金角、银角是道教的，被老君收走了；青牛精是道教的，被老君收走了；道教这边有背景的除了一个鹿精被老寿星收走了，其他都是老君收走的。那红孩儿会不会和老君有关呢？

　　想必是有。继续。

　　在取经路上的妖魔鬼怪，虽然称霸一方，却也恪守本分，轻易不越雷池。首先妖怪不能冒犯天威,你本领再大对天庭官差也要礼让三分。可就有有恃无恐的妖怪。那平顶山的金角大王、银角大王,把山神、土地唤为奴仆,叫到洞里轮流当差,金角、银角的老板就是太上老君;再就是那敢使唤山神、土地的红孩儿了,他让山神、土地给他烧火顶门,黑夜与他提铃喝号。小妖儿又讨常例钱。没钱的话,山神、土地就只得捉几个山獐野鹿,早晚间打点群精;若是没物相送,就要来拆山神、土地的庙宇,剥他们衣裳!更嚣张的,红孩儿根本不把观音放在眼里。当孙悟空请来观音菩萨时,红孩儿举枪就刺,敢对观音如此不敬的,全书只有红孩儿一个。这个红孩儿要是没有人背后撑腰,怎么敢如此胆大妄为?能给他这么撑腰的除了太上老君还能有谁?另外,西行路上敢冒充佛菩萨的也只有两个人。一个是黄眉老佛,在小雷音寺冒充如来,人家的主人是弥勒佛,所以冒充一下也没什么风险。另一个呢?又是红孩儿,在猪八戒请观音降妖的路上,红孩儿假冒观音,把八戒骗进山洞捉拿。红孩儿背后必定有人,如果不是佛教的那么焦点将再次集中到太上老君身上。

有必要说明一下,红孩儿不是我们心目中那个固有的少年郎形象,他实际上是个婴儿,红孩儿绰号圣婴大王,就已经告诉大家他是"婴",而且他的体重只有"三斤十来两",分明就是一个婴儿的体量。可是一个婴儿怎么会有如此神通呢?关键在于这个"圣"字,说明他不是一般的婴儿。原文借山神土地之口告诉我们,红孩儿在火焰山修行了三百年,三百年还是一个婴儿这似乎说不通,要想说得通"圣"字有答案,如果红孩儿不是凡间的种而是天上来的,那么天上一天就是人间一年,天上三百天才会是人间三百年，三百天意味着什么？十月怀胎，大概就是三百来天，这样算来，那红孩儿当然就是个婴儿。那么红孩儿真的不是凡间的种吗？真的。前文我们讲过，神仙是禁止性生活的，因为神仙要是生了娃那娃天生就是小神仙，具备相当的法力基因。这些小神仙无处安置就会惹是生非。这就能解释为什么红孩儿是个婴儿居然还有那么高的法力，差点把孙悟空烧死。从而也回答了上面的一个问题，红孩儿应该没啥师父，如果有的话，那个师就是父，因为红孩儿从娘胎里就开始修行，什么人才能如此亲近，只有父母。母亲罗刹女可不会三昧真火，那么能传授道家秘术三昧真火的只有父亲了。谁最懂得三昧真火？太上老君！

牛魔王不在家和铁扇公主一起住，常年住在二奶家。可也没见他跟罗刹女吵架拌嘴，牛魔王回家时铁扇公主还百般柔情。红孩儿出事后，牛魔王也没有回家和铁扇公主商量怎么找孙悟空报仇，基本上听之任之。这是为什么呢？您明白了吧？

性、命是神仙们面临的两大问题。命的问题在太上老君面前已经不是事儿了，性的问题却是需要解决的，而天庭又有禁欲的规定，因此大家都不会明着来。所谓的暗也不过是自己别声张，不要公然与天庭作对。像七仙女思凡下界找董永这样的，实在是太不给天庭留面子了，不查办才怪。大家都心知肚明，谁身上也都不干净，一般情况下谁也不会轻易捅破窗户纸，揭露人家的性丑闻结下梁子。这也是为什么所有有背景的妖怪被抓之前都会交待一下他们的背景，唯独收服红孩儿时没人交待他的真实背景。

在收服红孩儿这个问题的处理上，观音又显示了高明的政治手段。她借了一海之水装在净瓶里用于降妖，先让前来请他的悟空拿净瓶，悟空拿不动；后来又说本打算安排善财龙女跟着悟空同去，却又担心悟空贪图龙女貌美，又担心净瓶是个宝物，最后被悟空骗财骗色；再后来又让悟空留些什么东西作当，悟空又没有，最后实在没办法，不得不亲自出马。而观音收灵感大王时衣冠不整，等不及梳妆就忙不迭地往出跑。相比之下，大相径庭。

有意思的是，观音说她净瓶里的甘露水浆能灭三昧火，但在红孩儿的洞前，净瓶里的水只是在煞有介事地布了一个南海假景，并没有拿来灭火，对于降妖起不到什么助力作用。与此同时，观音又让惠岸到天宫找他老爹李天王借三十六把天罡刀，而后来在收服红孩儿时我们发现这个天罡刀实际上借得多此一举，观音根本不借任何外力，直接就把约束红孩的金箍儿套在了他的头上和手脚上。面对红孩儿的不敬与嚣张，观音非但没有责难，反而收在身边，还给了正式编制。这一切做法，都源于红孩儿是太上老君的亲骨肉，观音是做给太上老君看的。她一方面要想办法让取经团过这一关，另一方面还不能得罪老君。最后观音把红孩儿收在身边，这一招很妙，第一告诉老君：你的事我知道，但是我没有声张，给老君留足了面子；第二是让老君看看，我对你儿子不薄，不伤皮肉不害性命还给编制；第三，观音其实是帮老君把红孩儿保护起来了，这家伙如果在别处继续撒野，指不定是什么下场，更重要的，他很有可能把老君和罗刹的丑事不自觉地泄露出去。那时候老君这张老脸丢人可就丢大了；第四，把红孩儿收在身边事实上和作为人质无异，老君今后做事就得投鼠忌器，不能赶尽杀绝，否则撕破脸皮刀兵相见不说，老人家很可能就成了一个老绝户。

观音干得漂亮，老君有苦难言，如来甚是满意。

铁扇公主，这个女子不寻常，能让太上老君就范，还给他生了个小娃娃。咱要不要八卦一下她？"谈论私生子扒花边新闻那是娱记最爱干的，书袋狼你满脸道貌岸然的怎么也好这口儿？""天地良心，我向毛主席保证咱还是正人君子一枚，绝不是好偷窥人家私生活的那种人。""那你要八卦啥？""揭一揭罗刹的底！"

揭底铁扇仙

火焰山的火是太上老君放的。

在第六十回，悟空向火焰山的土地询问火焰山的来历，土地告诉他这个火是悟空放的，悟空当时就急了。于是土地解释道："是你也认不得我了。此间原无这座山，因大圣五百年前大闹天宫时，被显圣擒了，压赴老君，将大圣安于八卦炉内，煅炼之后开鼎，被你蹬倒丹炉，落了几个砖来，内有余火，到此处化为火焰山。我本是兜率宫守炉的道人，当被老君怪我失守，降下此间，就做了火焰山土地也。"

火焰山的火是当年八卦炉里的余火，那么为了保护生灵造福人间百姓，太上老君有义务更有责任把火灭掉啊。然而他非但没有灭火，反而安排手下人下界充当火焰山的土地，这就显而易见老君同志不想灭火还有意让它烧着，悟空蹬倒丹炉只不过是个外力，正好给了老君嫁祸于人、欲盖弥彰的借口。那老君为什么生生造出一个火焰山呢？难道他知道取经团会从此经过而故意设的卡？显然不是，这个火焰山是五百年前出来的，当时的取经项目属于高级机密，只有玉帝和如来两个人知道，再无第三个人。所以火焰山当初并不是为了阻止取经项目的。我们再来看看这个"火"，《西游记》中着重描写过的火共有五处：第一处是老君八卦炉的火，叫做文武火；第二处在平顶山，金角大王用芭蕉扇扇起的灵光火；第三处是红孩儿的三昧真火；第四处就是火焰山的火，即丹炉里的余火，自然也是文武火；第五处是赛太岁的紫金铃，其中一个铃铛也是放火的，而这个紫金铃同样出自老君之手。从这个总结我们可以看出，《西游记》中最擅用火的就是太上老君。而老君的火有人能灭吗？红孩儿一节时悟空曾请四海龙王降雨去灭三昧真火，结果是越浇火越大。后来观音说："我这瓶中甘露水浆，比那龙王的私雨不同，能灭那妖精的三昧火。"观音净瓶里的水能起死回生确实是威力无边，曾经医活过人参果树，也让老君丹炉里烧焦的柳枝重吐新绿，可从来没交待过能灭老君的火。虽然观音自说自话能灭三昧真火，可是真正收服红孩儿时，观音只是用瓶子里的水虚头巴脑地复制了一个南海圣境而不是用这个水去灭火。而后不等红孩儿使用三昧真火，观音就给红孩儿套上了金箍儿，带他回山了。因此很有可能观音灭不了老君的火，她不过是故弄玄虚而让外人无从猜测她的法力。而那火焰山的火，在如来的地盘烧了五百年都没有人管，不是不去管，而是灭不了。解铃还须系铃人，能够灭掉火的，只有太上老君。

不对不对，不是还有铁扇公主能灭火焰山的火吗？嘿嘿，问题就在这。首先要记得，开天辟地之初，老君基本把当时天地自产的精华宝贝都摘走了，不管是葫芦还是芭蕉扇。不信您回想一下《西游记》中天地诸仙的法宝，哪一个是天地灵根产的？而能灭火的芭蕉扇，原文交待：那芭蕉扇本是昆仑山后，自混沌开辟以来，天地产成的一个灵宝，乃太阳之精叶，故能灭火气。这样一件宝贝哪里轮得到小人物去摘。既然如此，铁扇公主在火焰山作威作福时连神仙都不是，只是一个二流的妖怪，她怎么可能拿到可以扇灭老君文武火的扇子呢？这样一个角色如果拿着这样一个宝贝，恐怕睡觉都睡不踏实吧。结合前文只有老君能灭这种火的说法我们推断，扇子是老君的。老君有扇子吗？当然有了。这扇子一共出现过三次：第一次是在平顶山金角大王用它扇过一次火；第二次是在金兜山金兜洞，老君用它收走了青牛；第三次就是在火焰山。嗯，没什么疑问，铁扇公主的扇子是太上老君的。

"郭××，我爱你。我要给生孩子。"这是这几年非常流行的一句相声台词。这句台词换个主角恰好用在了太上老君身上。老君和铁扇公主搞得竟然不是一夜情，不是一时的冲动，他老人家动了真格的。铁扇公主真不是一般的角色，她的过人之处在于唤醒了一位如此位高权重的道教大佬对于人性的美好渴望。现在他体会到了什么是爱，原来有情的人间比浩瀚而寂寥的三十三重天要动人得多。因为有了爱而有了信任，太上老君甘愿把至宝芭蕉扇交给铁扇公主保管，这芭蕉扇不仅能扇火，还是制服金钢琢的利器。那个金钢琢威力实在太大了，老君捉青牛时自己都说过："若偷去我的芭蕉扇儿，连我也不能奈他何矣。"因为爱，他开始向往天伦之乐，膝下无子现在在他看来比炼不出九转金丹还痛苦。铁扇公主怀了他的孩子让他兴奋异常，他要想办法留下这个孩子，这就是红孩儿。

人性是多么地美好，我真不想破坏这个美好的氛围。然而人性很容易被人利用，更何况太上老君这样的权贵，必须应该时时提防，因为对手无时无刻不在盯着他，思考着如何击破，又更何况对手是如来。

剧情逆转，刚刚所说的一切美好，都是如来给老君编织的南柯一梦。

还记得铁扇公主与悟空第一次见面吗？二人言语不合就动起手来，那铁扇仙哪里是悟空的对手，于是她取出芭蕉扇，朝着悟空就是一扇子。原文交待得清楚：这个芭蕉扇要是扇着人，一下子就得飘出八万四千里。但奇怪的是，悟空飘了五万里就停了，更奇怪的是停的地方可疑，是灵吉菩萨的小须弥山。灵吉是哪位？当年取经团过黄风岭时灵吉菩萨曾用飞龙杖降了黄风怪，如来给了灵吉两件宝贝，飞龙杖用来降风魔，另一件定风丹则是专门用来对付芭蕉扇的。可疑的地方就在于悟空不远不近、不偏不斜恰好落在有定风丹的灵吉的小须弥山。是悟空真的有留云之能？恐怕是铁扇公主在扇风时在力道上做了手脚，有意让悟空去找灵吉破自己的芭蕉扇。有点糊涂了吧，不要紧，我们分析一下，黄风怪是灵山脚下的老鼠成精，如来早已把他降服，当然知道如何破得黄风怪的风。芭蕉扇是太上老君的至宝，破解芭蕉扇的方法只有老君自己知道，然而如来竟有一颗定风丹专破芭蕉扇，就是说如来也掌握了破解芭蕉扇的方法。那么问题就来了，如来是如何掌握的呢？比如说如来至少看见过芭蕉扇并在手上把玩过才可以进行维基解密吧，凭空去憋大招怎么可能有针对性呢？或者有人给他讲过芭蕉扇的使用原理，根据原理如来可以推导出制约它的方法。再比如如来直接从别人口中就可以直接得到解密方法。不管哪种猜测都跑不出一条：老君身边有内鬼。结合铁扇公主把悟空扇到小须弥山我们推测，如来使用了美人计，让铁扇公主接近太上老君并取得了他的信任，进而实施计划，达到自己的目的。铁扇公主拿到了芭蕉扇的保管权，让如来有机会实施破解。

如果还不足以为信的话再加一个证据，在过火焰山收服牛魔王一节中，专门交代了这对夫妻的结局，牛魔王最终进了佛教的队伍，铁扇公主则并没有高喊"情愿归顺佛家"，而是"拜谢了众圣，隐姓修行，后来也得了正果，经藏中万古流名"。铁扇公主可以在经藏中流名，而真实的佛教经书中，如《法华经》等经书中的确有关于罗刹女的记述。就是说罗刹原本就是佛教的人。至于隐姓修行，我想有两个可能的原因，一个是担心太上老君追杀，另一个原因则是羞于再见他老人家。书袋狼觉得更多的是后者。

这真是一场精彩的无间道。如来在太上老君身边安插了铁扇公主，达到了预期的目的。在玉帝身边安插卧底，虽然狡猾的玉帝觉察到了形迹可疑的卷帘大将，但最终另一位卧底太白金星还是安然无恙。同样运用卧底，老君则逊色得多。他在如来的灵山脚下大模大样地设置了一个办事处玉真观，由金顶大仙全权负责。在佛教的其他道场他也安排了自己的人，比如小须弥山灵吉菩萨的道场就有道人在那打工。就是普通的寺院也时不时的有道人的身影，比如在黑松林深处的镇海寺有道人在此侍奉香火。然而这些都是正规军的打法，太不老道了。如来为了取经项目能够不出差错，未雨绸缪几百年，策划得如此精心。机会总是给有准备的人，从此我们就可以看出，这一场轰轰烈烈西天取经，必以如来胜利而告终。

绿帽子王

道教与佛教有一点明显的不同。道教的修仙了道逐渐隐藏了人性，道性越高人性埋得越深。之所以会有神仙思凡下界，之所以铁扇公主能够唤醒了太上老君的人性之光，那都是因为人性仅仅是被隐藏而不是泯灭。佛教则不然，佛教中没有一人有思凡下界的过失，也正是因为这一点不同，使道教常常在与佛教的斗争中付出代价。

太上老君对铁扇公主动了真感情，他和她不是云雨之后便各奔东西，他希望和她长相厮守，而且还要照顾她的生活，因此太上老君没有灭掉火焰山的火，他把火焰山作为铁扇公主的安身立命之所，这样老君也可以时常光顾。同时给了她一把扇子，火焰山一带的百姓在稼穑时节必须备足礼物请求铁扇公主扇灭火焰山的大火才得以进行农业生产、五谷养生，有了火焰山和这把扇子，铁扇公主受人供养，就可以衣食无忧了。爱情有了结晶，铁扇公主怀了太上老君的孩子，老君求子心切，决定留下这个种。然而所有这一切一旦曝光，就会给老君招来大麻烦。不能以身试法冒犯天威还要乐享天伦，老君必须想出一个周全稳妥的办法。

还记得七大圣吗？那是天下四大部洲非常厉害的七个妖怪头子组成的高级社团。就在玉帝和如来引诱悟空一步步进入他们设计的圈套的同时，老君也没闲着，想方设法扩充自己的实力，几番观察之后，他逐渐把招安对象聚焦在了七大圣的大哥牛魔王身上。此妖膂力过人，武艺超群，同样会七十二般变化，实力只在悟空之上。火焰山借芭蕉扇时牛魔王曾一人与悟空、八戒二人斗了一夜，不分上下，足见其实力。七大圣是天下群妖中的顶尖高手，而牛魔王又是七大圣的大哥，不仅武功盖世，其在群妖中的威望也是相当高的，如果能扶持一个牛魔王当傀儡帮着老君管理天下群妖当然再好不过。有人要问了：神仙和妖怪能一起共事吗？嗨，观音不是曾经说过："菩萨妖精，总是一念。"于是老君对牛魔王展开了攻势。他首先委任牛魔王为妖怪总统领，号称西方大力王，将率天下群妖，使牛魔王得到了至高的地位（由于老君和牛魔王分处仙、妖两界，因此他们的关系不能公开。但是从只言片语中我们可以推断出牛魔王的身份。第一，牛魔王是妖界中唯一有自己坐骑的，如果不达到一定级别怎么会有这样的配置？第二，牛魔王家族是妖界地盘最大的，他山妻掌管火焰山、他小妾掌管积雷山、他所谓的儿子掌管号山、他兄弟掌管女儿国，其本质是：这些都是牛魔王控制的地盘。从另一个角度看这是老君给牛魔王的一种交换；第三，牛魔王得了好处也是要执行老君交待的任务的，这一点我们随后介绍）。尔后将绝色美女铁扇公主许给牛魔王为妻，而此时的铁扇公主恐怕已经有孕在身。这么做老君是经过深思熟虑的，一则一个女人家在下界拿着至宝芭蕉扇总是不安全，让牛魔王共同管理既不担心罗刹没人罩着，也不担心扇丢了；二则铁扇公主嫁给牛魔王，实际也相当于牛魔王又多了火焰山这块地盘，财色兼收老牛何乐而不为。地位、荣誉、金钱、美女一股脑儿地堆到老牛面前，老牛一下子就蒙了，瞬间丢了英雄气节，倒向老君。就这样，利用工作之便，太上老君巧妙地把铁扇公主变成了牛魔王的山妻，把红孩儿变成了牛魔王的儿子。

要想人不知，除非己莫为。那红孩儿在娘胚里就在修炼总得有人教吧，老君隔三差五地恐怕就得来一次火焰山。一次两次倒也罢了，时间一长，老牛再傻也能猜出几分来了，加之那娃娃出生后牛魔王怎么看怎么不像他，他心里基本也就明白了。然而这种事是哑巴吃黄连——有苦说不出。说出来全天下都知道他被戴了绿帽子，可是不说心里又太憋屈。他又不敢反抗，因为他知道他面对的是一个一人之下万人之上的人。他也不愿意反抗，因为那样的话他现在所拥有的一切将瞬间不复存在。要知道在妖界谁不艳羡牛魔王养尊处优、无须再打拼的日子。种种复杂的心理折磨着老牛。眼不见心不烦，无奈之下，老牛选择了逃避。他纳了玉面公主为妾，从此搬离火焰山，常年住在离火焰山正南三千里的积雷山摩云洞。殊不知老君利用职务之便做的这点徇私的小把戏恰恰也为牛魔王最终的离经叛道埋下了伏笔。

老牛被招安了，高官得做，骏马（辟水金睛兽）得骑，可是他过得并不开心，因为他要顶着帽子照顾老君的相好，替别人抚养一个和他毫不相干小仔儿，他叱咤风云英雄一场，此刻感受到了一种前所未有的耻辱。加上那个总统领的虚职，事实上也没有什么前程，因为只要还是妖，就意味着仍不是正规编制，这一点老君确实没有替牛魔王考虑。而同是七大圣的孙悟空，如来则预先为其空出编制，最终成为斗战胜佛。而且，老君只是在形式上让牛魔王站到了他的队伍，而如来则是改造悟空的心，让他最后服服帖帖地跟着如来走。相比之下，老君的手段的确不够艺术。牛魔王的忠诚逐渐开始打了折扣，而我们必须有一个意识：牛魔王能成为深孚众望的群妖之首，想来也绝非等闲之辈。

火焰山的大火熊熊燃烧，烤得人透不过气来，更让不能西进的取经团心急如焚。悟空可爱地以为以旧日的交情牛魔王总得给他一分薄面，借他扇子一用，不成想碰了一鼻子灰。气急败坏的悟空"爆躁如雷，掣铁棒，劈头便打"。一场高调的收剿大戏被悟空一棒撩开了大幕，这是自悟空大闹天宫以来全书第二场声势浩大的战役，与第一场相比其精彩程度有过之而无不及。悟空首先出战，"这一个，金箍棒起无情义；那一个，双刃青锋有智量。大圣施威喷彩雾，牛王放泼吐毫光。齐斗勇，两不良，咬牙锉齿气昂昂。播土扬尘天地暗，飞砂走石鬼神藏"。然后八戒、土地领阴兵加入战团，"成精豕，作怪牛，兼上偷天得道猴。禅性自来能战炼，必当用土合元由。钉钯九齿尖还利，宝剑双锋快更柔。铁棒卷舒为主仗，土神助力结丹头。三家刑克相争竞，各展雄才要运筹。捉牛耕地金钱长，唤豕归炉木气收。心不在焉何作道，神常守舍要拴猴。胡乱嚷，苦相求，三般兵刃响搜搜。钯筑剑伤无好意，金箍棒起有因由。只杀得星不光兮月不皎，一天寒雾黑悠悠"！再之后，老牛与悟空赌变化，穷极之时两人都现了原身，牛魔王是一只大白牛，头如峻岭，眼若闪光，两只角似两座铁塔，牙排利刃。连头至尾，有千余丈长短，自蹄至背，有八百丈高下。悟空则变得身高万丈，头如泰山，眼如日月，口似血池，牙似门扇。这一场，真个是撼岭摇山，惊天动地！后来，那过往虚空一切神众与金头揭谛、六甲六丁、一十八位护教伽蓝都来围困魔王，"云迷世界，雾罩乾坤。飒飒阴风砂石滚，巍巍怒气海波浑。重磨剑二口，复挂甲全身。结冤深似海，怀恨越生嗔。你看齐天大圣因功绩，不讲当年老故人。八戒施威求扇子，众神护法捉牛君。牛王双手无停息，左遮右挡弄精神。只杀得那过鸟难飞皆敛翅，游鱼不跃尽潜鳞；鬼泣神嚎天地暗，龙愁虎怕日光昏"！牛魔王单枪匹马和集团军作战，实在是寡不敌众，最后不得已，四面奔逃。他往北走，五台山秘魔岩神通广大泼法金刚拦住了他；转而向南，峨眉山清凉洞法力无量胜至金刚挡住了去路；往东，须弥山摩耳崖毗卢沙门大力金刚正等着他呢；往西，又遇着昆仑山金霞岭不坏尊王永住金刚。四面八方都是佛兵天将，真个似罗网高张，不能脱命。最后牛魔王往上跑，托塔李天王并哪吒太子，领鱼肚药叉、巨灵神将，幔住空中。老牛拼命最后一搏，那哪吒一连砍掉牛王十几个头，又被托塔天王用照妖镜照住本象，腾挪不动，无计逃生。最后高喊："莫伤我命，情愿归顺佛家也。"

精彩吗？实在太精彩了！别说打仗，这书读着都酣畅淋漓、大呼过瘾。书袋狼为了行文简洁，只是摘取了原文中的部分小段，原著的描绘更加精彩绝伦、轰轰烈烈。可是读书好比喝酒，原本好酒应该细品，却因为实在太好禁不住端起酒杯一饮而尽。结果，醉了。

慢着慢着，别往沟里跑，这里边有蹊跷，或者说精彩之处并不在于战争场面的描述，土地爷的表现露出了马脚。我们想一下，通篇《西游记》中，土地除了挨打挨骂受窝囊气，最惨的时候居然给妖怪当差之外，什么时候领兵出战过？咋就火焰山的土地另类呢？交战敌方还不是一般的妖怪，而是一代妖王牛魔王。真是蚍蜉撼大树，可笑不自量啊。另一个疑惑之处在于那些佛兵啥时候来的呀？以往取经路上受阻，悟空搞不定都会上天入地去搬兵，可是这回是不请自到，还都从各地赶来的，还来得那么是时候。而且这些佛兵佛将见到牛魔王没一个动手的，只是拦住去路，老牛也不跟他们交手，调头就走；再有不对劲的是，哪吒是悟空的手下败将，而悟空打不过牛魔王，这样推测，哪吒更不是牛魔王的对手。然而这场战役哪吒竟然骑到牛背上又是砍老牛的头又是拿火轮儿烧他。蹊跷吗？太蹊跷了！

我们往回推一下看看为啥打起来的。原因是取经团要过火焰山，想跟牛魔王借芭蕉扇灭掉火焰山的火，而老牛不借，不借的原因是："那泼猴夺我子，欺我妾，骗我妻，番番无道，我恨不得囫囵吞他下肚，化作大便喂狗，怎么肯将宝贝借他！"可事实正是如前文分析，老牛跟红孩儿扯不上半毛钱血缘关系，哪一点会在乎他？恐怕当初如果悟空把红孩儿弄死老牛心里才痛快呢。至于欺负小妾，悟空向老牛做了解释之后，牛王的反应是："既如此说，我看故旧之情，饶你去罢。"听听，一点都没有怪罪的意思。而后悟空就提借扇子的事，不借就不借吧，这时候老牛竟是很无端地恼羞成怒。再看看骗朋友妻这一场，且不论孰是孰非，单看牛魔王对铁扇公主有感情吗？嘿嘿，不给老牛戴绿帽子就谢天谢地了。所以，这三个理由也站不住脚啊。更何况，老牛是真怒吗？摩动洞前他跟悟空斗了百十回合，不分胜负。正在难解难分之际，只听得山峰上有人叫道："牛爷爷，我大王多多拜上，幸赐早临，好安座也。"牛王闻说，使混铁棍支住金箍棒，叫道："猢狲，你且住了，等我去一个朋友家赴会来者!"说完，这老牛撇了悟空，赶酒局去了。

再有一个问题更是蹊跷。借扇子嘛，直接找铁扇公主借不就行了，这铁扇公主武功平平，悟空赢她易如反掌。至于对付芭蕉扇，悟空已经有了定风丹，对芭蕉扇无所畏惧。他第一次拿回来一只假扇子，如果直接翻回去找铁扇公主算账，那把芭蕉扇就太好到手了。可是偏偏有人教唆悟空就找牛魔王。要是火焰山的土地没有引悟空去找牛魔王，牛魔王根本进不了三借芭蕉扇的剧情。土地老儿"项庄舞剑，意在沛公"。

最后一点，众所周知，所有没背景的妖怪都被打死，所有有背景的都被收走。牛魔王是为数极少的没有背景也没有被置于死地的妖怪。那么，没有让他死就是想让他活。所以上述这些都是有意而为，目的只有一个：收降牛魔王。

道教强大，在天庭占据了大部分席位，佛教相对势弱。因此，佛教有着与道教截然不同的政治哲学。道教看不上山神、土地这样的卑微岗位，那佛教全部包揽，这样就可以对每一寸土地了如指掌；道教也不爱干阴森森的地下差事，因此佛教派人打理阴曹地府，众生的生死轮回就可以由佛教操控；包括得不到蟠桃大会入场券的龙族，佛教也与他们多多亲近，因为龙族管理着天下的水，水是生命之源，笼络了龙族就相当于掌控了众生的生命之源；而对于当时臭名昭著的七大圣，佛教同样张开了热情的臂膀。为什么？因为七大圣是妖界最具实力的七个顶尖高手，收编了他们就相当于让整个妖界俯首称臣。

　　当年孙悟空大闹天宫与天兵天将打得不可开交时，六位兄弟无一人出手相助。事实上，自从悟空第一次被请上天的那一刻，七大圣那友谊的小船就已经随时准备翻了。猜忌悟空倒戈，六兄弟之间也相互猜忌，不知道其中还有谁也将要或已经成为别人的鹰犬，这也恰恰中了天庭先分崩离析而后个个击破的计谋。书中只明确交待了大哥牛魔王和小弟孙悟空的结局，一头一尾，这就是文字的艺术，其他那五个还有必要明确交待吗？逃不脱被收编、隐居、继续为妖、处以极刑这几条路。原本无坚不摧的兄弟连瞬间土崩瓦解，天庭消除了这一强大黑势力的威胁。试想如果七大圣同心协力，那就是另一番景象也未可知。

　　继续说牛魔王。"二十一世纪最难得的是什么——人才！"类似这样的道理如来在多少年前就早已参透，他从没放弃过对老牛的笼络。因为老君的一己之私给了佛教可乘之机。内心极为不爽的牛魔王伺机寻找新的东家，佛教此时抛出了橄榄枝，双方一拍即合。但牛魔王不可能抱着扇子直接到佛教投诚，以当时佛教的实力怎么敢接收呢？弄不好老牛自己也会惨遭不测。因此，双方必须演一出大戏。一个要借扇子过火焰山求取真经，一个则表现出誓死捍卫芭蕉扇的赤胆忠心。各路人马预先都埋伏好了，只等一声令下，大戏开演，阵仗必须越大越好。因为只是为了造声势，所以大家只动嘴吆喝并不动手，如来事先早已做了交代："我要活赵云，不要死子龙。倘有一兵一将伤损赵将军之性命！八十三万人马，五十一员战将，与他一人抵命！"到了最后天庭也出兵了，要清楚李天王父子是先见如来后奏闻玉帝的，如何办理当然得到了如来密令，那么多佛教大能无一动手，只有哪吒跳上牛背接连砍掉老牛十几个头。因为李氏父子是代表天庭的，由他们出面制服老牛那老君无话可说。这就是为什么哪吒根本打不过牛魔王而老牛却最终栽在了哪吒手里。为了让戏足够真实，老牛还是牺牲了几个头的。但是不必担心，他有七十二般变化，就有七十二个头。至于那个火焰山的土地，鬼才相信他是太上老君看炉的道人呢。第一，土地、山神的人事任免权掌控在佛教手里，道教不可能随意就能安个人过来。当年如来将悟空压在五行山下，直接就安排了一个土地，和五方揭谛一起监押悟空。观音到了长安城也是住在土地庙而不是土地观。我们也从来没听说过土地神祠是道观的吧。难怪当八戒听说火焰山的土地是个道士时，说道："怪道你这等打扮！原来是道士变的土地！"也就是说，他以前也从没听说过道士当土地的。第二，土地说火焰山是当年孙悟空蹬倒八卦丹炉掉下几块砖而成的，老君怪他失守才把他贬下来当土地的。这显然说不通。一来开炉取丹是老君让干的，炉子倒了也赖不到别人身上，而且当时老君也在场，您都拦不住猴子，更别说那些小厮了。二来老君当年有意放走悟空，怎么可能迁罪别人呢？三来那砖掉下去都成灾了，您不急着救火还派什么土地啊。这也难怪悟空听了火焰山土地的身世后表现得"半信不信"。这土地必定是佛教安排的，引悟空去找牛魔王，人为制造冲突。这也是为什么土地敢领阴兵阻拦牛魔王，而牛魔王也并不与他交手，大家做戏嘛。

牛魔王跳槽了，加入了佛教阵营。擒贼先擒王，佛教收编了牛魔王，将整个妖界纳入麾下，平添了一股不可小觑的势力。而曾经叱咤风云的七大圣最终成了江湖传说，所有的传奇、神秘、英雄盖世抑或是痛快淋漓都在历史的演进中渐渐烟消云散，消失在人们的记忆中。时常被提及并津津乐道的永远是彪炳史册的那几颗星。

最大的黑势力被如来收了，那些自恃武功高强又人单势孤的江湖豪强们当然更不在话下，偷袈裟的熊罴也是一代枭雄，连悟空也奈何不了他，最后窝窝囊囊地给观音看后山；蜘蛛精的师兄百眼魔君，悟空面对他的金光束手无策，只有哭的份儿，后来毗蓝婆菩萨帮助收降，这位颇具道骨仙风的蜈蚣精不得不放下身段为老尼姑看守门户。如来的人事哲学非常务实，不管你是什么道，只要能为我所用就是正道。黑道如此，白道亦然。

金兰之好

取经路上多磨难，真可谓一步一个坎。所到之处，多是狼虫虎豹出没之地，妖魔鬼怪啸聚之所，极少秀美山河。可是有一处，却是风景这边独好。原文赞此处："松坡冷淡，竹径清幽。往来白鹤送浮云，上下猿猴时献果。那门前池宽树影长，石裂苔花破。宫殿森罗紫极高，楼台缥缈丹霞堕。真个是福地灵区，蓬莱云洞。清虚人事少，寂静道心生。青鸟每传王母信，紫鸾常寄老君经。看不尽那巍巍道德之风，果然漠漠神仙之宅。"这一处，就是万寿山五庄观。

五庄观的主人是位老仙长，其辈分之高、法力之强，连观音也要让他三分。老仙长被尊为地仙之祖，天下地仙皆出自他的门下。他神通广大，法力无边，一招袖里乾坤能不费吹灰之力就把人马兵器统统笼入袖中，其手法及厉害程度不亚于道祖的金钢琢和东来佛祖的后天袋。这位老仙长就是镇元大仙。按说镇元大仙应该备受礼遇，但玉帝却很不待见甚至有点提防他，主要原因是这位大仙有点恃才傲物、妄自尊大，他把自己的五庄观称为"长生不老神仙府，与天同寿道人家"。要知道，道祖老君的斗牛宫也不敢挂出这样的对联；五庄观里除了"天地"则一概不拜，全然没把别人放在眼里；而他自己还有一个混名叫"与世同君"，口气实在太大了，这恐怕是玉帝最不爱听的。当年悟空就是打出了"齐天大圣"的旗号才遭到天庭的围剿。自命清高的性格使得镇元子永远学不来如来式的韬光养晦。还有一点让玉帝极不舒服的就是镇元子是唯一可以不受玉帝控制的仙人。其他神仙都要靠蟠桃延寿，唯有这个镇元子，他的镇观之宝人参果有着与蟠桃几乎同样的功效，玉帝并不能通过蟠桃来牵制他。玉帝极为不满，这不仅因为镇元子可以不听话，玉帝更担心的是由于有了人参果镇元子可以崛起成为一股与之抗衡的政治势力。好在人参果树一直没有繁殖，十亩园里一棵草——独苗儿，每一万年只结30只果子，远远达不到号召众仙的数量，玉帝才稍稍松了口气。然而为了防止养虎为患，玉帝还是不招镇元子的门生列入天庭仙班，因此，镇元子门生不计其数，却都是散仙。

学好文武艺，卖与帝王家。玉帝的冷落让大仙内心备感凄凉。称祖的哪一个不是桃李满天下，门生个个声名远扬。只有他空有一身好本领，育人无数却难以让弟子施展才华，自己也得不到真正的认可，只有个地仙之祖的虚名。五庄观门前"池宽树影长，石裂苔花破"。表面看环境清幽，其实难掩大仙门庭冷落的萧条景象。想那道祖的斗牛宫高居三十三天之上，为万仙所景仰；佛祖的雷音宝刹"三千诸佛、五百阿罗、八大金刚、无边菩萨"，也是修行之所却热闹非凡。同样是祖，五庄观就有些相形见绌。从观音帮助医活人参树时就可见一斑，观音净瓶里的甘露化作清泉一汪，因为那水犯五行之器，所以要用玉瓢来舀，镇元子道："贫道荒山，没有玉瓢，只有玉茶盏、玉酒杯，可用得么？"和观音比，五庄观着实太寒酸了。镇元子虽是修行之人却难以摆脱世俗之念。想一下整本《西游记》中哪一个仙人真正做到了清净无为呢？他心有不甘，"青鸟每传王母信，紫鸾常寄老君经"。这句似乎有点"谈笑有鸿儒，往来无白丁"的意思，而其重点说的却是镇元子根本没有潜心修行，一直与外界有着千丝万缕的联系。

唐僧取经路过五庄观，镇元大仙要请他吃人参果，清风、明月二仙童一语道破天机："道不同，不相为谋。我等是太乙玄门，怎么与那和尚做甚相识！"仙童说的是，佛道两家明争暗斗，水火不相容，大仙怎么会认识这样一位做和尚的故人呢？原来镇元子一直在寻找自己的出路，看看哪一方对他更有利。他一会儿去参加道教元始天尊的讲经课，一会儿又出席佛教如来的盂兰盆会。而佛祖如来，这个攻心的高手，洞彻周天，对于镇元子的情况了如指掌，包括他的人参果树（因为土地阴兵都是佛派的人）。如来知道镇元子想要什么，他也正需要利用镇元子这样的人物来扩充自己的实力，因此如来早早就盯上了镇元子。但是他不能像收编八戒那样最后能给个安身立命的地方就可以草草了事，人家大仙根本不需要；他也不能像收悟空似的设圈套让他往里钻，大仙是何等的聪明，又是自成体系，怎么可能轻易被别人的圈子套住；他更不能像收牛魔王那般武力征服，大仙又是何等的高手，岂是那种蛮力加小伎俩可以搞定的。更何况武力的方法不仅难有胜算，还会惊动天庭和道教。而大仙又是一个心高气傲的人，决不肯轻易低头失了面子。不如大智若愚，大巧若拙，在大仙面前就不要耍什么心眼儿了，以礼相待，这些都是仙人中的人精，你一句不提他也知道你要干什么。于是如来采取的策略是结盟而不是收编，对镇元子给予极高的礼遇，早在五百年前就主动伸出橄榄枝，邀请他出席灵山的盂兰盆会。道不同不相为谋，镇元子却出席了那次盂兰盆会，那就说明他们之间是有要相谋的内容。要知道如来的盂兰盆会并不是简单的聚会，最近的一次就是取经项目正式公开启动，如来在会上派观音到东土寻找取经人；再有一次是三百年前，毗蓝婆参加完盂兰盆会就立刻隐居不出了，而三百年后正是红孩儿作乱、佛教收降牛魔王一家的时候，而这牛魔王一家老小分明牵扯着太上老君；再就是邀请镇元子的这一次，距离唐僧师徒到达五庄观大概五百年，也就是如来刚刚降伏齐天大圣，将其压在五行山，天庭设安天大会答谢如来之后。如来在那个时候举办了一次盂兰盆会，不啻于趁着安天大会如来名扬天下的大好时机再次巩固一下自己的地位，同时让当时一些立场尚不明确的骑墙派表明态度。会上很可能没有直截了当地去谈这个话题，但大仙们都心知肚明。就是在那次会上，镇元子结识了金蝉子，而后来唐僧师徒到五庄观后发生的一系列事情充分说明，那次的盂兰盆会发挥了作用。

我们无法考证万寿山五庄观是否是西天取经的必经之路，但确凿无疑的是这个路线是观音提前安排的。镇元子终于对如来的示好有所回应了，他让清风、明月请唐僧吃人参果。这人参果"三千年一开花，三千年一结果，再三千年方得成熟。短头一万年，只结得三十个。有缘的，闻一闻，就活三百六十岁；吃一个，就活四万七千年"。足见其珍贵。而在果子成熟时，全观四十八人才分食了两个，也看得出镇元子对人参果的珍惜，宁可顶着徒弟们埋怨自己抠门儿的压力。等唐僧到了，却分外慷慨，一下就给了两个。

可是这个故事是有蹊跷的。

第一，镇元子身为地仙之祖却不知道如何医活人参果树，反而观音有十足的把握。第二，镇元子怎么知道唐僧要来？第三，彼时的唐僧是金蝉子转世，根本不知道自己的前世，识不得镇元大仙，大仙何必如此盛情？第四，唐僧来的时候镇元子刚好走，而唐僧走的时候镇元子刚好回来。何以如此巧合？第五，推倒了人参果树，镇元子只需要求医活人参果树就可以放唐僧师徒西行，但大仙却说医活了人参果树就与悟空八拜为交。为何要多此一举？

书袋狼需要把这几件事一一解释清楚。前面已经说过，神仙也没有未卜先知的能力，如果想知道将要发生的事情，一定是有人送过信的。五庄观之前是个荒郊野岭，观音等四人曾在那里"四圣试禅心"，那地方离五庄观不远，这个信想必是观音送的，毕竟取经路线是她安排的。只不过镇元子身份特殊，自命清高又死要面子，不可能听取别人主动送来的消息而后安排谦恭地接待。他给唐僧人参果吃，自己也要找一个当年"佛子敬我"的理由的，而不是公开表明向佛教示好。但是明眼人都看得出来，此时的唐僧认不得镇元子，给唐僧果子吃就是做给如来看的。在唐僧来的时候镇元子刚好走，原因是元始天尊降简请到上清天弥罗宫听讲混元道果去了。这个理由悟空根本不信，且不说到弥罗宫听讲是真是假，单看时间这么巧合，人家刚来你就走，人家刚走你又回来了。还担心唐僧手下人啰唣，那完全可以多留唐僧小住两天，先不提人参果的事，等赴会回来再当面请他吃人参果好

了，这岂不是为避免悟空闹事多一分保障吗？现在人去观空宝贝
在，很显然这就是给悟空闹事创造条件。结果，悟空如镇元子所
愿，把事闹大了，悟空左右逃不脱大仙之手，大仙左右也奈何不
了悟空，制造了一个冲突的僵局，使得大仙顺理成章地提出：你
若有医树的神通，我便与你八拜为交。这一方法非常符合镇元子
的性格和身份，他不肯直接与唐僧见面，他认为辈分不对；他更
不愿意对唐僧百般殷勤，然后请唐僧给如来带个话儿，说我镇元
子愿与佛教精诚合作，这太没面子了。大仙失了镇观之宝明明可
以直接找如来索赔，可他偏是揪着悟空不放。人参果树倒了，大
仙似乎并不是特别着急，不仅与唐僧师徒周旋还要与悟空结拜。
分明是对人参果树的生死心里有数。观音如果以前没有接触过
镇元大仙，她怎么可能就笃信自己能救活人参果树？事实上所有
这些都是观音帮着镇元大仙设的局。这样既能让大仙向如来表露
心迹，又不失大仙的面子。大仙做的所有的事都是打暗语，他给
唐僧两个果子，可是自己人一共才分食两个果子，暗示地仙一派
家藏的一半分给了佛家；虽然后来唐僧没有吃，可是冲突却成功
引起了，悟空推倒了人参果树，大闹五庄观，最后观音赶来帮助
医活了果树，皆大欢喜。镇元大仙一气儿敲下十个人参果，做了
个人参果会。这十个人参果，加上悟空偷的三个，还有之前唐僧
没吃被清风、明月分食的，一共十五个。而十五恰恰又是人参果
树每一万年一次产量的一半。镇元子再次强调了自己的诚意。但
是这些大佬们绝不仅仅只是表达分一半给你这样简单的信息，个
中必有更深层次的含义。书袋狼大胆猜测，以镇元子的身份和实
力，他很可能是在暗示如来，自己以仙家至宝"一半"的付出诚

意结盟，等到将来大功告成，自己也能执掌半壁江山。如果您不相信数字上的讲究，马上为您介绍的兕大王里有更为精妙的数字艺术，不由得您不信吴老爷子在数字的运用上并不亚于其在文字上的推敲。

人参果会之后，镇元子重新安排蔬酒，与悟空结为兄弟。这当然也是暗语，明着是与悟空八拜为交，暗语则是与佛派结为金兰之好，地仙一派的镇元子给佛教一派的如来递出了同盟之约。这一段原文也写得明白："这才是不打不成相识，两家合了一家。"

仙为五类，乃天地神人鬼。镇元大仙是地仙之祖，尽占其中一类，门下散仙不计其数，又是一股不可小觑的力量，加之五庄观的镇观之宝人参果树，如来自然是对地仙一派睥睨已久。利用取经项目，地仙一派也站到了佛教一边，佛教的羽翼愈加丰满。

镇元大仙有意利用悟空制造冲突，从而不失颜面地向如来递交了同盟之约。而就在如来左手将镇元大仙揽入怀中的同时，他的右手已经伸向了另一位主动投怀送抱的老神仙。就在镇元大仙的五庄观，一桩更加绝密的交易正在悄无声息地进行着。

长生之术

　　《西游记》一书里，有一位大仙很有意思，那就是南极老寿星。寿星没什么让人敬畏的法宝，甚至没什么法术和武艺，更没有什么势力，最大的特点就是长寿，最大的本事当然就是延长寿命，他一定有不为人知的长寿秘方！所以，蟠桃对于他来说，可有可无，如果还要靠吃蟠桃来延长寿命的话，那他和别的神仙还有什么区别，就没必要叫"寿星"了。但是，为了避开玉帝的注意，寿星对此一直讳莫如深。家家有本难念的经，老寿星也不例外，他在仙界辈分不低，如果按照《封神演义》的描述，这个南极老寿星是元始天尊座下十二大弟子之一，论起来是道祖太上老君的师侄，本该位高权重才是。即便是在《西游记》中，玉帝也还是给了寿星较高的礼遇，蟠桃会的请柬也会发一份给老寿星，至少是一种礼节上的尊重。但他好像也没什么正经差事，地位显得很惨淡，像他这个辈分要么住在天上，要么在地上有不小的一块地盘。想想看，连个兴风作浪的妖怪都动辄霸占方圆几百里的山场。可福、禄、寿老哥仨孤苦伶仃住在海上的一座孤岛上，就像住在敬老院。在论资排辈的等级社会，这显得有些有失公允，老寿星自然是不爽，最重要的是没有安全感。我们再看五庄观一节，三星前来为悟空求情，那仙童看见，急忙报道：

"师父，海上三星来了。"镇元子正与唐僧师弟闲叙，闻报即降阶奉迎。那八戒见了寿星，近前扯住，笑道："你这肉头老儿，许久不见，还是这般脱洒，帽儿也不带个来。"遂把自家一个僧帽，扑的套在他头上，扑着手呵呵大笑道："好，好，好！真是加冠进禄也！"那寿星将帽子掼了骂道："你这个夯货，老大不知高低！"八戒道："我不是夯货，你等真是奴才！"福星道："你倒是个夯货，反敢骂人是奴才！"八戒又笑道："既不是人家奴才，好道叫做添寿、添福、添禄？"那三藏喝退了八戒，急整衣拜了三星。那三星以晚辈之礼见了大仙，方才叙坐。……正说处，八戒又跑进来，扯住福星，要讨果子吃。他去袖里乱摸，腰里乱吞，不住的揭他衣服搜检。三藏笑道："那八戒是甚么规矩！"八戒道："不是没规矩，此叫做番番是福。"三藏又叱令出去。那呆子踭出门，瞅着福星，眼不转睛的发狠，福星道："夯货！我那里恼了你来，你这等恨我？"八戒道："不是恨你，这叫回头望福。"那呆子出得门来，只见一个小童，拿了四把茶匙，方去寻锺取果看茶，被他一把夺过，跑上殿，拿着小磬儿，用手乱敲乱打，两头玩耍。大仙道："这个和尚，越发不尊重了！"八戒笑道："不是不尊重，这叫做四时吉庆。"

吴老爷子用这么一大段说的都是猪八戒没大没小，而三星做的最多也不过是回骂呆子两句"夯货"，而后就再无他法。老猪可是他们的同门晚辈啊，可见三星如果遭遇点不敬甚至以大欺小、以强凌弱的事，老哥仁没有靠山，只能望洋兴叹了。这么活着实在太没有安全感了。

此时的老寿星急需一把保护伞。这一把年纪了，一没武艺二没法力三没智慧，仕途上飞黄腾达是不可能了，只求让自己别提心吊胆的活着、不受人欺辱也是情理之中。于是，他开始寻觅心目中的政治依靠。

孙悟空大闹天宫，如来佛祖无上法力收服妖猴，玉帝办安天大会庆功，老寿星看到后被彻底震惊了，他认定如来就是他要找的依靠。于是，安天大会上，老寿星不请自来（办安天大会时，玉帝传旨，即着雷部众神，分头请三清、四御、五老、六司、七元、八极、九曜、十都，千真万圣，来此赴会，同谢佛恩。老寿星不在受邀之列，连他自己也亲口说是"闻风而来"），特地献上紫芝瑶草、碧藕金丹。因为他认为这是站队伍表决心的最佳时机。并用诗表情达意："无相门中真法主，色空天上是仙家。乾坤大地皆称祖，丈六金身福寿赊。"一句"乾坤大地皆称祖"简直就是公然造了天庭的反。最后一句更值得玩味，丈六金身指如来，福寿指寿命，赊有借的意思。后几句隐含的意思就是如来你虽已是法主称祖的人物了，但寿命还要靠"借"。所谓"借"其实就是也要依赖蟠桃延寿。这话要是别人说的，似有讽刺之意。可这是从寿星嘴里说的就有深意了，如来何等聪明：这是老寿星递出了橄榄枝。

后来在万寿山五庄观，就出现了奇怪的一幕：作为道教的三星为孙悟空说情，为他寻找医树的方子讨个宽限。然后也不走，一直等到孙悟空把观音菩萨请来，医活人参果树，镇元子、三星、观音及唐僧师徒三方还开了个人参果会。按说三星求完情，没必要赖在那不走，瞎耽误工夫。难道是贪图长寿的人参果吗？笑话，三星，尤其是老寿星，人家是长寿的行家，会在乎这破果子？更奇怪的是，佛道两家从来都是水火不容的，很难一起共事。您看在孙悟空大闹天宫时，佛道两家各怀心思。在西天取经的路上，道教从来没有真心帮助过取经团，倒是真心想把猴子弄死、把取经项目搅黄。只有这个三星，实打实帮悟空办了件事，虽然也没花什么力气，但态度是很重要的。为什么帮助取经团呢？因为安天大会上老寿星已经决心站到如来的队伍了。为什么不走？因为要等着见观音。见观音干吗？给佛教献宝！《水浒传》中林冲被逼上梁山，王伦要求他杀个人当作投名状。《智取威虎山》里杨子荣假扮的胡彪上山入伙，要献上联络图作为见面礼。老寿星要想亲近佛教，不能光停在表面，得有点实际行动啊。有人又要问了吧：老寿星直接去南海普陀山找观音不就得了，干吗非要找个第三方的地点。呵呵，要知道大佬们都是有自己眼线的，老寿星要是这么明目张胆地和观音联络，恐怕早就东窗事发了，必须找个隐蔽的地方。再者，上赶着不是买卖，要是过于主动殷勤，就是被接纳了，也不一定有太高的礼遇。那位镇元大仙与如来结盟更是端足了架子。于是，他借机给取经团帮忙，选择在五庄观与观音会面，达成了一桩秘密的交易，寿星向佛教寻求保护伞，作为交易，他献出了佛教梦寐以求的长寿秘方。

寿星的长寿秘方是什么呢？吃小孩！或者长寿秘方的主要配置成分就有小孩。《西游记》中只有两处讲吃小孩的故事，一个是观音莲花池里的金鱼精，一个就是老寿星的坐骑白鹿精。先看观音的金鱼精，这家伙自称灵感大王，霸占了老鼋的通天河，但并不为害一方，他只要求陈家庄的村民每年进贡一对童男童女和猪羊牲醴，他便保当地风调雨顺，若不祭赛，就来降祸生灾。而这个"灵感"，分明就是观音的简称，观音的全称是：大慈大悲救苦救难灵感观世音菩萨。其实这个名字就是暗示金鱼精是在替观音办事。而且他每次来时都是一阵"香风",可不是普通妖怪的"腥风"。之后,孙悟空去找观音菩萨查这个妖精的来历,你看菩萨是什么表现:她首先安排手下拖住悟空,不让悟空进竹林。后来悟空实在等不及了,自己跑进去,结果看到了一个没梳妆的菩萨"懒散未梳妆,容颜多绰约,散挽一窝丝,贴身小袄缚,赤了一双脚,精光两臂膊"。菩萨把竹篮做好后,就要去救唐僧,行者慌忙跪下道:"弟子不敢催促,且请菩萨着衣登座。"菩萨道:"不消着衣,就此去也。" 要知道,当时的通天河可是地冻天寒,冰厚三尺啊!菩萨连衣服都顾不上穿了,那得多冷。而且谁见过衣冠不整的菩萨,太失体统了啊。她干吗这么着急呢?到了通天河,菩萨即解下一根束袄的丝绦,将篮儿拴定,提着丝绦,半踏云彩,抛在河中,往上溜头扯着,开始收金鱼精。观音姐姐,您本来就没穿啥,就一贴身的小袄,现在又把束袄的丝绦解了……我什么都没看见、没看见。哎,收一个金鱼精,观音咋急成这样呢?之后,菩萨把金鱼精捞了就走了,却只字未提吃小孩的事,就跟没这回事一样,不了了之。这没法不让人怀疑。菩萨一走,八戒与沙僧,分开水道,径往那水鼋之地找寻师父。结果发现"那里边水怪鱼精,尽皆死烂"。以往都是降服妖怪后,这哥仨会把小妖赶尽杀绝,可是这回,哥仨还没动手呢!谁干的?不是观音还有谁!这更让人觉得疑点重重。为什么要小孩,而每年只要一对?为什么金鱼精有危险了菩萨那么着急?按理说杀死小妖的事根本就不是菩萨这个级别该干的,她为什么亲手把那些水怪鱼精也尽皆杀掉呢?

我们再来看看比丘国寿星的白鹿精,和金鱼精不同的是,人家一张口，就要一千一百一十一个小男孩，这些小孩干吗用？用小孩的心肝给国王做药引子延年益寿。一只鹿哪来的延年益寿的药方？国王的病又是怎么得的？是白鹿精进献的狐狸精和国王昼夜贪欢把国王的身体搞垮的。给一个人治病需要那么多小孩心肝做药引子吗？光吃肝就得撑死国王。其实问题比较清楚了：小孩可以用来延年益寿。于是白鹿精故意设计搞垮国王身体，制造了一个抓小孩的理由。如果说不需要那么多小孩心肝给国王做药引子，那么小孩分明就是要被拿走用于延年益寿。谁会把小孩拿走？白鹿的主人——南极老寿星！

金鱼精每年从陈家庄预定一对童男童女其实是和长寿秘方有关。它有了危险观音着急去救，是怕她的鱼儿不小心说出小孩的真相，那可麻烦大了；之所以救走了金鱼还要将小妖赶尽杀绝，那当然就是杀人（妖）灭口以绝后患。老寿星在《西游记》中只出现过三次，第一次安天大会，向佛派表明立场；第二次是在五庄观，向佛派奉上投名状；第三次比丘国，用来阐示老寿星献给佛派的投名状是什么。

> 凡事总须研究，才会明白。古来时常吃人，我也还记得，可是不甚清楚。我翻开历史一查，这历史没有年代，歪歪斜斜的每叶上都写着"仁义道德"几个字。我横竖睡不着，仔细看了半夜，才从字缝里看出字来，满本都写着两个字是"吃人"！

——鲁迅《狂人日记》

　　和白鹿精要一千一百一十一个小男孩不同，灵感大王每年只要一对童男童女。这一对童男童女，在如来的整体规划中具有极高的战略意义，它和如来的另一个战略思想直接相关——收地。而且，利用每年收一对童男童女，如来窥探出了一个惊天的秘密。

罪恶之国

女儿国是个神奇的国度。举国上下没有一个男子，上到当朝天子下到士农工商，完完全全是一个女人的世界。这并不符合人类发展规律。人类历史上出现过类似女儿国这样以女为尊的国家或民族，比如公元六七世纪出现的部落群体及地方政权东女国和至今还盛行走婚的摩梭人，这些都是母系氏族的余辉眷顾。母系氏族并不是没有男子，男人在这种氏族社会依然扮演着重要的角色，没有男人，繁衍同样是问题。女儿国却是阴阳失衡，确切地说只有阴没有阳。那么，如果不符合规律就是有人做了手脚。是的，一定是有人做了手脚，因为她们的繁衍不是通过男女交合，而是被授予了另一套解决办法。国内有一条子母河，这河水比男性精子还有奇效，常人喝下水后，便觉腹痛有胎，三天之后去照胎泉体检，只要照出双影就是身怀有孕，马上生产，女儿国就是靠着子母河的水代代相传、生生不息。但这是有悖人性的，如果不是，这些女子情窦初开时必定会对男子产生兴趣。"十里平湖霜满天，寸寸情丝愁华年。对月形单望相护，只羡鸳鸯不羡仙。"本国没有男子，并不意味着外国没有。跨过通天河就是车迟国，月陀国、高昌国、本钵国、祭赛国也都不是远不可及的地方，为什么没有男女婚嫁？难道是因为女儿国没有男人所以她们根本不懂男女之事？不对！唐僧师徒刚到女儿国边境时，就有老婆子告诉他们，年轻女子看到男子就要交合。假如不从，就要害性命，割了身上的肉去做香袋儿。当师徒进了城，满城女子鼓掌高喊：人种来了，人种来了。这说明女儿国的人不仅懂得性爱，更是对它有一种渴望。换句话说，不通过男女交合繁衍，她们却都偷过腥。如果她们对男欢女爱充满渴望而又只能用河水繁衍，这不是有悖人性又是什么呢？女儿国符咒上身！

这是一个世世代代困扰着女儿国的问题，直到一代明主的出现，她就是人们熟知的总是轻唤唐僧为"御弟哥哥"的女儿国王。女王生于斯长于斯，一定听母皇讲述过自己国家的故事，代代先皇中肯定不乏励精图治的有为皇帝，但始终没能改变臣民包括自己作为人的正常的生活状态。看着这个充满阴气近乎病态的国家，女王心如刀绞，她想解开符咒，改变这一切，还原她和她的臣民作为人的本来生活。可是叫天天不应，叫地地不灵。正当她绞尽脑汁无计可施之时，祭赛国金光寺内的五色玲珑塔上光芒四射，"祥云笼罩，瑞霭高升，昼喷彩气，夜放霞光"，点燃了女王陛下心中的希望之火。于是她点齐队伍，带好礼物，一路向西，朝着光芒万丈的祭赛国进发了。她不知道结果是什么，但这恐怕是她最后的一点希望，因此她不遗余力。奔赴祭赛国道路坎坷，中间还隔着一座八百里火焰山，国王咬牙坚持着。有时候王者和平民没有什么区别，在遇到难处时往往都会乞求神灵的护佑。

奇迹发生了！

西梁女国对佛的虔诚最终让举国上下收获了她们朝思暮想的

福音。车迟国陈家庄的精壮汉子开始成群结队地来到女儿国，闯进了这群女人们的生活。这个国家自开国以来从未来过这么多的男人，她们如狼似虎地体验着性爱之美，彻底唤醒了人们的动物本能。然而一个村子的男人怎么够一国的女人分呢？这才有了后来唐僧师徒到了女儿国城外，女人们显得风清云淡，而刚进城内，城内的女人便满城鼓掌欢呼"人种来了"的鲜明对比，显然是还等不到男人们进到城里，城外的女人几乎就把所有的男人留下销魂了。佛祖似乎真的显灵了，女儿国王看到了希望，特别是当唐僧来到女儿国时，女王竟然还做了个梦，梦见"金屏生彩艳，玉镜展光明"。她断定这是喜兆。于是还没有见到唐僧的面，她就主动投怀送抱、以身相许。可是这也不合常理，难不成这时候的女王和村妇别无二致？非也非也。那女王当真是一代明君，力图改变国家窘境，不能让一个国家继续过着这种非人的日子了。发生的一系列事情让她笃信唐僧就是佛祖给她派来的天使。她一定要抓住唐僧这根救命稻草，抓住了他就等于亲近了佛祖，国家就有望在她手中恢复正常。不仅如此，在冷兵器时代一个全部都是女性的国家不可能强大，为了生存她们往往会忍辱负重，委曲求全，历史上真实存在的东女国就有这样的生存轨迹。而唐僧是堂堂的唐王御弟，那大唐朝当时可是举世闻名的天朝上国，连灵山不远处的金平府人士都向往到中华之地托生。在女王的盘算中，如果她能与御弟哥哥成亲，这就等于女儿国与大唐王朝喜结连理，有了这样一个强大的靠山，谁还敢欺负女儿国？正因为如此，尊敬的女王陛下与唐僧未曾谋面便提婚事，后来更是提出以一国之富招唐僧为王，自己为后，与他阴阳配合，生子生孙，永传帝业。她不仅是托付终生，更是为了江山社稷，根本无关荒淫好色。

　　在女王看来的佛祖显灵，恰恰正是佛祖的精心安排。五色玲珑塔上祥云瑞霭是怎么来的呢？女儿国不知道，连祭赛国自己都不知道。事实上塔上发光的是舍利子佛宝，佛家的宝物自然是佛家放置的。而陈家庄的男人之所以能够来到女儿国，则是前文我们提到的那位灵感大王的功劳。当年他施法把通天河冻住后，马上就有人在冰面行走过河，陈家庄的陈老汉向唐僧解释道："河那边乃西梁女国，这起人都是做买卖的。我这边百钱之物，到那边可值万钱；那边百钱之物，到这边亦可值万钱。利重本轻，所以人不顾生死而去。常年家有五七人一船，或十数人一船，飘洋而过。见如今河道冻住，故舍命而步行也。"可是他没有提这些人是去做什么买卖，什么东西在陈家庄不值钱，到了西梁女国就值钱了；西梁女国又有什么不值钱的东西拿到陈家庄就价值翻倍？对，是人种。观音的灵感大王每年要求陈家庄进献一对童男童女，但不是随便要的，要求很苛刻，那就是童男童女不可以买，不可以从别处找，必须是自家生养的孩子，否则就拒收，拒收的结果当然是风不调雨不顺。可是谁又愿意把自己的亲生骨肉抬去送死呢？陈家庄也会因此受到毁灭性的打击。陈澄、陈清老哥儿俩老来得子，空有万贯家财却无法拯救自己的孩子，怎能不肝肠寸断。因为他们也老了，没有了做买卖的本钱，只能眼泪汪汪地给儿女念预修亡斋。而庄里的年轻人可有的是本钱，他们可以做一桩买卖，既不得罪灵感大王，按时、按量、按照自家生养的要求进献童男童女，让陈家庄风调雨顺，还能挽救自己的亲生骨肉，让陈家庄生生不息。什么买卖？通天河对岸的女儿国有一种资源——子母河水，这个水的特点就是效率奇高，喝水三天就产子。把子母河的水取来让陈家庄的女人们喝就可以快速生娃以备用向灵感大王的祭祀。而女儿国稀缺的资源是男人，只要男人去了就成了她们的人种。陈家庄的男人当然有这个本钱，与其说铤而走险，倒不如说何乐而不为。女儿国的女人们呢，满足了性欲，送点不值钱的河水又算得了什么。生意成交！佛教一边在祭赛国安放舍利子，让各国朝拜，另一边则安排灵感大王设计将陈家庄的男人送入女儿国，这是一套组合拳。

在佛祖面前，女王的种种作为都是在佛教操纵下的一种被动。佛祖打出这套组合拳根本不打算去充当女儿国的救世主，而是另有所图。在他的辖区之内怎么能允许不尊佛教的国度一直存在呢？他要祭赛国及周边相临国家包括女儿国在内，都要潜心向佛。然而万事都是有渊源的，图谋打破既定的规则注定不会一帆风顺。正当系列举措实施之后，现实的结果渐渐接近佛祖目标之时，突然间掀起了一场腥风血雨，阻挠了佛教行动的进程。

就在唐僧师徒来到祭赛国的三年前，金光寺突然下了一场血雨，污了宝塔，塔中的舍利子佛宝不翼而飞。金光寺的和尚因此受到牵连，并被拿去"千般拷打，万样追求"，从此生活窘迫、无人敬仰。后来当然我们知道，偷宝贝的不是和尚，乱石山碧波潭万圣老龙王和他的女婿九头虫才是真正的行窃者。这佛宝光芒万丈，让龙宫夜如白昼，但似乎不能长存于水中。于是龙王的女儿万圣公主又到大罗天上灵霄殿前，偷了王母娘娘的九叶灵芝草，养在那潭底下，"金光霞彩，昼夜光明"。从此各国不再朝拜，生活开始朝着原来的轨迹回归。

但这一起偷盗事件看上去却疑点重重。

第一，万圣老龙久居于乱石山，与祭赛国是近临，比女儿国还要近沐佛光，却从没有见他对佛宝采取任何举动，连二郎神听说万圣老龙王偷了佛宝都惊讶不已："万圣老龙却不生事，怎么敢偷塔宝？"

第二，龙族与佛教一向交好，随时帮佛教出力，即便之前有个鼍龙不守龙道还让他舅舅西海龙王派太子拿下了。万圣老龙是龙族中的长者，又是个老江湖，不论从家族背景还是从江湖经验，他都不应该会去得罪佛教。可是他怎么就去偷金光寺的佛舍利呢？

第三，万圣龙王怎么知道舍利子需要王母娘娘的九叶灵芝草温养的？

第四，龙族的本领实力基本上都是相当的，没有表现特别出色。万圣老龙如此，万圣公主也不例外，她的结局是连过招都没有就被八戒一钯筑倒，这样的水平她能到大罗天灵霄殿前偷到王母娘娘的九叶灵芝草？别说是他，以偷著称的孙悟空到灵霄殿也得先入南天门，没见哪次悟空能绕过门卫天将偷偷钻进去的。

因此，我们可以断定，万圣老龙王偷舍利子必定有人指使，那是谁呢？第六十回，悟空与牛魔王大战百十回合，正打得难解难分之际，忽然万圣老龙王派人来请牛魔王吃酒，牛魔王竟然直接罢战，转而赴宴去了。万圣老龙王何德何能有这么大面子，让牛魔王放弃了他口中的"欺妻、赶妾、夺子"之恨，毫无悬念地去喝酒？他们之间必定有更重要的事要谈。而在第六十二回，悟空听了黑鱼精交待了偷舍利子的经历之后，嘻嘻冷笑道："那孽畜这等无礼，怪道前日请牛魔王在那里赴会！原来他结交这伙泼魔，专干不良之事！"这样就已经告诉我们，万圣老龙王偷佛宝舍利，是牛魔王指使干的，而牛魔王的背后就是太上老君，牛魔王是在执行老君的任务。在《西游记》中，能与佛教对抗且一直与佛教明争暗斗的就是道教。万圣老龙王贪财，吴老爷子用了相当一段笔墨描述他的龙宫，从龙宫的建筑、装潢、排场就可见一斑。一个小小的潭主如此奢华，就是四海龙王也没见如此。但他并非老朽昏庸，正当面对牛魔王的威逼利诱老龙一筹莫展时，九头虫适时地出现了。于是，老龙和这个能力远超龙族的女婿九头虫一道，展开了偷盗行动。九头虫的到来，绝不是一种巧合。当猪八戒这个曾经的天蓬元帅看到九头虫的模样时惊呼："哥啊！我自为人，也不曾见这等个恶物！是甚血气生此禽兽也？"这是在暗示九头虫并非来自天庭。佛教当然也不会安排这等恶物打乱自己的普佛计划。那么九头虫的来路只有两条，要么纯粹是个野路子，要么来自道教。而悟空听了八戒的惊呼之后则说："真个罕有，真个罕有！"看官仔细，他只是说罕有，却没有说他也没见过。由此我们可以大略地猜测悟空很有可能认识九头虫。而当九头虫负伤逃命时，八戒准备追杀，向来以打死妖怪而积累功果的悟空却拦住八戒止住了刀兵，这也是悟空唯一的一次主动不杀妖怪。这一反常举动使我们不得不进一步猜测悟空与九头虫的关系。九头虫根本不惧悟空，那万圣老龙王听说孙悟空来了，吓得"魂不附体，魄散九霄"，而九头虫却自信满满："太岳放心，愚婿自幼学了些武艺，四海之内，也曾会过几个豪杰，怕他做甚！

等我出去与他交战三合，管取那厮缩首归降，不敢仰视。"他是不是了解悟空的实力？事实上九头虫的功力也确实在悟空之上，在悟空和八戒合力的情况下九头虫还是硬生生叼走了八戒。九头虫说曾会过几个豪杰，而当年叱咤风云的江湖顶尖高手中，为悟空所熟悉的就是七大圣。这样想来，九头虫极可能是七大圣中的一员。由于天庭的阴谋，这个组织最后分崩离析，大哥投靠了道教，小弟悟空在为佛教卖命，另外几个也要找到自己的饭碗。牛魔王协助老君安排抢地盘的事，为了能让事情顺利进行并且消除万圣老龙王的顾虑，九头虫的入赘也许就是牛魔王的牵线拉媒。试想一下，以九头虫的实力独霸一方简直易如反掌，而龙族在整部《西游记》里都是地位不太高的小角色。九头虫一不缺钱二不缺江湖地位，为什么要入赘到碧波潭？他如果真的喜欢万圣公主明明可以娶走而不是入赘，"入赘"是一件多么让英雄抬不起头的事啊。肯定是牛魔王利用了兄弟感情和道教诱惑的承诺让九头虫成了他的棋子、充当了道教的打手。入赘的好处在于，偷舍利子的事万一东窗事发，佛教会去碧波潭寻万圣老龙王的不是，而不是找九头虫。悟空与九头虫的决斗恐怕就是当年一头磕在地上的兄弟现在各为其主的狭路相逢，因此他们见了面却互不相认。悟空放过九头虫一马也并非念及旧日情义。在火焰山，他曾幻想着牛魔王能够念及手足之情慷慨地借他芭蕉扇一用，最后碰了一鼻子灰。现在的悟空成熟了，他深知当一个人身份变了、地位变了、追求变了、志向变了的时候，感情又能值几个钱？不再追杀九头虫是因为悟空了解九头虫的实力，真的逼急了穷寇，孰胜孰负也未可知。而且，悟空对七大圣其他成员的去向并不清楚，他更担心因为穷逼九头虫可能招致更大的麻烦。

　　重要的事说三遍，这是吴老爷子发明的。关于偷佛宝及九叶灵芝草的事情，黑鱼精在琉璃塔上向悟空陈述过一次。第二次是在见了祭赛国王之后，两个小妖又向国王招供了一次。第三次则是龙婆被抓时，龙婆再次重复佛宝及灵芝草是如何偷盗的。吴老爷子并不是爬格子赚稿费，多写一串字就可以多几天口粮的小书虫，反复强调的事情如果我们再不去关注就太对不起他老人家了。万圣老龙王一家凭空没有信息来源知道舍利子如何温养；万圣公主又根本不具备潜入大罗天灵霄殿前偷取九叶灵芝草的实力。既然这件事是牛魔王安排的，舍利子的温养之法就应该是牛魔王透露的，而牛魔王又是太上老君的爪牙，那么温养之法则是从太上老君那儿得知的。只有太上老君最为谙熟物物相生相克的自然之道；如果万圣公主不具备实力偷盗灵芝草可她偏偏又得手了，我们只能猜测，天庭有内应。这极有可能涉及高层更为复杂的关系。所以，后来二郎神的出现也绝不是巧合，他到来的结果只有一个：让万圣老龙王一家断子绝孙。这是一次最为严正的敲山震虎，二郎神在秘密执行着玉帝的任务。此前，玉帝对太上老君阻挠取经项目的做法表示过不满，曾经有过两次暗示：一次是在奎木狼上天复命一节，玉帝罚他到斗牛宫给太上老君烧火，因为玉帝察觉到斗牛宫烧火的位子缺人，看炉的小童子金角、银角被老君偷偷放到下界破坏取经项目去了；第二次是在金峣山，悟空上天搬救兵，以往都是玉帝不降旨诸神不敢擅离，可那次火德星君、水德星君根本没有回禀玉帝，直接就派人马跟悟空去金峣山了。因为这次对付的是老君偷偷放下界的青牛，天将得了玉帝的旨意：让孙悟空随便挑；乱石山碧波潭则是第三次暗示了。因为龙婆的守口如瓶最终换回了自己的残生。

祭赛国是西邦大去处，加之包括女儿国在内的周边国家一起，是一块不小的地盘。如果都改信了佛教，那太上老君当然不甘心，所以他寸土必争。而这只是老君安排盗宝的一部分原因，还有一个更大的原因让老君无法舍弃他苦心经营的地盘，那就是女儿国隐藏着一个惊天的秘密。

女儿国是个神奇的国度。这个国家没有男人，这不禁让人产生无限遐思。其实我们的问题在于：这个国家的男人呢？我们猜测几种可能性：第一种，这个国家根本不能生男娃。女儿国的繁衍并不是通过男女交合，而是通过子母河的水让女人受孕，如果子母河的水只能怀女胎，那么女儿国不生男娃就很正常。但事实并非如此，陈家庄事件给我们提供了有力的证据。灵感大王每年要一对童男童女，陈家庄的男人为了解决缺货问题就跑到女儿国以自己的肉体来换取子母河水，回来后让自己的女人快速生产童男童女以满足灵感大王的要求，从而也保全了自己的亲生骨肉。如果子母河的水只能怀女胎，那就等于并没有真正解决陈家庄的问题，陈家庄的男人也就不会"不顾生死"往女儿国跑了。通过这个证据可以断定，子母河的水只是可以让女人怀孕，并不负责男胎还是女胎。如果男娃也能怀上，那我们就进入往下的猜测。第二种，男胎被打掉了。女儿国有一个落胎泉，只要是男胎就可以喝落胎泉水将其打掉。但是问题来了，是否怀胎是通过照胎泉进行B超来判定，原文讲："吃水之后，便觉腹痛有胎。至三日之后，到那迎阳馆照胎水边照去。若照得有了双影，便就降生孩儿。"这句话说得清楚，照胎泉的功能只能判定怀没怀上，并不判定怀的是男是女。在不知道男女的情况下怎么能喝落胎泉水打胎呢？而且，女儿国似乎没有明文规定男胎必打。而落胎泉在如意真仙到来之前，一直无人看管，就是说打不打胎是自己的事，来去自由，没人强迫。既然如此，女儿国的女人们就有可能生下男婴。那么这些男婴都去哪了呢？继续往下猜：男婴被拿走了。女儿国绝不会自己把男婴除掉：第一，这事在人间就是伤天害理；第二，除掉男婴没有任何好处；第三，女儿国自上到下没有厌恶男人的，所以她们也没有除掉男婴的理由。只有男婴是被拿走的，才能解释为什么女儿国里没有男人；只有男婴是被拿走的，才能解释为什么女儿国国王那么无条件地想挽留唐僧，想与他"阴阳配合，生子生孙，永传帝业"。

如果男婴是被拿走的，那是被谁拿走的呢？

女儿国国王曾经说过："我国中自混沌开辟之时，累代帝王，更不曾见个男人至此。"就是说，这个国家是混沌开辟之时有的。《西游记》中，太上老君是开天辟地之祖，那时候还没啥神仙，所以老君在昆仑山到处闲逛，又摘宝贝葫芦又摘芭蕉扇的。还没等别的神仙出现，造化生得的好宝贝多数都让老君拿走了。从银角大王口中我们得知，后来老君"解化女娲之名，炼石补天，普救阎浮世界"。女娲是谁？就是那位捏泥人的神仙姐姐。天下的人是老君解化女娲之名造出来的，女儿国又是混沌开辟之时有的，那么女儿国当然就是太上老君在仙不知鬼不晓的时候人为地造出来的。而那时候刚刚有人，还不存在不同地域间人的交流往来，因此在特意开辟的一片土地上喝水繁衍，女婴生命力旺盛，男婴出生后消失成了一件天经地义的事，无可怀疑。为了掩人耳目，老君特地在女儿国安排了一个用于打胎的落胎泉。落胎泉的所在极为玩味，是在解"阳"山的破"儿"洞，似乎在告诉人们，那些"男"婴是被这个国家的女人们自行打掉的。后来随着人类的发展，地域间的交流开始增多，动物本能让女儿国的女人尝到了禁果，她们有了惊人的发现：男女交合有无限的快感。更重要地，生娃不一定只靠子母河的水，有男人也可以。可是令她们困惑的是受孕方式的改变并没有改变最终的结果，依然是女婴生命力旺盛，男婴出生后消失，而且还增加了漫长的怀孕时间。临国自然也把女儿国当成异类，少有往来。偶有大胆的男人，最多也只是和她们偷腥，却不敢和她们婚配。男婴无故消失在一众凡夫俗子的女儿国看来，不啻于符咒上身。女儿国国王日夜焦虑的就是如何解除国家的符咒。

既然女儿国的天地是太上老君开辟的，那么男婴就是被太上老君拿走的。他拿走男婴干什么呢？

这可能涉及一个惊天的秘密：吃！

还记得老寿星吗？他投奔了佛教，递上了长寿秘方作为投名状。寿星的长寿秘方是什么呢？吃小男孩！或者长寿秘方的主要配置成分就有小男孩。《西游记》中不止一次地告诉我们神仙长寿的秘密就是吃人。只不过有的是明说，有的是隐喻，而且神仙的等级越高，吃人的方法越隐晦，不为人知。还记得江湖中盛传唐僧是十世修行的好和尚，吃他一块肉可以长生不老吗？因此妖怪们不惜代价要得到；还记得镇元大仙的人参果吗？它也能让人长寿，那果子外形奇特，就如三朝未满的小孩，四肢俱全，五官兼备。太上老君和老寿星的长寿之法基本原理是一样的，他把女儿国的男婴拿走就是用于炼制能够长寿的灵丹妙药——九转金丹。如果女儿国不再敬天礼地转而为佛教所控制，那么这个炼制九转金丹必不可少的成分小男孩，将从此断货。没有人敢明目张胆地提供这样的货源，更没有人能像老君这样如此巧妙地获取到货源。如果失去了对女儿国的控制，将是老君心中永远的痛。

太上老君大意了。他在炼丹炼兵器的专业上是行家，在权谋上却比如来相去甚远。他不该边缘化老寿星这样的能力不足但有可能掌握重要信息的老干部（老寿星是神仙之宗），让佛教嗅到了长寿的秘密；他也不该因一己之私不荐用镇元大仙这样法力无边的地仙之祖。恐怕就是在开天辟地之初，两人都发现了人参果树，最终镇元大仙没有把人参果树让给太上老君，两人因此而结怨。后来使得镇元子因不得志而倒向佛教，而使人长生的人参果也不再是一人独占，如来也有缘分享，增强了如来对长寿的掌控；他更不该任用牛魔王为他卖命的同时却又让牛魔王饱受羞辱，这直接导致了阻击行动的最终失败。

牛魔王终于等到了报复太上老君的机会。太上老君为了阻止佛教扩张地盘，吩咐牛魔王全权处理，必要时自己可以提供支援。牛魔王首先安排祭赛国盗宝行动，利用万圣老龙王贪财和九头虫建功立业贪图正果的心理，他一方面怂恿老龙利用九头虫的实力据佛宝为己有，另一方面诱骗九头虫入赘碧波潭，这样偷佛宝既立了功，出了事九头虫也能摆脱罪责。这种各怀心思的合作从一开始就不具备基本的诚意，根基是不牢靠的。果然，在取经团即将到达祭赛国的时候，万圣老龙王请牛魔王赴宴，我们无从知道宴席中具体说了些什么内容，但是在那次宴会上，"那上面坐的是牛魔王，左右有三四个蛟精，前面坐着一个老龙精，两边乃龙子龙孙龙婆龙女"。这分明就是个家宴，却唯独没有女婿九头虫。牛魔王利用自己的职务之便，故意安排了一个蹩脚的行窃组合，为后来东窗事发埋下了伏笔。而彼时的牛魔王，却早已为自己找好了下家。

后来就真的出事了。祭赛国金光寺五色玲珑塔上安放的，没人知道是什么宝贝；宝贝被偷走后也没有人知道是谁偷的；万圣老龙王从不生事，因此事发后三年来祭赛国就是坚信金光寺的和尚监守自盗也不会去怀疑碧波潭的龙王；而碧波潭在祭赛国东南大概百十公里，根本不是西天的必经之路，万圣老龙王和悟空基本上没有碰面的机会。我想把这几个因素综合到一块儿，来质疑万圣老龙王在塔上派驻两条鱼精的动机。如果碧波潭按兵不动，也许不会有后面的事情发生，恰恰就是那两条鱼精把悟空引到了碧波潭。老龙王自然是不会为自己惹祸上身，矛头指向的就是他的女婿九头虫。唐僧师徒过了火焰山，策马扬鞭向祭赛国进发，而牛魔王那时早已归顺了佛教。没了主心骨的万圣老龙王开始提心吊胆，生怕有一天佛教找上门来，他又不敢得罪九头虫。思来想去，只有引猴入室，除掉九头虫，自己再献宝向佛教交待事情原委，这样才能洗清罪责。这才有了塔上的鲇鱼怪奔波儿灞和黑鱼精灞波儿奔。只可惜上层关系太复杂，还容不得老龙向佛教表白，天庭的玉帝早已安排了他断子绝孙的悲惨结局。

不仅在盗宝行动上耍了手腕，牛魔王在女儿国的问题上也做了手脚。女儿国的女人和陈家庄的男人云雨之后，势必就有怀孕的。她们可以偷腥，可是这种怀孕生子的方式对她们来讲太不习惯了。要知道喝子母河水三天之后就可以生娃，男女交合之后可是要十月怀胎，更为关键的是生娃的结果没区别，都是女娃留下男娃消失，这样的话又何必舍近而求远。十个月大着肚子行动不便，而且要耽误多少次偷腥的机会呀。于是女人们纷纷去打胎。如果打胎顺利，那么女儿国的女人们就会更加肆无忌惮地和男人偷欢，再进一步发展的话女儿国就可能出现男女婚配的局面，过上正常人的生活，可是如果那时候男婴还是无故消失，就有可能引起天庭的注意，老君的秘密就会败露。为了阻止事态的进一步恶化，老君要求着人严加看守落胎泉，不准使用落胎泉水。而这样一个重要的岗位，牛魔王徇私给了自己的弟弟如意真仙。牛魔王可能不知道女儿国隐藏的秘密，因为事关重大老君没有告诉他，也可能牛魔王聪明透顶却一直装傻充愣。无论如何，严控落胎泉并没有让女人们的行为有所收敛，因为如意真仙并没有恪尽职守，相反，他把落胎泉经营成了为自己敛财的摇钱树。

舍利子重又回到了祭赛国金光寺的五色玲珑塔上，依然"霞光万道，瑞气千条，八方共睹，四国同瞻"。灵感大王不再收童男童女了，陈家庄的男人不再来女儿国了，如意真仙跑了，女儿国又恢复了往日的平静。一切都没变，唯一变化的是这个国家的信仰由道改成了佛，了却了如来的心愿，破碎了女儿国国王的心。女儿国国王臆想佛祖能解除国家的符咒，殊不知佛祖只是在为自己的信念而战，他需要女儿国继续以原来的状态合理地存在。由道换佛，只是城头变换大王旗，女儿国还是那个为制造长生不老的灵丹妙药而不断输送男婴的罪恶之国。

　　西牛贺洲，如来掌管的地盘，一直以来道教在此为所欲为，如来隐忍多年，终于等来了机会。他利用西天取经的合法项目，将道教侵占的地盘一一收复，不管是平顶山、金岘山、号山、火焰山、积雷山，还是车迟国、祭赛国、月陀国、高昌国、女儿国、本钵国、灭法国，唐僧师徒所过之处，都变得一片佛乐声声。当收地的战略执行到位之后，最后的战略思想执行起来就简单多了。收复失地不仅仅复掌了权力，更拥有了财富。财富从哪里来？凡人的孝敬。庙宇日常供奉的香火、善男信女还愿的村钞、为百姓念经祈愿的酬劳，这些都是财富的来源。如来自己也曾说过："向时众比丘圣僧下山，曾将此经在舍卫国赵长者家与他诵了一遍，保他家生者安全，亡者超脱，只讨得他三斗三升米粒黄金回来，我还说他们忒卖贱了，教后代儿孙没钱使用。"有了地盘财富就会滚滚而来，有了金钱资本就可以办更大的事。甚至一些棘手难缠的麻烦，都需要用金钱来解决。

通神之路

本想利用悟空来窥探佛教实力的老君怎么也没想到，自己中了如来和玉帝联手设的局。那个曾经他化胡为佛时的小沙弥如今羽翼渐丰，大有觊觎他地位的苗头，使得他不得不正视这个对手了。于是老君高调出击，一下子拿出五件宝贝，对唐僧师徒画影图形，派看炉的童子驻扎在取经路上，专候唐僧的到来。老君打算以这种方式和如来展开一轮谈判，他首先让金角、银角扣押唐僧作为人质，然后以五大法宝作为后盾阻止取经团西进，提醒如来知难而退，不要和自己争权夺势。这样，老君就可以盛气凌人地结束这场较量。一向韬光养晦的如来再一次让老君失望了，处心积虑的取经项目怎么可能就此终结？那雄雄燃烧的欲望之火岂是恐吓就能熄灭的？面对老君的条件，如来置之不理，但也不会亲自出面，因为那样就是明目张胆地抗拒。如来的好苗子悟空此时发挥了极大的作用，先后把五件宝贝全部纳入囊中，还化掉了看炉的童子金角大王、银角大王。老君恼羞成怒，掏出了一张王牌，于是，第二轮谈判开始了。

太上老君的老司机青牛被偷偷放下界了。和金角、银角一样，他是来专门对付唐僧的。和金角、银角不同的是，老君给这个青牛精兕大王配备的是件极其厉害的宝贝——金钢琢。就是当年打中悟空的那一件。老君说过："这件兵器，乃锟钢抟炼的，被我将还丹点成，养就一身灵气，善能变化，水火不侵，又能套诸物；一名金钢琢，又名金钢套。当年过函关，化胡为佛，甚是亏他，早晚最可防身。"吃了前一次亏，老君此次在用人和配备上都做了精心安排，一个相伴左右多年的忠诚的革命战友加一个化胡为佛的顶尖法宝，这必定是一道难过的关。果不其然，青牛办事比小童子要靠谱得多，他首先设计让取经团偷了他的纳锦背心儿，造成佛教礼亏的局面，这样在后面双方僵持不下的情况下天庭也不能替如来说话。另外，拿住唐僧之后青牛并没打算吃他，更准确地说吃不是目的，他跟随老君那么多年，就是老君牙缝里剔出点残渣也足够青牛延寿，青牛并不稀罕唐僧肉，他清楚自己此行的目的。而且，鞍前马后这么多年，他太了解老君的心思了，自己也对局势把握颇有心得。那唐僧不是随便就可以吃的，真的吃了唐僧无异于高层间撕破了面皮，那事情可就大了。因此，每次得胜回府，青牛都有一番庆祝，吃的是"蛇肉、鹿脯、熊掌、驼峰、山蔬果品，香喷喷的羊酪，大碗宽怀畅饮"。酒宴已经吃了四五席了，也没有吃唐僧肉。青牛扣押唐僧就是要给悟空留有一线希望，好让他不停地去搬兵。为了提醒悟空去，首次出战，青牛就高调地丢出一个线索，原文道："他两个战经三十合，不分胜负。那魔王见孙悟空棍法齐整，一往一来，全无些破绽，喜得他连声喝采道：'好猴儿，好猴儿！真个是那闹天宫的本事！'"而后，悟空第一仗输了之后，他果真寻着这个线索思考，心中暗想道："那妖精认得我。我记得他在阵上夸奖道：'真个是闹天宫之类！'这等啊，绝不是凡间怪物，定然是天上凶星。

想因思凡下界，又不知是那里降下来魔头，且须上界去查勘查勘。"虽然没有查到青牛的来历，但天神却被悟空陆续请下来助阵。这正是青牛想要的结果，他欢喜猴子去请救兵。第一次悟空请来了李天王和哪吒，门前叫战，青牛说："这猴子铁棒被我夺了，想是请得救兵来也。"第二次悟空请来了火德星君，那青牛兕大王说："你这泼猴，又请了什么兵来耶？"及至悟空到灵山请来了十八罗汉，自己又独自一人门前叫战，青牛还在问："这贼猴又不知请谁来猖獗也！"当听小妖说"更无甚将，止他一人"时，青牛的态度陡然间急转直下，突然就怒了，冲着悟空道："你那三个和尚已被我洗净了，不久便要宰杀，你还不识起倒！去了罢！"这句翻译成白话应该是这样："我这么三番五次地放你去请救兵，你咋还没明白？快把你们最厉害的那个家伙找来说话！"说宰杀唐僧是假的，骂悟空不识起倒是真的，青牛都有点儿笑话悟空的智商了。

　　天庭实在是太寂寞了，天将们巴不得找个机会出趟差游个山玩个水，更何况还有一场大戏可看。这金钢琢，仙界至宝，没有芭蕉扇老君都奈何不了，连如来也惧它三分，天下谁人不知哪个不晓？更何况这些在天庭任职、有机会一睹老君仙颜的天将们。尤其李靖、哪吒父子，就是别人都没见过金钢琢，他们俩也会见过。当年悟空大闹天宫与二郎神打得难解难分时，这父子俩就在阵前观战，他们眼瞅着老君的金钢琢打中了悟空。可是，在金岘山金岘洞，每一个看见金钢琢的天将都缄口不言，并不道破这个法宝的来历。因为他们看见金钢琢就已经猜出八九分了。而当哪吒刚刚来到阵前时，兕大王就开口笑道："你是李天王第三个孩儿，名唤做哪吒太子，却如何到我这门前呼喝？"依然张扬，不怕查背景。后来托塔李天王出场的时候，颇有意味地向兕大王喝道："泼魔头！认得我么？"兕大王也不隐瞒，直接笑道："李天王，想是要与你令郎报仇，欲讨兵器么？"对天庭如此谙熟，此时李天王等一众天将对这个妖怪的身份更加心照不宣，他是出来替老君办事的。于是，天将们开始顽皮起来，他们并不真正卖力气在两军阵前，因为他们知道这个妖怪并不会针对他们，他们的兵器丢了早晚还会还回来。他们更知道，即便自己能取胜对自己也没有任何好处，结果只能是得罪兕大王背后的太上老君。这帮官场的老油条，形成默契要戏耍悟空。看悟空打拳，就夸："孙大圣还是个好汉！这一路拳，走得似锦上添花。使分身法，正是人前显贵。"看悟空练棍，又夸："是有能有力的大齐天，无量无边的真本事！"哄得悟空有点儿找不着北。丢了兵器，天将们摆出一副愁容，都是在努力地把戏表演得足够真实，好催促悟空赶快搬救兵。他们要看看这一关双方将以什么方式收场。

悟空不是傻子，要不然如来也不会在五百年前就把他物色为取经团成员。兕大王一味地打发自己搬兵和他话语间的弦外之音、天庭众将光说不练的作为让他也看出了门道：这个兕大王有背景，他就是冲着"大boss"来的。悟空终于醒悟了，于是他再不绕圈子找帮手，连观音都没请，纵起筋斗云，直奔灵山。

天将们异常兴奋，因为他们知道巅峰对决就要开始了，有好戏看。如来听了悟空的陈述之后，将慧眼遥观，早已知识。他即令十八尊罗汉开宝库取十八粒"金丹砂"与悟空助战，同时又对降龙、伏虎暗授机宜。这个金丹砂有何威力呢？如来告诉悟空：

"教罗汉放砂，陷住他，使他动不得身，拔不得脚，凭你揪打便了。"悟空听了连说了三个"妙"，就连蹦带跳地带着罗汉们返回了金峣山。那金丹砂果然颇有气势，罗汉往下一抛，"似雾如烟初散漫，纷纷霭霭下天涯。白茫茫，到处迷人眼；昏漠漠，飞时找路差。打柴的樵子失了伴，采药的仙童不见家。细细轻飘如麦面，粗粗翻复似芝麻。世界朦胧山顶暗，长空迷没太阳遮。不比器尘随骏马，难言轻软衬香车"。然而真实威力似乎没有如来说得那么神乎，因为它根本就没陷住兕大王，一交手，金丹砂也被兕大王收去了。随后，降龙、伏虎才传达了如来的密令：如失了金丹砂，就教孙悟空去找太上老君。

前前后后都是在耍猴子一个。无奈之下，悟空只得又跑到三十三天外离恨天兜率宫找太上老君。见到老君，悟空备陈前事，并指责："似你这老官，纵放怪物，抢夺伤人，该当何罪？"而这一次，老君不像在平顶山时还要解释金角、银角下界的原因，当他听说青牛收了十八粒金丹砂，便知道牛儿已经大功告成，戏该收场了。而后，老君直接就跟着悟空下界降妖去了。老君一出手，果然非同凡响，"念个咒语，将扇子搧了一下，那怪将圈子丢来，被老君一把接住；又一搧，那怪物力软筋麻，现了本相，原来是一只青牛"。如来真是神算，老君驾到，妖怪一鼓而擒也。

悟空和众位天将这才打进洞里，剿灭了群妖，取回了各自的兵器。一场令人期待的巅峰对决就以这样的方式收场了。可是，那十八粒金丹砂呢？

我们回头看太上老君是怎么来的？是在听悟空说兕大王已将

金丹砂抢去后才来的。收伏兕大王后，是兵器的都还了，金丹砂却不见了。

金丹砂究竟是什么？原文讲："此砂本是无情物，盖地遮天把怪拿。只为妖魔侵正道，阿罗奉法逞豪华。手中就有明珠现，等时刮得眼生花。"那么，金丹砂不是刀兵，不是水火，乃是无情之物，可以遮天盖地，一亮出来就能叫人眼生花。这是什么？是钱！世上只有钱最符合这些特征。书中也写得明明白白，"阿罗汉奉法逞豪华"，罗汉们本来就不是来斗殴的，而是来送钱逞豪华的。一粒金丹砂抛出去就能漫山遍野白茫茫，不啻为一座山。十八粒金丹砂，就是十八座金钱堆成的山。

是太上老君收受了如来的金丹砂。

在灵山上，如来并没有直接告诉悟空去找太上老君，他对行者道："那怪物我虽知之，但不可与你说。你这猴儿口敞，一传道是我说他，他就不与你斗，定要嚷上灵山，反遗祸于我也。"如来何必绕一个大圈子呢？他当真怕青牛打上灵山吗？事实上，如来确实怕，如果青牛打上灵山就意味着佛道两家火拼，这个结果是非常可怕的，输赢暂且不论，这会完全打乱如来的全盘计划，从战略上如来就已经输了。如来不是古惑仔，要通过打打杀杀去挣回自己的面子。他要实现的是自己的抱负，怎么能让下面的小厮搅了全盘的局呢？而且如来看得出来，老君同样没有撕破脸的意思，他也是在绕圈子。小厮们阵前的厮杀其实就是大佬们心里的暗战，这是新一轮的谈判，这次老君志在必得，到了僵持不下的地步看如来如何收场。这一点如来心里非常清楚。怎么办？送钱！有钱能使鬼推磨。不！是有钱能使磨推鬼。钱没了可以再赚，西天取经可是佛教图谋崛起的千载难逢的契机，失去了就不知再等多少年。因此，如来出手豪爽，一次性就送了太上老君十八座金山。

如来形容金丹砂威力的话现在想来极有深意："放砂陷住他，使他动不得身，拔不得脚，凭你揪打便了。"钱能通神，金钱面前人神平等。如来用最朴素的厚黑学问，铺就了一条通神之路。

"德行要修八百，阴功须积三千。均平物我与亲冤，始合西天本愿。魔兕刀兵不怯，空劳水火无愆。老君降伏却朝天，笑把青牛牵转。"这是取经项目推进以来老君最为满意的一次。他拿了钱财，牵着青牛，笑呵呵地返回了兜率宫。这一轮谈判，如来用金钱换取了老君的妥协。从此之后，老君再没派过身边心腹阻挠取经。这一场故事起于《西游记》第五十回，终于五十二回。第五十回，为全书百回之中点；而青牛下界为妖七年，也正是西天取经所用时间十四年的一半；西天取经八十一难，金𡵼山系列分别是第三十九、四十、四十一难，恰是八十一难的正中间。如此地巧安排，将佛、道两祖置于正中间，以示各占一半，平分秋色。我们不得不再次佩服作者在数字艺术上的功力。还没等取经项目结束，佛道两家平分天下的格局已经就此而定。

西游后记

道教的威胁

西天取经项目结束后，玉帝成功地扶持了一个制衡道教的力量——佛教，天庭得以维系了暂时的平静。按理说，他可以高枕无忧了，至少也可以过几天无忧无虑的太平日子。然而，自此以后，玉帝却也再不是那个"任凭风浪起，稳坐钓鱼船"的玉帝了。

要知道，玉帝为什么能够坐镇天庭，统领诸仙？因为他能够掌握神仙的命运。他拿什么掌握诸仙的命运？蟠桃。那么，蟠桃发生什么样的变化会动摇玉帝的地位？第一，蟠桃没了；第二，蟠桃的神奇效力有了替代品。

先看看第一种可能：蟠桃没了。这也有两种情况。一种是树没了。这种可能性不大，因为所有神仙都指着蟠桃延寿呢，谁也不敢让桃树消失绝种。而且，玉帝是不怕谁对桃树下手的。因为书中写的明白，这蟠桃"不是玄都凡俗种，瑶池王母自栽培"。这种子不是来自天上（玄都），也不是来自凡间（凡俗），哪来的不知道，这是王母娘娘的私家秘密，反正她手里有种子，不仅有，栽培技术也只有她掌握。所以树没了玉帝王母还可以种。另一种可能就是蟠桃园被别人霸占了。这种可能性几乎没有。因为要想霸占蟠桃得有相当的实力和玉帝对抗，不管哪一派都要掂量掂量，如果有一派来抢神仙的命根子，其他派系能不急眼吗？势必爆发战争，其结果就是两败俱伤。玉帝坐收渔翁之利。在出现蟠桃的替代品之前，维系这种相对的平衡对哪一方而言都是上上策。

我们再来看看有没有第二种可能：蟠桃有了替代品？玉帝知晓了让他"悚惧"的答案——有！

在《西游记》第五回，孙悟空搅乱了蟠桃盛会，各路仙家都找玉帝来投诉，后来太上老君也来了，他说："老道宫中，炼了些九转金丹，伺候陛下做丹元大会，不期被贼偷去，特启陛下知之。"玉帝听了是什么表现？"见奏悚惧"。要知道，在整部《西游记》里，还没有什么事情让玉帝如此失态过。为什么听到丹元大会玉帝就如此的变颜变色？问题就在于这九转金丹。金丹是干什么用的？《西游记》第三十九回：乌鸡国国王被全真投井致死。三年后，孙悟空和猪八戒从井里带回国王的尸体，因八戒记恨孙悟空的捉弄，见到唐僧后道：师兄和我说来，他能医得活。若是医不活，我也不驮他来了。那长老原来是一头水的，被那呆子摇动了，也便就叫：悟空，若果有手段医活这个皇帝，正是救人一命，胜造七级浮图，我等也强似灵山拜佛。行者道：师父，你怎么信这呆子乱谈！人若死了，或三七五七，尽七七日，受满了阳间罪过，就转生去了，如今已死三年，如何救得！三藏闻其言道："也罢了。"八戒苦恨不息道："师父，你莫被他瞒了，他有些夹脑风。你只念念那话儿，管他还你一个活人。"真个唐僧就念紧箍儿咒，勒得那猴子眼胀头疼。孙悟空头痛难禁，哀告道："师父，莫念，莫念！等我医罢！"长老问："怎么医？"行者道："只除过阴司，查勘那个阎王家有他魂灵，请将来救他。"八戒道："师父莫信他。他原说不用过阴司，阳世间就能医活，方见手段哩。"那长老信邪风，又念紧箍儿咒，慌得行者满口招承道："阳世间医罢，阳世间医罢！"三藏道："阳世间怎么医？"行者道："我如今一筋斗云，撞入南天门里，不进斗牛宫，不入灵霄殿，径到那三十三天之上离恨天宫兜率院内，见太上老君，把他九转还魂丹求得一粒来，管取救活他也。"好了，答案有眉目了，老君的九转还魂丹是可以让人起死回生的。

但这不足为奇啊。因为让人起死回生的方法很多。可以通过阴间，像悟空说的：只除过阴司，查勘哪个阎王家有他魂灵，请将来救他。比如第九十七回寇员外被强盗杀害后，孙悟空就是去地府把魂灵拿回来，救活了寇员外；再比如陈光蕊被刘洪杀害后，龙王收留他的魂灵，十八年后送去还阳。这些都是阴间的方法。只不过九转还魂丹不走阴司，用的不是常规方法，抄的是近道，走阳间。即便是走阳间，这九转还魂丹也不是唯一的。第三十六回，孙悟空满世界找能医活人参果树的方子，曾去过蓬莱找三星。三星曾说："若是大圣打杀了走兽飞禽，蝼虫鳞长，只用我黍米之丹，可以救活。"三星的黍米之丹能够起死回生。后来到方丈山找东华帝君。帝君也说："我有一粒九转太乙还丹，但能治世间生灵，却不能医树。树乃水土之灵，天滋地润。若是凡间的果木，医治还可；这万寿山乃先天福地，五庄观乃贺洲洞天，人参果又是天开地辟之灵根，如何可治？无方，无方！"看，东华帝君的太乙还丹也可以救活世间的小生命和凡间的果木。而且帝君的话说得很轻松，真要是救个人，他兴许真会把丹借给孙悟空，不然，他提这个丹干吗？直接说我医不了人参果树不就完事了，何必节外生枝。可见让人起死回生的丹对神仙来讲，并不那么奇货可居。

看来还得继续研究。麻烦您还得跟我翻回去，唐僧问阳间如何医活乌鸡国国王，悟空提到了上天找太上老君借九转还魂丹。我们来看看太上老君的态度。孙悟空到了兜率宫，老君先是不肯借，后来没办法，那老祖取过葫芦来，倒吊过底子，倾出一粒金丹，递与行者道："止有此了，拿去，拿去！送你这一粒，医活那皇帝，只算你的功果罢。"行者接了道："且休忙，等我尝尝看，只怕是假的，莫被他哄了。"扑的往口里一丢，慌得那老祖上前扯住，一把揪着顶瓜皮，擅着拳头骂道："这泼猴若要咽下去，就直打杀了！"行者笑道："嘴脸！小家子样！那个吃你的哩！能值几个钱？虚多实少的。"比起东华帝君，老君对这个九转还魂丹也忒重视了！孙悟空往口里一丢，搞得老君大失常态，又是擅拳又是大骂，还说要是悟空吃了这丹，老头就要把猴子杀了。道君有权有钱有地位，更是个炼丹的专家，一两个丹算得了什么，他怎么会如此在乎呢？有一种可能就是这个丹非常重要且不易炼制。很有可能老君研制的金丹不仅仅是为了救人，更直白点说，就不是为了救人的。不为救人那要救什么？救神！

前面提到了，地府掌管生灵的生死轮回，而神仙是不归他们管的。《西游记》第一回曰：如今五虫之内，惟有三等名色，不伏阎王老子所管，乃是佛与仙与神圣三者，躲过轮回，不生不灭，与天地山川齐寿。这三等名色就是所谓的得道者，得道者虽说躲过轮回，可是要想不生不灭必须避开三灾厉害。避开了与天地齐寿，避不开多年苦修毁于一旦。在此背景下，老君研制金丹的目的只有一个，那就是用来救神。说得更明白点，九转金丹和蟠桃的功效是一样的，九转金丹可以躲避三灾，延年益寿。

而孙悟空要借的九转还魂丹就是九转金丹。这样我们就能解释为什么老君如此失态，如此看重这一粒丹，以至于悟空差点因为想尝尝丹的真假而丢了小命。如果仅仅是一粒能医活凡夫俗子的丹老君不会这么让人大跌眼镜。而老君拿丹的时候又是这样的：老君取过葫芦来，倒吊过底子，倾出一粒金丹。瞧瞧，吊底儿往出倒才出来一粒。哎，地主家也没有余粮啊。由此可见，炼一粒九转金丹实在不容易。要是看官还是有那么一点点不确定的话，那么书袋狼想问您一个问题，搭救乌鸡国国王的故事被安排在了孙悟空大闹五庄观之后的某一个章节，而孙悟空在医活人参果树到处求方时就知道老寿星的黍米之丹和东华帝君的太乙还魂丹就能让人起死回生，他何必费劲巴啦跑到三十三重天那么远找老君借丹？这分明是吴老爷子安排的嘛，意思就是要告诉您九转金丹的事。看到这，各位有没有想起孙悟空偷吃的那五葫芦金丹？本来老君送五葫芦金丹给猴子吃是要让他功力大增对付佛教的，现在反被如来所用。嘿！老君肠子都悔青了吧。可这事又不能向任何人倾诉，只有哑巴吃黄连——有苦说不出了。

老君跟玉帝说丹元大会，就是想表明一件事：道教有了躲避三灾的金丹，蟠桃再不是独一无二的。道教以金丹制衡蟠桃，道教能载舟也能覆舟。这也就能解释前文提到的，当老君说九转金丹被盗，玉帝的表现是"悚惧"了。在前文"玉帝的烦恼"一节中，书袋狼曾说"还有一件事情让玉帝寝食难安，更加坚定了他制衡的决心"。指的就是老君研制成功了能够制衡蟠桃的九转金丹这件事。

而那九转金丹神都可以救，救个凡人当然不在话下了。假使人间有点急事要办，道教也可以绕过阴曹地府，自己搞定了。那佛教掌管的冥幽界，对道教来讲基本上就是形同虚设。

这招太狠了。

与玉帝的寝食难安形成鲜明对比的是，此时的太上老君，也许就在兜率宫跟徒子徒孙们谈经论道，或者骑着青牛云游度假呢。猴子大闹天宫、佛教西天取经——老夫现在看明白了，老夫认栽，愿赌服输嘛。可你认识老夫吗？认识，认识就好；不认识，不认识今天就让你认识认识老夫是何许人也。

玉帝此刻感受到了前所未有的威胁。

佛教的威胁

有一位政治家曾说过：没有永远的朋友，也没有永远的敌人，只有永远的利益。正是由于双方共同的利益需求，玉帝和如来走到了一起，并度过了相当长的一段蜜月期。虽然这个过程中出现过些许小小的不快，但都不至影响到双方的同盟之谊。最终，玉帝和如来的目的都达到了。他们之间的同盟是要继续呢还是就此结束？

假使没有九转金丹的事，玉帝就要运用政治上的手腕，通过两派的相互制衡来实施统制和巩固自己的位子，他和如来的同盟关系自然就会消失。可现在道教有了和蟠桃一样效力的九转金丹，玉帝会不会把政治的天平依然向佛教倾斜呢？可能让玉帝没想到的是，在培养可以制衡道教的佛教势力的同时，自己也引狼入室了。

如来早在孙悟空大闹天宫时就不慎流露出了心迹，自己把玉帝安排的庆功宴起名为"安天大会"。后来经玉帝提醒，如来很快又恢复了低调、谨慎、谦卑的嘴脸，又让所有人对他疏于防范。而在唐僧师徒抵达灵山，如来向他们介绍三藏经文时有一句话，把如来的抱负再一次地暴露无疑，他说他的经文："真是修真之径，正善之门，凡天下四大部洲之天文、地理、人物、鸟兽、花木、器用、人事，无般不载。"如来的地盘只有一个西牛贺洲，他悄无声息地把并不是他地盘的东胜神洲、南赡部洲和北俱芦洲摸得一清二楚。

能够和道教分庭抗礼不过是如来的中期目标，他还有更为远大的规划，那就是把天下四大部洲全部据为己有。当实力不及的时候，如来拼出了一个势力割据上的平分秋色。而真正的收获却远大于此。取经项目的成功，使如来再一次声名远播，不知还会有多少神仙鬼怪前来归附，让如来有冲击下一个目标的冲动。而取经最大的收获是他掌握了长生的秘密，同样可以制衡玉帝的蟠桃。如果说取经项目成功的信心来源于如来缜密的谋略，那么新一轮的冲击，信心则源自实力。如果四大部洲都是如来的，那玉帝的天庭又要失衡了。本来想扶持起佛教，利用佛教对付道教，却反被如来利用了。可怜的玉帝，不知道你知不知道这一层。

如来的烦恼

　　现实中的佛教有三世佛的说法，指过去、现在、未来三个时间段的佛。过去佛即燃灯古佛，佛经说他生时身边一切光明如灯，亦说释迦未成佛时，燃灯佛曾为他"授记"，预言将来成佛的事；未来佛即弥勒佛，佛经讲他将继承释迦的佛位而成佛，所以叫未来佛。这三位佛在《西游记》中都出现了，而且也沿用了三世佛的说法（这一点讨论过，如果吴老爷子要极力揭露讽刺的，他会在文中先将事实极力地扭曲。比如前文讨论的如来关于天下四大部洲的说法，再比如玄奘西游的故事。而三世佛的说法，《西游记》中没有将事实扭曲，也就是他尊重这个说法。在小雷音寺一节，也会有进一步的暗示）。而恰恰是这三位佛在书中的同时出现，暗示了在如来掌管的佛教内部同样是暗潮涌动、权争不断。

燃灯古佛派

　　还记得吗？当年孙悟空大闹天宫搅闹蟠桃盛会后跑到了太上老君的兜率宫，当时宫里空无一仙，悟空才得以偷了老君的五壶金丹。他们去哪了？"原来那老君与燃灯古佛在三层高阁朱陵丹台上讲道，众仙童、仙将、仙官、仙吏都侍立左右听讲"。此处说明了几点：第一，燃灯古佛的身份或地位不是一般的高，不然老君不会亲自迎接，而且他的仙童、仙将、仙官、仙吏还要侍立左右。这一点在《西游记》最后一回佛界大排名上也得到了验证，燃灯上古佛位列第一。第二，燃灯古佛与太上老君的关系相当不一般。我们知道、佛道水火不相容，能够两家坐下来聊聊天几乎没有可能，五庄观三星与观音坐在了一起是因为有笔交易。老君与燃灯古佛坐一起恐怕更有渊源。他们看上去可不像是对立关系。

我们再来看看第九十八回，阿傩和伽叶因为没有得到人事，就传给了唐僧无字经。这时候燃灯古佛又出场了。书中写道："却说那宝阁上有一尊燃灯古佛，他在阁上，暗暗地听着那传经之事，心中甚明，原是阿傩、伽叶将无字之经传去，却自笑云：'东土众僧愚迷，不识无字之经，却不枉费了圣僧这场跋涉？'问：'座边有谁在此？'只见白雄尊者闪出。古佛吩咐道：'你可作起神威，飞星赶上唐僧，把那无字之经夺了，教他再来求取有字真经。'"后来的事情大家也都知道了，师徒四人因为白雄尊者的出手，发现了无字经，旋而返回灵山向如来讨要有字真经。此处也说明了几点，首先，燃灯古佛不在如来座下排坐次，而是另处宝阁之中；其次，燃灯古佛暗中一直关注取经动向；第三，燃灯古佛对如来传假经的做法不满；第四，燃灯古佛可以不听如来号令，也不和如来商量而径直行事，而事后如来也并没有责难燃灯。

如果我们回想一下书袋狼这部小作开篇说的，一切要从"化胡为佛"说起,然后再把燃灯古佛的两次出场结合起来看,我们就可以大致作出这样一个推断:当年老君西出函关,化胡为佛,确立了佛教三世佛的发展规划。首先安排了燃灯古佛执掌佛教(过去佛)。燃灯古佛得老子真传,施行无为而治,发展佛教,甚得老君心意。后来如来执教(现在佛),如来是个有野心的家伙,他不甘于自己只是一个职业经理人,只管理一个部门或分支,合同到期必须离职。于是他采取了不同的管理思路,拉帮结派,排除异己,发展自己的势力,与此同时自己也苦苦修行。这逐渐暴露出的野心,使得老君大为不满,老君就想翦除掉如来。但那时佛教已经具备了一定的势力,老君不能轻易发动正面冲突,于是就有了此前分析过的孔雀袭击如来事件。这样推理的话,我们就能很好地理解燃灯古佛的身份和地位以及为什么燃灯古佛敢不听如来的号令。

好了,分析之后,下面的一段话是我要说的重点。燃灯古佛在佛教德高望重,虽然佛教现在由如来掌管,但仍有很多燃灯古佛的旧部拥戴,他身边的白雄尊者就是例证。因此即便取经项目结束,如来达到了自己的扩张目的,在佛教的地位更加巩固,仍然不敢轻易更改佛界排名,燃灯古佛依然排在第一位;他与太上老君关系特殊,不论燃灯古佛有什么举动,太上老君都会鼎力支持、里应外合;由于对如来的某些举动不满,燃灯古佛就敢于私自行事,按照这种心态,我们有理由相信,如果这种不满不断升级,燃灯古佛可能会有更为激进的举措。综上所述可以得到结论:燃灯古佛可以造如来的反!

弥勒佛

佛教内部不请示如来就敢擅自行动的，除了燃灯古佛，还有一位，那就是弥勒佛。

这位既定的佛祖继承人也称未来佛。别看他挺着个大肚子一天到晚总是笑嘻嘻的，其实厉害得紧呢。一出场便气场十足，那是在小雷音寺悟空与黄眉老佛相战，悟空使尽了浑身解数也干不过人家，正跟那哭呢，忽然听见有人叫他："悟空，认得我吗？"哎，太多影视作品中有类似的台词了，后面的台词基本就是某某某大有来头云云。这里也不例外，悟空一看献出膝盖了，言道："东来佛祖那里去？弟子失回避了，万罪，万罪！"要知道，悟空这个人天生心高气傲，轻易是不会下跪的，他自己曾经说过：我为人做好汉，只拜了三个人：西天拜佛祖，南海拜观音，两界山师父救了我。即使见了玉皇大帝也只打个招呼，唱个诺。可为什么见了弥勒佛倒身便拜？这是个厉害角色啊！后来，为了捉黄眉老佛，弥勒佛自己变成一个种瓜的老汉，让悟空变成一个熟瓜，设计让黄眉老佛把悟空吃进肚子，方便捉拿。悟空疑惑：你怎么认识我变的那只熟瓜呢？弥勒笑道："我为治世之尊，慧眼高明，岂不认得你！"再次表明了身份。因为《西游记》中称作治世之尊的只有两个人，另外一个就是如来佛。悟空在隐雾山骂南山大王时曾有过这样的话："这个大胆的毛团！你能有多少的年纪，敢称'南山'二字？李老君乃开天辟地之祖，尚坐于太清之右；佛如来是治世之尊，还坐于大鹏之下；孔圣人是儒教之尊，亦仅呼为'夫子'……"同时有两个治世之尊，弥勒当然是在表明：我就是未来佛教的既定掌门。

那么这位弥勒佛有多厉害呢？书中没有直接说明，而是通过黄眉老佛间接展示的。黄眉老佛是弥勒佛面前司磬的一个黄眉童儿，他虚设小雷音，拦住了取经团的去路，厉害之处体现在几处。第一，这家伙根本就不是妖，他自己说："此处唤做小西天，因我修行，得了正果，天赐与我的宝阁珍楼。"这个小雷音寺也是祥光霭霭，彩雾纷纷，与别处妖怪住所不同。悟空的火眼金睛只是隐隐看出有些凶气而不是妖气。这是一个修成正果的神仙，而他竟然明目张胆地以一个神仙的身份给取经团制造麻烦。第二，通观《西游记》全书，没有哪一个敢冒如来之名行凶作案，这个黄眉老佛就敢。自己变成如来佛祖，手下装成五百罗汉、三千揭谛、四金刚、八菩萨、比丘尼、优婆塞、无数的圣僧、道者（过金平府时倒是有辟寒、辟暑、辟尘仨犀牛精变化佛身骗人家酥合香油吃，不知道是不是冒如来的名，最后不是让悟空弄死了嘛）。这两点充分说明，如果不是后台老板够硬，一个碎催敢这么嚣张吗？第三，悟空与黄眉老佛决斗，首先从武艺上没分出胜负，即便悟空、八戒、沙僧哥仨打他一个也没能取胜。再从法宝上，首先是金铙，悟空费了九牛二虎之力才从里面逃了出去。再说那个后天袋，着实厉害，往上一抛就把悟空装进去了。老君有一个宝葫芦，打开后叫谁的名字，谁答应一声才会被装进葫芦。这后天袋根本不费那事，说装就装。后来孙悟空到处搬兵，天上请来了二十八星宿，荡魔天尊那请来了龟、蛇二将并五大神龙，大圣国师王菩萨那请来了小张太子和四大神将，最后怎么着？全被一袋打尽。这法宝可是弥勒佛的呀，光这两件就这么厉害，谁晓得这位未来佛还会有什么其他宝贝。

为什么说弥勒佛是未请示如来就擅自行动呢？首先，佛教下界的妖怪都是如来派下去的，而且都是带着目的的，不是专门来对付取经团的。比如在朱紫国，观音的坐骑金毛犼下界成精，拐了王后，国王大病三年。那是因为三年前"朱紫国先王在位之时，这个王还做东宫太子，未曾登基，他年幼间，极好射猎。他率领人马，纵放鹰犬，正来到落凤坡前，有西方佛母孔雀大明王菩萨所生二子，乃雌雄两个雀雏，停翅在山坡之下，被此王弓开处，射伤了雄孔雀，那雌孔雀也带箭归西。佛母忏悔以后，吩咐教他拆凤三年，身耽疾疾"。再比如在乌鸡国，文殊菩萨的坐骑青毛狮子，弄死了国王，自己坐了三年宝座。文殊说原因是"当初这乌鸡国王，好善斋僧，佛差我来度他归西，早证金身罗汉。因是不可原身相见，变做一种凡僧，问他化些斋供。被吾几句言语相难，他不识我是个好人，把我一条绳捆了，送在那御水河中，浸了我三日三夜。多亏六甲金身救我归西，奏与如来，如来将此怪令到此处推他下井，浸他三年，以报吾三日水灾之恨。一饮一啄，莫非前定"。还有那个灵感大王，任务就是抓小孩以促进佛教占地盘，同时协助刺探女儿国的秘密。而黄眉老佛第一不是如来派来的，第二他是专门针对取经团的，这完全不是如来做事的路数。每次有大老板前来收服，都会说明具体情况，只有这个弥勒佛，草草用"是你师徒们魔障未完，故此百灵下界，应该受难"。这么牵强的理由就把悟空打发了。从头到尾之间可没说是如来佛安排的一难。

如果这一难不是如来让安排的，那么这个弥勒佛为什么要私自出现在取经路上呢？按说《西游记》写的是和现在佛如来有关的故事，弥勒佛是未来佛，等如来佛一卸任，佛教就由他来接任了，他在取经故事里似乎没有出现的必要性。为了帮如来完成取经项目，给取经团增加一难？用不着啊，人家如来早就安排好了，难数不够随便就可以加一难；为帮取经团西天取经？您不给添堵就谢天谢地了。如果不是为了别人，那就是为自己。现在书袋狼为您解析，弥勒佛虽是下一任佛教接班人，但是这个等待的过程有些让人忐忑，如来的种种行为已经暴露了他的抱负，不得不让弥勒佛怀疑这个掌门的位子是否能够按时顺利交接。如来会不会届时不退，继续坐下去，会不会有更大的阴谋和野心，会不会让位给他的嫡系而不是弥勒佛本人，这些都是问题。现在，如来又用佛界的两个佛位空缺（旃檀功德佛、斗战胜佛）拉拢嫡系，巩固自己的力量。弥勒的不安是在情理之中的，夜长梦多啊。他又不甘心受制于人，于是他想出了一招，先试探一下如来系的实力。

在小雷音寺外，黄眉老佛曾对悟空说过："一向久知你往西去，有些手段，故此设象显能，诱你师父进来，要和你打个赌赛。如若斗得过我，饶你师徒，让汝等成个正果；如若不能，将汝等打死，等我去见如来取经，果正中华也。"以往妖怪拦路基本上是冲着唐僧肉去的（个别女妖是为和唐僧求配偶去的），但是黄眉老佛并不要吃唐僧肉，他是专门来和孙悟空比试来的。你斗得过我就走，斗不过死在这里吧。可结果恰恰是反的。悟空斗不过黄眉老佛却继续西天取经去了。事实上这是一次试探，弥勒佛已经试探出了如来的实力，达到了自己的目的，心里也踏实多了，就不必再难为取经团了。为什么这样讲呢？我们来分析一下。首先假借如来之名行妖怪之事这个罪过就不小，简直是老和尚打伞——无法无天。可那又怎么样呢？竟然没人管。弥勒佛可以暂且认为是如来隐藏实力，不轻易出动。那么往后呢，悟空实在是斗不过黄眉老佛，一点招都没了。这时候如果再没有人出手相救，那取经团就有折在半路的风险，取经项目会以失败收场，而此时依然不见如来方面的人站出来收拾局面，弥勒佛基本上心里就有些谱了：如来这个老小子对我还是有些忌惮的，没有轻举妄动。所以最后弥勒佛亲自出面化解，还美其名曰"是你师徒们魔障未完，故此百灵下界，应该受难"。那弥勒佛为什么不一不做二不休干脆把取经团拿下呢？矛盾还没激化到那种程度，毕竟取经还是咱佛教的事情，那样做的话在大家看来反倒是弥勒佛的不是，而且还打草惊蛇了。在这件事上如来和弥勒双方都给足了对方面子，当然要放行了。你以为取经团如果真的被扣留，如来佛就真不采取行动吗？他们只不过都是站在高处观望，事态最终没有发展到糟糕的那一步。这是弥勒佛观察到的如来一方，而他看到的第三方的反应，同样让他欣慰。悟空斗不过黄眉老佛，就找荡魔天尊帮忙，荡魔天尊找了个理由不去，打发手底下人跟着悟空去应付一下；然后他又找大圣国师王菩萨，大圣国师王菩萨的做法同样是如来、弥勒两不得罪，自己借口不去，派马仔跑一趟。荡魔天尊和大圣国师王菩萨其实就是老好人、中间派，谁都不得罪，这也说明了如来、弥勒两股势力都很强，弥勒佛也是轻易得罪不得的。我们的齐天大圣呢，在整个小雷音事件中，被折腾得心力憔悴，竟然两度落泪。理想很美满，现实真是太骨感了！"在大人物面前，俺老孙又被当猴耍了。""悟空，你本来就是猴。呵呵呵呵！"

小雷音事件是弥勒佛一手炮制的，未经过如来。从这个事件中我们也不难看出弥勒佛在佛教也是实力不弱的一派。而且这个弥勒佛和燃灯古佛一样，与道教高层有着密切的关系。按他的话说，三月三日他去赴元始会，没在家，黄眉童儿才跑出来假佛成精的。元始，那就是元始天尊啊，三清之一。分析到这儿书袋狼不禁替如来佛倒吸了一口凉气：这个弥勒佛，也有能力造如来的反！

菩提祖师

菩提祖师是一个高深莫测的角色。

我们从几个方面佐证这一点。第一，孙悟空追随菩提祖师修行十年，七年修道三年学法，便学会了七十二变长生不死之身。按《西游记》中的时间概念来说，三年便教会了孙悟空七十二变和筋斗云等，时间之短，可以说只一瞬而已。即使算上修道七年也不过十年，也只是天上十天，与五百年比起来不值一提。在这么短的时间，就能教会孙悟空大闹天空的本领，可见菩提祖师法力之高。

第二，要想知道菩提的法力多高，我们不妨再把如来佛祖作为参照。《西游记》第八回中，如来言曰："我西牛贺洲者，不贪不杀，养气潜灵，虽无上真，人人固寿。"可菩提就是上真啊。而以如来无边法力，能识周天之物，却不知菩提祖师隐居于西牛贺州，甚至住得离他都没多远。能逃出如来法眼，可知菩提祖师法力至少不在如来之下。

第三，他法力高超、神通广大，更凸显在一个"博"字、突出在兼容并包上。菩提开讲大道能够"说一回道，讲一会禅，三家配合本如然"。并且精通"道"字门中三百六十旁门的神通。这般兼容三教九流的神通，是《西游记》中任何其他神仙都难以企及的，即便是如来佛祖和太上老君，也只不过各代表一家而已。可以说，须菩提祖师虽然名气不响，却属真正的高人。

第四，菩提具有未卜先知的能力。悟空求仙学道来到了菩提祖师的三星洞，还没敲门，就有仙童出来接待，而且还说："我家师父正才下榻登坛讲道，还未说出原由，就教我出来开门，说：'外面有个修行的来了，可去接待接待。'想必就是你了？"此后，悟空学道功成，临走时菩提对他说："你这去，定生不良。凭你怎么惹祸行凶，却不许说是我的徒弟。你说出半个字来，我就知之，把你这猢狲剥皮锉骨，将神魂贬在九幽之处，教你万劫不得翻身。"还没谋过面，菩提就知道门外有人来修行，更知道悟空学成之后肯定会惹祸，后边说得更邪乎，只要悟空说出他半个字来，他就知道。这也实在太厉害了！而在《西游记》里，没有哪位神仙能做到这一点。我们此前说过，玉帝如果对将要发生的事情有些洞察的话，那是因为他有专门的情报机构；如来、观音能推断事态的发展，也是因为佛教在多处都有自己的卧底。就连在取经路上也是如此，每每取经团路上受阻需要观音帮忙时，观音都事先知道悟空会来，提前安排手下迎接。为什么？因为取经明面上是师徒四人加匹白龙马，其实还有一个暗团，由六丁六甲、五方揭谛、四值功曹、一十八位护教伽蓝组成，一是保护唐僧，再有就是有事随时向观音汇报；太上老君能事先知道些事情，那是因为他跟佛教诸多高层都有往来，他还在灵山脚下大模大样地放了金顶大仙这个眼线，在天庭那边就更甭说了，供职的多数是道教门人。所以真正具备未卜先知能力的，只有菩提祖师。

综合所述，可以判定，菩提祖师应该是《西游记》中法力最强、最有神通的。

那么问题来了。前面我们提到过菩提与如来的关系，至少不是很和睦。目前我们很难判定菩提教出了孙悟空这样一个徒弟是不是为了对付如来，但是可以肯定的是菩提并不希望悟空加入佛教。如果那样的话直接投奔过去也没什么疑义，以悟空的武艺应该不难，只要他不说出师出何门。我们恰恰看到的是菩提祖师不仅没有表达希望悟空加入什么门派的意思，而且他似乎并不在意悟空惹祸，更可能希望祸惹得越大，打得越热闹越好。但结果呢，悟空起先闹得沸沸扬扬的，到后来还是被佛教利用，最后被改造成了一个和菩提原来设想的面目全非的人。此刻的菩提，心情自然大为不爽。

菩提会有什么打算呢？隐居仙乡，不问世事？孙悟空的死活和他再无瓜葛？不合逻辑，因为菩提明知道悟空出去会惹祸，还要向他传道，菩提必是有自己的用意；菩提可以打造一个孙悟空，他会不会再打造出第二个、第三个孙悟空呢？如果第一个孙悟空我们退一万步假设不是针对如来佛的，那么第二个、第三个就肯定要专门对付如来了；菩提以他的无上修为会不会别开天地，另立一家，扯起推翻如来的大旗？一切都未可知。但总之，菩提祖师是如来另一个潜在的强大的威胁。

　　一方面觊觎着玉帝的位子，还要时刻提防着老对手太上老君。另一方面"天干物燥，小心火烛"，不要让自家后院起火。伴随着野心的膨胀与充盈带来的快感，这一回该轮到如来去体会烦恼带来的千头万绪、百爪挠心了。

西游后记

古人的想象力远远超越时下我们的认知。

别再崇拜什么超人了，他不过是个氪星来的小朋友，显现出异于常人的超能力。看看地球上土生土长的孙悟空吧，一出手便站上了人定胜天的崇高理想境界。再看看玉帝掌管的地盘，我们无法想象出这到底是一个什么样的疆域，书中也没有给出明确的交待，但普天星相任他调遣，偌大的银河只是他帝国版图中一条小小的水系，有他任命巡河的天蓬元帅。二十八星宿是古人把天空中可见的星分成二十八组，每组称为一宿，您所熟悉的黄袍怪奎木狼可是一宿之星的化身而非一颗。那区区的氪星仅仅是玉帝辖区的沧海一粟。虽然以吴老爷子当时的目测能力还难以说清一个筋斗十万八千里和浩瀚的宇宙如何能够匹配，但这丝毫不影响先生的想象力。在我们看来轰轰烈烈的取经项目其实只是能和人类扯上关系的一个小小小故事，如果真能放眼看去，还有多少大事，大佬们都在明争暗斗的角逐着。天上一天就是人间一年，神仙们有大把的时间。

言归正传。

取经项目的圆满成功使得如来成了最大的赢家。他处心积虑，原本属于自己领地的西牛贺洲被道教侵蚀得体无完肤，通过取经项目，如来不仅收复了失地，而且把魔爪伸向南赡部洲，扩张了自己的地盘，完成了与道教势均力敌的第一步战略构想；同时，众多极具影响力的人物都归附于他，进一步削弱了道教的实力；锦上添花，如来得到了他梦寐以求的长生秘方，从此再不受玉帝的制约，这也为如来着手进一步扩张提供了最最必要的条件。毕竟，四大部洲的半壁江山与玉帝的无边疆域相比实在太小了。他要坐得更高，走得更远；而三十三重天上的太上老君，金钱美色的双丰收代价却是天下四大部洲与如来的平分秋色。这只是看上去很美，后来老君恐怕幡然悔悟自己因小失大了，如来根本就是吃着碗里的、盯着锅里的、惦记着地里的。老君怎能咽下这口恶气，又怎能坐以待毙？面对着如来不动声色地一口一口蚕食着自己，老君的脸上少有地浮现出了一丝杀气；深谙帝王之道的玉帝已经敏锐地嗅到了如来的野心，佩服但更忌惮如来的城府和谋略，也察觉到了来自道教的不祥气息，玉帝决不会听之任之。如果他知道了如来和老君一样都具备了制衡蟠桃的条件，他将会采取什么更为激进的举措……凡此种种，环宇中气氛压抑得令人窒息，战争的阴云越聚越拢。后面的故事绝不仅仅是权力的游戏，它将更加复杂、庞大、恐怖、血腥，自然也更加精彩。如果战争爆发，将不啻为一场星球大战。

有些玩味的是，事情总能衍生出无数猜想。老君的九转金丹，由于女儿国这个供应链的切断，使得金丹的批量炼制受到了制约。他将如何解决这个问题？另外，老君的金钢琢所向披靡，如来也要惧它三分，可制约金钢琢的芭蕉扇后来被铁扇公主带走了，现在应该在佛教手中，老君还能研制出更加新型的武器吗？

玉帝紧把着蟠桃来制约诸仙，而王母娘娘与太上老君似乎有那么一层暧昧的关系，不然以万圣公主的能力怎能偷得了九叶灵芝草？那么如果玉帝后院起火，他还能守住蟠桃吗？而在佛教内部如来的周围，又有一双双虎视眈眈的眼睛充满了血丝。我们不知道如来能否对付得了燃灯古佛，也不知道如来能否破解弥勒佛的后天袋，而这两位又是太上老君一派……西游后记平添了几分扑朔迷离的色彩。人心难测。成佛成仙成神圣者，又都是九窍之精，其心更加深不可测。

我即菩提

我即菩提

我即菩提

《西游记》中有一位神秘的人物，他是书中唯一只交待出场没有交待结局的角色——菩提祖师。当悟空要修习长生之术时，菩提祖师早已在那里等候多时；当悟空下山闯荡之后，他却再未现身。一个未完待续的故事和一个充满悬念的人物，总不禁让人浮想联翩。为了理解作者的用心，书袋狼曾经反复还原历史上真实的玄奘西游。

玄奘，唐朝人，13岁出家。自幼好学，为了钻研佛经，他周游四川、湖北、河南、陕西等地，追访有名的佛学大师。可是佛教宗派很多，也有不少译文错误，解释的经义往往自相矛盾。钻研越深，发现的问题越多。于是他决心亲自前往佛教发源地天竺（今印度半岛），弄个水落石出。

唐朝贞观年间，政府禁止私人随便出国。凡出入国境都要得到国家批准。玄奘多次向政府申请出境，都遭到拒绝。于是他便跟着随行商人队伍，混出玉门关，只身西行。

过了玉门关，便进入一望无际的莫贺延碛。莫贺延碛是现在安西到哈密之间的大沙漠，有八百多里长，又称八百里流沙。白天"热风如火"，晚上却又"寒风如刀"，气候变化无常。茫茫黄沙之中，上不见飞禽，下不见走兽，地上寸草不生。玄奘孤身一人，只有一堆堆白骨和驼马粪当路标，引导前进。途中玄奘不慎把水囊泼翻。在滴水不进的情况下，他又走了四夜五天，口干唇焦，终于体力不支晕倒在沙漠中。幸好此处离水草地不远，夜半时分，习习的凉风把昏迷中的玄奘吹醒，那匹识途的老马驮着他找到了水源，这才脱离了险境。

玄奘西行到高昌（今吐鲁番东约20公里）后，得到了信仰佛教的高昌王的热情支持。高昌王不但赠与他许多金银衣物，而且还给他配备了50多名向导和随从，给沿途各国君主写了24封信函，请他们多多关照玄奘。然而路途艰辛。玄奘一行来到了终年积雪的凌山（今天山山脉的托木尔峰），山高七千米，山上有千年不化的冰河，狂风暴雪袭来，飞沙走石，往往把人埋没、砸死甚至冻死。玄奘一行人在冰雪封盖的大山中挣扎了七天，随行人员冻死了好几人。

经过一年的跋山涉水，第二年夏天，玄奘终于进入天竺境内。那时候，印度半岛上有70多个国家。玄奘从628到631年，游历了北印度的20多个国家，学习梵文，遍访佛教圣地。631年年底，玄奘来到摩揭陀国的那烂陀寺。

那烂陀寺是天竺佛教的最高学府，住持戒贤法师是天竺的佛学权威、一代大师。玄奘来到寺院的那一天，寺院听说东方支那国（中国）的高僧来了，特意组织了一千多人的欢迎队伍，当时的戒贤法师已经一百多岁了，早已不再讲学。但是为了表示对中国法师的友好情谊，破例为玄奘讲学15个月。玄奘在这里学习5年，认真听讲，遍览群经，成绩优异，已成为天竺闻名的第一流佛教学者了。然而玄奘并没有因此自满。此后他又漫游印度东部、南部、西部各处，巡礼圣迹，访求名师。两年多以后重返那烂陀寺。戒贤法师请他在寺内讲经。

那时候，戒日王朝盛极一时，戒日王是天竺威望最高的一个国王。戒日王在都城曲女城（现在印度北方邦卡瑞季）举行了一次规模空前的学术辩论会。642年12月，辩论大会开始。到会的有天竺18个国王、3000个深通教义的高僧，还有那烂陀寺僧徒1000人以及婆罗门教和其他各界人士2000多人，再加上随从人员，总共不下10000人。赴会时，有的乘象，有的坐车，有的步行，浩浩荡荡，数十里不绝，盛况空前。玄奘是主讲人，叫做论主。玄奘在会上宣读了他用梵文写的论文。大家都被他精辟的论述所惊服。18天的会期，没有一个人驳倒他的论点。曲女城大会使玄奘在印度赢得极高的声誉。

643年春，西游17年的玄奘辞别戒日王和天竺的朋友们，满载着印度人民的友谊、荣誉和657卷佛经，启程回国，在洛阳得到唐太宗亲自召见。他向唐太宗叙述了西行路上的见闻，唐太宗听得津津有味，要求他记录成文。《大唐西域记》一书就是由玄奘口述、由弟子辩机笔录的一部名著。书里记述了他亲自游历的110个国家和其中所到的28个国家的山川、城邑、物产、风俗。后来被各国翻译，广泛流传，成为今天研究印度次大陆以及中亚古代历史地理的主要资料。

玄奘从洛阳回到长安以后，马上组织各地高僧100多人，着手翻译佛经。为翻译佛经，玄奘经常"三更暂眠，五更又起"，夜以继日地工作19年，译出佛经74部、共1300多卷。664年2月，玄奘积劳成疾，病逝于长安。

　　这才是历史上真实的玄奘。他的西天取经是一个以一己之力完成的不可思议的奇迹。故事本身就充满神奇色彩，寥寥数语仅能扼要地概述这段经历。如果想深入了解一代宗师，不妨看一看《大唐西域记》抑或是听一听钱文忠教授讲述的《玄奘西游记》。当真正了解了玄奘后，你会觉得今天几乎所有的网红称呼听起来都是对玄奘的一种高攀。极限挑战者、偏执狂、梦想达人、意见领袖……玄奘大师是一段无法超越的传奇。而他取回真经泽被中华的丰功伟绩足以彪炳史册、名垂千古。

　　然而，有人却冒天下之大不韪，扭曲事实，将玄奘西行取经的故事编纂出另外一个版本，取名《西游记》。该书一成，风靡中华，流传至今，在中国无人不知，以至于谈到玄奘，很多人首先想到的都是《西游记》里的唐僧，而非历史上真实的玄奘。这个人就是吴承恩。我一直在想，两位都是大才，如果生在同一时代，一定会惺惺相惜，相交莫逆。可为什么吴承恩要把玄奘西游这件事写得如此迥异，难不成他老人家真的不认同取经的壮举而有意菲薄吗？当有一天我被醍醐灌顶般地打开了脑洞时，从前的关于《西游记》的疑问开始一点一点地解开。随着研读的深入，一些细节的捕获慢慢帮助我推开了一扇思想之门，尝试去理解老人真正的意图。

　　《西游记》中，唐僧从长安城出发西天取经，终点是天竺国的灵山。当唐僧走到五行山时刘伯钦说得清楚，五行山又叫两界山，东边一半归大唐，西边一半就是鞑靼的地界。从这个描述来看，过了五行山就是外国了。西天十万八千里，其间经历了宝象国、乌鸡国、车迟国、西梁女国、祭赛国、朱紫国、狮驼国、比丘国、灭法国、天竺国的凤仙郡、玉华州、金平府、最后到达天竺灵山。既然是外国，就应该有不同于大唐的文化符号。但是通观《西游记》全书，却有一个奇怪的细节，从长安到灵山，历经多个国家和地区，但凡出现文字的，全部都是中华文字，没有一个外国字。在通天河岸上有一面石碑，原文更是强调："碑上有三个篆文大字，下边两行，有十个小字。三个大字乃'通天河'，刻的居然还是篆字。十个小字乃'径过八百里，亘古少人行'。而且每走一个地方，当地百姓的姓氏也与中华无异。车迟国陈家庄，一庄人都姓陈，唐僧说这是他华宗，就是一个老祖宗；在天竺国的铜台府，斋僧一万的老员外姓寇；而天竺国的凤仙郡，郡侯复姓上官。他出榜招募祈雨的法师，悟空看完榜文，对众官道："郡侯上官何也？"众官道："上官乃是姓。此我郡侯之姓也。"行者笑道："此姓却少。"八戒道："哥哥不曾读书。百家姓后有一句上官欧阳。"胡人也用百家姓？如此看来，胡人文化与中华文化同宗同源。但这显然不对。吴承恩这样行文的原因何在？不管是夹杂了外国文字，还是很多名词用直译的中文都会增加阅读难度，因此作者干脆统一全部用润色过的中华文字？这是说不通的，因为《西游记》本就是一部想象力奇特、内容极有深度的小说，并不会因为这一点调整而降低人们的理解难度。那是不是作者就是犯了一个低级错误，根本就没有去关注文化上的差异？这更不对，当你认真阅读《西游记》时会发现，往往一个小小的细节被忽略了都有可能解不开你心中的谜团。如此心思缜密的吴承恩不可能忽略不同地域的文化差异而简单粗暴地将中华文化符号套到西域各国上。那作者这样的处理有何深意？这样的行文，倒是给我们传递了一个信息：似曾相识。

是的，似曾相识。我们对文字没有陌生感，对姓氏没有陌生感，甚至对书中描绘的各国的风土人情也没有陌生感。这种文字表面的熟悉感似乎是一种隐喻，提醒我们去探看更深层次的"似曾相识"。当我们揭开《西游记》的层层面纱走进神世界，愈发清晰地发现这些高高在上受人顶礼膜拜的神仙们就在活灵活现地演绎人间。似曾相识的阴谋与圈套，似曾相识的勾心斗角、尔虞我诈，似曾相识的见风使舵、明哲保身，似曾相识的行贿受贿、中饱私囊……书中满眼的中华文化符号，透着悲哀与凄凉。十万八千里，走得再远，也没有走出自己的圈。

《西游记》扭曲了事实，却是另一种情怀的表达，它没有任何诋毁玄奘西游之意，而恰恰是吴承恩对先贤玄奘的致敬与扼腕。玄奘志向高远，前无古人，后无来者。不仅仅是取经传经的历程，更在于他教化众生的宏愿。17年的取经游历，18年的经卷翻译，个人的荣辱、得失甚至生死都已置之度外。唐太宗曾力邀玄奘还俗辅政，被他婉言谢绝。一代帝王的朝臣可以尊享荣华、青史留名，也可为民办事，造福百姓，然而在玄奘看来，佛经不仅能教化当下，更能泽被后世。每个人都带着使命来到世间，玄奘是在用其一生一丝不苟地履行着自身的使命。吴承恩又何尝没有兼济天下、造福苍生的信念和追求，而在他看透世事之后选择的却是对尘世的"拂袖而去"。相比之下，他对玄奘的孜孜不懈一定是充满敬意。无奈芸芸众生在吴承恩看来并没有因为玄奘的努力而有任何改变，更不会理解大师的宏愿。这怎能不让人扼腕叹息。老人家恐怕是最为理解玄奘的人之一，却找不到更好的方式去告慰先贤的在天之灵。悲愤之下，望空遥拜，随后，一部看似怪诞的《西游记》便在他的笔下汩汩流出。这是一种宣泄和愤世嫉俗、一种对宏愿的另类解读与继承，更是一种警醒世人的方法。如果不是《西游记》，人们还会想起当年那个立志慈悲济世的玄奘吗？只可惜用心良苦却成空，时至今日，依然有太多的抱怨之声，似乎玄奘西游是被吴承恩玩坏了。然而文人自有文人的风骨，"他人笑我太疯颠，我笑他人看不穿"。即便老人家当下重生，想必最多不过付之一笑。江山代有才人出，又何愁没有洞悉我心的少年？

　　玄奘参透佛法，吴承恩洞穿世事。后者用他广博的学识，将儒释道融汇贯通，标新立异地将前者刻画成金蝉子转世的唐三藏，送进《西游记》。而他自己也摇身一变，成了那个站在西牛贺洲群山之上冷眼观潮的世外高人。他洞穿一切，独具未卜先知的能力；他开讲大道，能够"说一会道，讲一会禅，三家配合本如然"。可谓学识广博，万法皆通；他隐居深山，规避世事。他就是菩提祖师，这和吴承恩是何其相似。菩提祖师就是吴承恩，吴承恩就是菩提祖师。菩提者，觉悟也，即了解事物的本质。吴承恩不就是这样吗？然而他洞穿世事却有着一颗难以割舍的心，无法过上"采菊东篱下，悠然见南山"的真正的隐士生活，胸中的不平之气一直在跌宕起伏。他虽然愤世，却没有弃世，希冀着有一天能够涤荡尘垢、玉宇澄清，天下不再是他眼里的那个天下，而是他心中的那个天下。人们生活在自由的天空之下，而不再是永被主宰的命运。于是，他把全部胸臆都附身于菩提祖师。那祖师隐居在灵台方寸山、斜月三星洞，按说一切行事都会很低调，但洞门口刻有洞名的石碑却出奇的大，约有三丈余高，八尺余阔。太过张扬的门面与"隐居遁世"的生活形态形成巨大反差，昭示着祖师满是不平的心事。果然，明知道悟空"这一去，定生不良"，还是照样教他一身的本领，任凭他在外面惹事生非。菩提不怕悟空惹祸，他就是要他出去惹祸的。

这猴子和他的师父一样，与这个世界格格不入。桀骜不驯的他选择了反抗，甚至打上凌霄，要开创一个新天地。"天翻地覆慨而慷"，这不正是作者的理想吗？孙悟空是菩提祖师的孙悟空，孙悟空也是吴承恩的孙悟空。下山之前，菩提告诫悟空："凭你怎么惹祸行凶，却不许说是我的徒弟，你说出半个字来，我就知之，把你这猢狲剥皮锉骨，将神魂贬在九幽之处，教你万劫不得翻身！"灵台、方寸、斜月三星都是心，悟空的师父说白了就是悟空自己的内心，一切修行都是在修心。菩提并非威胁悟空而恰恰是在保护自己的爱徒，因为他知道山下不再是清静之所，轻易地坦露自己的内心往往会埋下祸患的种子。然而至真至善的心不会伪装，刚一下山，悟空就早早地道出了自己的师承。这一不听训诫的举动并没有招致菩提的追杀，却使悟空最终陷入了如来的圈套。"涤荡尘垢、玉宇澄清"终是一个难圆的梦。

吴承恩也许曾经为玄奘扼腕叹息，自己又何尝不是同样的结局。可他似乎比玄奘还要坚持，确切地说是一种倔强。他始终不相信这世界本该这样，于是在知天命之年，他毅然老骥伏枥，饱蘸笔墨，将平生的见识与抱负都诉诸笔端，完成了不朽的《西游记》。自己走了，留下了一个菩提祖师永驻人间。细品西游诸仙，能够真正长生的只有两个：一个是菩提祖师，他凝聚了吴承恩永不消散的浩然宏愿，乾坤不变，灵魂不死！另一个是悟空，是菩提赐予他长生，菩提对悟空寄托太多的希望，他希望悟空的这股英雄气能够在天地间驰骋纵横。然而……在灵台方寸山上、斜月三星洞前，菩提祖师慧眼遥观已经面目全非的孙悟空，不免也老泪纵横，可又能奈何？清风拂干眼泪，这个倔强的老头儿旋即泰然如初。他似乎听到了什么，回首眷顾当年悟空来时的那条山路。

刑天舞干戚，猛志固常在。要让这世界终有清明的一天，也许下一个五百年，再下一个五百年……

菩提即我，我即菩提。